札拉利歐
「無聊。你果然只有這點程度嗎？」
迪亞布羅

米迦勒

關於我轉生變成史萊姆這檔事 18

Regarding Reincarnated to Slime

Kadokawa Fantastic Novels

目錄 — 野心終結篇

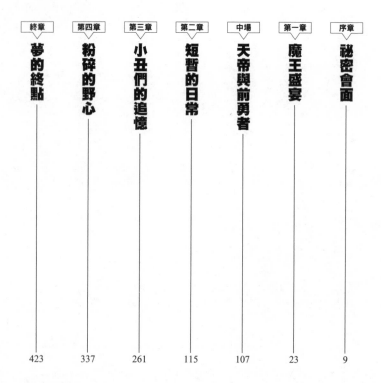

序章

祕密會面

Regarding Reincarnated to Slime

就在利姆路等人與魯德拉的勢力展開激戰之時。

此地獸王國猶拉瑟尼亞的遺址也來了一名不速之客。

這座名為「天空城」的超巨型建築正由型態各異的魔人搭建中。

由於東方帝國開始入侵朱拉大森林，擔任總指揮的蓋德便離開工地，主要工程也因此被迫中斷，不過剩下的人能應付的作業仍照常進行。

來到此地的是「三妖帥」之一的歐貝拉。

在「天空城」的頂層。

蜜莉姆和歐貝拉正在充當辦公室的天空廳對峙。

現場除了兩人外，只有站在蜜莉姆身後的米德雷。其他人就算待在這兒也派不上用場，蜜莉姆便要他們退下了。

蜜莉姆這次派出卡利翁和芙蕾，自己並未出戰，背後有幾個原因，其中最重要的就是要保衛自己的國家。

她以帝國的角度思考時，認為帝國還是有可能經由自己的領地進攻。

再者，若她率眾參戰，就必須手刃人類。蜜莉姆不願做這種事，因而選擇留守。

現在看來這個選擇是正確的。

「找我有什麼事？」

蜜莉姆如此詢問乘隙前來的無禮之徒。

米德雷似乎是出於對蜜莉姆的絕對信任，只在一旁默默注視事情的發展。他等待著歐貝拉的反應，看她如何回答蜜莉姆的問題。

而說到歐貝拉本人。

只見她解除了全身的神話級（Gods）裝備，跪在蜜莉姆面前。

「今日得以拜見，在下榮幸之至，龍皇女蜜莉姆大人。我叫歐貝拉，是前『始源七天使』，亦是『星王龍』維爾達納瓦大人的忠實使徒。」

說這番話的歐貝拉，是個有著夜空般黑色捲髮的美女。她的瞳眸也美得如星空般閃耀，藏著一股使人迷醉的魅力。

蜜莉姆原以為會展開戰鬥而興奮不已，歐貝拉這出乎意料的態度令她大失所望。

「唔？」

她不禁愣了一下，而後感覺到歐貝拉臉上浮現笑意。

「您不認得我很正常，畢竟您出生時我已經前往異界執行任務了。」

歐貝拉接著對蜜莉姆說：「抱歉這麼晚才來向您請安。」

怎麼回事——蜜莉姆感到不解。

「我看妳挺強的，難道不想和我打一架嗎？」

「小的不敢。」

「喔，那妳是來幹嘛的？」

「來向您問好，並給您忠告。」

歐貝拉說著抬起頭，神情緊張地望著蜜莉姆。

*

他們轉換陣地來到暫設的會客室，繼續剛才的對話。

歐貝拉再次自我介紹，並且詳盡描述當下正在發生的事。

聽見相當於自己姑姑的「灼熱龍」維爾格琳也落入菲德維手中，蜜莉姆便想起身衝去救利姆路，但被歐貝拉阻止並忠告她說即使現在出動，一切還是太遲了。

「妳在說什麼！這樣下去我的死黨利姆路就會——唔！」

「現在去已經太遲了。」

這個回答令蜜莉姆火冒三丈。

「那妳為什麼不早點來！」

「這點確實是我不對，沒有辯解的餘地。」

面對怒氣沖沖的蜜莉姆，歐貝拉仍低著頭不找任何藉口。

歐貝拉身為「妖魔王」菲德維的下屬，現在奉命守衛「妖異宮」，外出與蜜莉姆會面早已嚴重違反命令。

她大可這麼說明，卻因為自己無法達成蜜莉姆的期待而深感慚愧。見到她這樣的態度，蜜莉姆只好努力平息怒火。

「看來是我太強人所難了。妳光是願意來通知我，我就該感謝妳才對。」

「聽到您這麼說，就是我最好的回報了。」

歐貝拉一直恭敬地低著頭，感覺一點也不像在撒謊。

蜜莉姆能夠洞察人心的細微變化。

從歐貝拉的態度看來，蜜莉姆判斷她的行動是出於真心。

「別看利姆路那樣，他的個性其實很謹慎。我相信無論發生什麼事，他都能平安度過。沒錯，我相信利姆路。」

「是。」

「既然妳不是敵人，我可不許妳對利姆路動手喔。」

「遵命——我很想這麼說，但以我的身分無法明目張膽地行動。現在還是繼續取信於菲德維才是上策，不知您認為如何？」

歐貝拉表示若接到菲德維的命令，她還是會服從；但是只要蜜莉姆有意，她也做好了覺悟，現在就能背叛菲德維。

她那夜空般的黑髮襯托著星空般的眸子，使其顯得更加耀眼。

「嗯，妳這番話感覺不像謊話。」

「是的，我說的全部屬實且出自真心。」

「那麼我想問，妳的目的是什麼？」

蜜莉姆這麼一問，歐貝拉立刻毫不猶豫地娓娓道來：

「菲德維意圖讓維爾達納瓦大人復活，我認為這實在是僭越之舉。您父親是神，當然可以不假他人之手復活。既然祂不願輕易復活，肯定有什麼深意。像我們這樣的存在，豈能擅自揣測神的旨意——」

換言之，歐貝拉認為與其設法讓維爾達納瓦復活，不如擁立其女蜜莉姆為主人。

「妳打算當我的夥伴？」

「渺小的我可不會有如此傲慢的想法。我只想當您的工具，不會向您乞求任何事。只要能幫上您的忙，我就無比欣喜。請對我下令。」

一切謹遵蜜莉姆吩咐。

這就是歐貝拉真正的想法。

蜜莉姆理解這點，但仍不明白歐貝拉為何會有這樣的決心。

「所以妳不惜背叛那個菲德維嘍？」

「呵呵，我對此有不同的觀點。倒不如說是菲德維違背了維爾達納瓦大人的意思。」

歐貝拉如此斷言。

那篤定的口吻更加證明她是認真的。

「我認為維爾達納瓦大人最關心的應該是女兒的幸福。正因如此，我一點都不同情那些可能危害您的人。」

換言之，這不是背不背叛的問題。

歐貝拉認為菲德維的行動會傷害到蜜莉姆，因此即便對方是自己的同僚，也與敵人無異。

不過，歐貝拉很明智。

她並沒有按照自己的判斷擅自行動，而是全權交由蜜莉姆作決定。她小心翼翼，生怕自己的行動妨礙到蜜莉姆。

這就是為什麼她要冒著危險來見蜜莉姆。

只要蜜莉姆叫她別行動，她就什麼都不會做；相反地只要得到命令，不管對方是誰她都會視為仇敵。這就是「三妖帥」歐貝拉的本心。

蜜莉姆當然看得出她在想什麼。

「好吧，那我就相信妳，讓妳加入我麾下。米德雷，這樣行吧？」

「當然沒問題，蜜莉姆大人。我沒有任何異議。」

「好！那麼歐貝拉，從今天起妳也是我的夥伴了。卡利翁和芙蕾現在不在，等戰爭結束後我再把妳介紹給他們！」

「感謝您。」

「哇哈哈哈！這樣我手下也有以米德雷為首的四天王了。我要向利姆路炫耀一番！」

一決定讓歐貝拉加入自己的陣營，蜜莉姆立刻豪爽地笑了起來。她一直暗自羨慕利姆路手下有四天王，為了與之對抗，她決定也這麼稱呼自己的部下。

若芙蕾在場，肯定會駁回這個提議。然而對蜜莉姆來說幸運的是，在場只有米德雷。

「由我領軍嗎！哎呀，這也是理所當然。畢竟沒有人比我更了解蜜莉姆大人了！」

米德雷本來就事事以蜜莉姆為優先，現在又成了四天王之首，自然不會反對蜜莉姆，反而興高采烈地表示贊成。

蜜莉姆麾下的四天王就這麼誕生了。

＊

儘管突然被任命為四天王，歐貝拉仍從容自若地接受。

蜜莉姆說的話就是神的旨意。

她內心這樣認定，因此不論什麼事都會將蜜莉姆擺在第一位。

不過，這時卻多了個令人頭疼的問題。

「那麼，這樣一來，要怎麼安排歐貝拉的工作就成了大問題。這種時候真想找利姆路談談……」

「唔嗯，這的確是個大問題。究竟要讓她留在這裡，還是讓她繼續待在敵方陣營當我們的間諜？」

兩者各有好壞。

這種事本該經過深思熟慮，蜜莉姆也想聽聽卡利翁和芙蕾的意見。另外若情況許可，她也想和利姆路談一談。

可惜現場只有蜜莉姆和米德雷。

「妳自己想怎麼做？」

米德雷不擅思考，不適合討論這種事。蜜莉姆明白這點，因而跳過他直接詢問歐貝拉的意見。

面對這個問題，歐貝拉毫不遲疑地回應：

「我想先回一趟『妖異宮』。我在此並未顯現本體，若要繼續留在這裡，勢必得勉強將肉體具現化。而且——」

歐貝拉被賦予了在異界應付幻獸族（Cryptid）的工作。更準確來說是監視「滅界龍」伊瓦拉傑的動向，而這可說是最重要的任務。

柯洛努則負責侵略其他次元，札拉利歐負責應付蟲魔族（Insektor）。

由於妖魔王菲德維和「蟲魔王」塞拉努斯之間締結了盟約，札拉利歐現在已可自由活動。然而，與伊瓦拉傑連溝通都有困難，因此歐貝拉的本體仍被束縛在異界。

「蟲魔王塞拉努斯、滅界龍伊瓦拉傑？感覺好強！」

「是的。先不論塞拉努斯，伊瓦拉傑非常棘手。他可說是一股毀滅世界的惡意，無法與他者共存。儘管維爾達納瓦大人允許其存在，但絕對要阻止讓他從『異界（封印）』解放出來這件事。」

若歐貝拉留在這裡，伊瓦拉傑的監視將會有所疏漏。歐貝拉希望徹底監視伊瓦拉傑直到最後，以免他影響到菲德維的計畫。

「原來如此，妳還是該回去執行監視工作呢。」

「是的。」

「不過，有一點我很好奇，菲德維打算拿伊瓦拉傑怎麼辦？」

「嗯，我也想知道。」

他們倆不曉得菲德維的計畫，自然會有這樣的疑問。

因此歐貝拉將自己所知的資訊告訴他們。

「監視伊瓦拉傑是維爾達納瓦大人賦予菲德維的任務。然而，他卻拋棄這個任務，只想優先復活維爾達納瓦大人。他現在正在擴張『冥界門』，完成之後，他打算讓妖魔族（Phantom）和蟲魔族全面入侵這個基軸世界。」

「擴張『冥界門』還真是個需要耐心的計畫。」

「是的。」

「但他在那之後想怎麼做？要是不將打開的門闔上，豈不是連伊瓦拉傑都會被解放嗎？」

「當然有這個可能，因此我也向菲德維報告過了。可是他對此一點都不在意。我完全不知道他在想什麼。」

「唔？」

「菲德維已經瘋了。他很可能認為只要能復活維爾達納瓦大人，就算世界毀滅也無所謂。」

菲德維憎恨這個奪走維爾達納瓦的世界。他想重塑世界，只留下自己選出的對象。如果伊瓦拉傑會破壞世界——這一點或許正合他意。

「換言之，到時候我們得被迫處理這棘手的狀況？」

「真是麻煩透頂。那個叫塞拉努斯的也很難對付，要是能就那樣將他們全都封在異界就好了……」

蜜莉姆和米德雷受夠了這些事，露出不耐煩的表情對視。

她和利姆路等人約好要一起玩，卻因為戰爭的關係不得不延期。再加上現在又有新的問題產生，使她的心情差到極點。

「事已至此，也只能把菲德維揍飛了。」

蜜莉姆直觀地得出這個結論。

「是的。那麼蜜莉姆大人，請命令我這個四天王之首的米德雷討伐菲德維吧！」

視蜜莉姆如命的米德雷想都不想就贊成。

「嗯！你真可靠，米德雷。我也會以統帥的身分出戰。讓我們親手粉碎菲德維的野心吧！」

「哈哈————！我迫不及待想發揮實力。請您好好見證我的英姿吧！」

原以為芙蕾不在就沒人能阻止兩人失控暴走，不過，歐貝拉說話了。

「請等一下。從這場戰爭開始時，我就和菲德維他們不停交流資訊。皇帝魯德拉似乎已取得維爾格琳大人的『龍之因子』，卻在最後一刻被魔王利姆路攪局，導致決戰時刻推遲了。」

光是這則資訊就足以讓蜜莉姆冷靜下來。

「所以，利姆路平安無事嘍？」

「是的。現在戰爭已經結束，菲德維正準備撤回據點。」

「唔……那現在行動就操之過急了。」

「嗯，米德雷說得沒錯……」

氣勢被削弱後，米德雷和蜜莉姆都恢復冷靜。

如此一來，直到菲德維下次出動前還有一段時間。現在與其輕舉妄動，不如與利姆路等人聯合起來一起行動才是上策。

總而言之，最重要的還是共享情報。

蜜莉姆當然也明白這點。

「那麼歐貝拉，在接到我的命令前，妳就繼續觀察菲德維的動向吧。」

「遵命。」

「我們用『魔法通話』來聯絡。」

「我明白了。」

蜜莉姆和歐貝拉將魔法通話調整成兩人專用的特殊波長。超越次元的通話需要耗費大量魔力，但以兩人的技量（Level）而言不成問題。於是聯絡管道也確定下來。

一連串的溝通結束，這場會面也隨之告終。

「那麼，我就先告辭了。」

歐貝拉說完便轉身離去。

留在原地的蜜莉姆和米德雷則為了即將到來的混亂局面而傷透腦筋。

第一章

魔王盛宴

Regarding Reincarnated to Slime

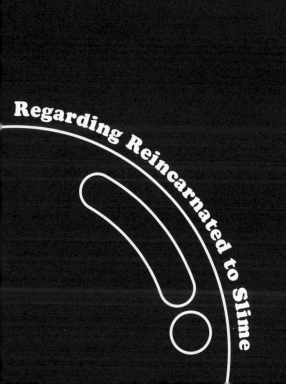

穿越萊茵的「傳送門」後，來到一片冰雪呼嘯的銀白世界。

這次盛宴的場地和之前不同，似乎是金的城堡。

我在萊茵的帶領下進入城內。

紫苑和迪亞布羅也跟在我身後。

城外明明是生物無法居住的極寒之地，城內卻有著舒適的氣溫。然而這座城堡如今崩塌了一大半，很明顯出了什麼事。

「嗨，你們來啦。蜜莉姆和達格里爾也快到了，先在這兒休息一下吧。」

被帶到指定地點後，金這樣對我說。

這座足以舉行舞會的大廳中並排著許多圓形茶桌。椅子也隨意擺放，讓人得以自由入座。

我望向先行抵達的賓客——魯米納斯和雷昂。

魯米納斯身後站著法皇路易和老管家岡達。

雷昂身後則有兩名騎士——阿爾羅斯和克羅多全副武裝站在那裡。

見到熟面孔讓我安心了些。我朝他們點頭致意後也找了個位置坐下。紫苑和迪亞布羅沒有落坐，而是佇立在我身後。

我心想他們明明可以坐下的，但仍任由他們這麼做。

這時菈米莉絲在一陣騷動中抵達。

「喂，你們怎麼拋下我，自己過來了？」

啊！

還以為菈米莉絲是一起來的，看來被我們不小心遺忘了。

「奇、奇怪？菈米莉絲大人，您怎麼沒和我們一起過來？」

慌張的不只我一人，還有帶路的萊茵。她似乎認為菈米莉絲有跟來，所以看見對方惱怒的樣子嚇了一跳。

「萊茵，這真不像妳會犯的錯。因為收到菈米莉絲大人的緊急呼喚，連我也出動去接人了呢。」

說話的人是米薩莉。

她和萊茵一樣全身傷痕累累，但仍維持著嚴肅的神情，絲毫沒有鬆懈。

我原本覺得她們兩個很像……現在大概是因為遇到緊急狀況，使她們的個性差異明顯浮現出來。

「萊茵可能是因為受傷導致注意力不集中吧！我剛才在煩惱要帶誰過來啦！結果就被遺忘了！」

我聽見這話，才察覺到菈米莉絲帶了兩名隨從。

是貝瑞塔和——喂。

「維爾德拉，你怎麼會在這裡？」

魯米納斯聽見我的話反應過來，朝菈米莉絲身後望去。她看見維爾德拉站在那兒後咂了咂舌，並露出厭惡的神情。

「嘖，邪龍。」

「嘎——哈哈哈！聽說這裡有場重要的會議，我怎麼能不參加呢？我本來想跟利姆路一起來的，可惜遲了一步，所以連忙叫住菈米莉絲，跟她說我也要參加！」

維爾德拉完全不會察言觀色。

他不管臉色變得很難看的魯米納斯，自信滿滿地仰起上半身。

然後菈米莉絲也跟著幫腔。

「就是這麼回事！有師父出席大家心裡就踏實多了，你們應該感謝我帶他過來！」

唯有貝瑞塔搖頭感嘆，看來他也無法阻止這兩個人。

「很抱歉，都怪我一時沒注意……」

「不不，這不是萊茵小姐的錯。畢竟我們也來得很倉促。」

萊茵顯得很沮喪，總之我先安慰她。

「是我叫你們來的，會心急很正常。利姆路，我之前不是說過你可以直呼萊茵她們的名字嗎？」

啊，我忘了。

「金大人說得沒錯，利姆路大人。請直呼我們的名字就好。」

「沒錯，這樣感覺比較親近，我們也比較開心。」

米薩莉小姐還真了解我。

我只有在兩種情況下才會對人用敬稱。

一是尊敬對方，二是想保持距離。

面對不熟的人或者需要警戒的對象，若直呼其名會顯得很失禮。另外或許也是因為不想被討厭，更不想與之敵對。

相反地，一旦變熟之後，我自然而然就會叫對方的名字。

至於哈露娜小姐和德蕾妮小姐，我不知為何就想稱她們為「小姐」，這類人算是例外。

我的想法暫且擱一邊。

這時，有幾位意想不到的人也開口了。

「利姆路，你不也直呼妾身的名字嗎？都什麼時候了。」

「是啊，你已經做了這麼多厚臉皮的事，現在再裝也瞞不過我們了。」

是魯米納斯和雷昂。

說得很有道理，連我也被他們說服了。

「知道了。從現在起為了更顯親切，我就直呼她們的名字吧。」

我這麼回答，接受金他們的提議。

＊

米薩莉和萊茵出發去迎接蜜莉姆和達格里爾。

我們則悠哉地等待。桌上擺了點心，我便吃著那些點心打發時間。

就這樣過了一會兒。

「怎麼回事，金！我也有很多事要忙啊。叫我出來可以，至少先聯絡一下吧！芙蕾也一直嘮叨說這是禮貌！」

蜜莉姆精神奕奕地抵達了。

她一如往常地吵鬧，這就是她的作風。

「是這樣嗎，芙蕾？」

「是啊，金——大人。」

「芙蕾，我剛才也對利姆路說過，你們對我可以不必用敬稱。卡利翁，還有在那裡的你們也一樣。在場的人應該都有這個資格才對。」

哦？金這麼說挺讓人意外的……不過我也贊同。畢竟在場每個人都是強者。

硬要說的話，只有雷昂的隨從在魔素(能量)含量方面差了一點，但他們的身手相當好。

更何況芙蕾小姐已經覺醒成「真魔王」，達到超級覺醒者(Million Class)的境界。儘管不知道她變得有多強，但絕不能將她當作普通的隨從輕忽怠慢。

芙蕾小姐似乎也意識到這點，點了點頭。

「哎呀，謝謝。那我就不客氣這樣稱呼你了。」

她一面環顧金的城堡一面說道。

接著，卡利翁也神氣活現地向金搭話。

「本大爺也不習慣講敬語，聽到你這麼說真是太好了。所以金，今天找我們來到底有什麼事？」

卡利翁和芙蕾小姐一樣成了超級覺醒者。他原本就散發出王者風範，就算表現得桀驁不馴，也為大家所接受。

我和他對到眼，他便抬起一隻手和我打了招呼。

聽見卡利翁這麼問，金苦笑著回應。

「再等等，達格里爾很快就來了，等他來我們再開始談。話說回來真令我吃驚，卡利翁就算了，沒想到連芙蕾也覺醒了。」

他果然注意到了。我因為接到報告才得知這件事，但實際見到他們還是覺得強到宛如變了個人。

「託你的福。一切或許都在蜜莉姆的計畫之中，但也是因為藉由這次戰爭超脫了身為有翼族(Harpy)的宿命，才能有這樣的結果。」

芙蕾小姐說著露出微笑，金也滿意地點頭說：「挺不錯的嘛。」

「本大爺也差不多呢。終於可以收拾掉獸人族（Lycanthrope）的恥辱，看來依照蜜莉姆的計策行事也不見得是壞事啊。」

卡利翁說完豪爽地笑了起來。

「什麼？我的計策？聽不懂你們在說什麼！」

「呵，別裝了蜜莉姆。妳擔心要是我們一直那麼弱，可能會在今後的戰爭中死去對吧？所以才給了我們與人類交手的機會。」

「是啊，若世界變成利姆路先生理想中的樣子，我們就無法獲得覺醒所需要的『靈魂（資格）』了。這次就是最後的機會吧？」

「沒錯。妳也是這麼想的吧？」

「唔、唔唔！我才不知道。你們別自說自話了，快點去位子上坐好！」

蜜莉姆對他們吼道，這態度怎麼看都像在掩飾害羞。

這樣啊，原來她有這樣的用意——我也恍然大悟。

先不說這個。

「那個，芙蕾小姐，剛才也聊到過，妳不必對我用『先生』之類的敬稱。」

我認真指出這點，沒想到芙蕾小姐卻哼笑了聲。

「不行。你是我們主子蜜莉姆的朋友，我們必須對你保持尊敬。」

不不，妳連對蜜莉姆都直呼其名了。

說這種話一點說服力都沒有……

「真要說起來——」

「而且你也稱我為『小姐』，可以請你別用這個稱呼嗎？」

我的吐槽被她打斷了。

儘管芙蕾小姐這麼要求，但這對我來說太困難了。

卡利翁還行，要我直呼芙蕾小姐的名字實在有點彆扭。

該怎麼說，她散發出一股令我難以應付的氣質。

在美女面前，氣勢不都會弱掉嗎？

蜜莉姆感覺像小孩，魯米納斯則是美少女，所以跟她們相處起來沒問題。要是她們再成熟點，我可能就不知道怎麼應對了。

若像紫苑這樣美中不足的美女，難度就會一口氣下降，比較好相處。

「啊哈哈哈！利姆路，你該不會拿成熟的美女沒轍吧？」

被看穿了？

「那好，下次我有求於你時，就變成美女好了。」

「不需要費這種心思！知道是你變的，我根本不會開心！」

我不禁煩躁起來，緊張感瞬間消退。

所以也就完全忘了要提防金，說出自己的真心話。

「呵呵，這是當然的。畢竟利姆路大人身邊有我這樣的美女秘書。」

咦，這種話自己說好嗎？

「咯呵呵呵呵。金啊，就憑你也想勾引利姆路大人，真是想得美。再說，女體化這種技術我也能輕易學會，只要利姆路大人想要──」

「我不想要，這個話題到此為止。」

迪亞布羅比紫苑還脫序。

要是坐視不管，他可能會說出更瘋狂的話，因此我趕緊結束這個話題。

我的部下們真教人頭疼。

我有些後悔，早知道會這樣就帶紅丸過來了。

閒聊了一會兒，達格里爾也到了。

他沒有帶隨從來，但光是他一個人就散發出驚人的壓迫感。

「喂喂，這裡的狀況真淒慘。這次開會該不會是認真的吧？」

達格里爾一開口就直截了當地這麼說，並在萊茵的引領下一屁股坐在巨型的椅子上。

明明是由厚重石頭做成的椅子，被他一坐看起來就像歪掉一樣，真有趣。

話說回來，他指出了一個至今無人提及的問題。

不，大家當然都注意到了。

畢竟連這座大廳的牆壁上都出現了大片裂痕。光是見到這景象就知道這裡出了狀況。

眾人正是因為知道這件事非常棘手，才會岔開話題，不面對現實。

這可說是一種不想被牽連的逃避心理，但現在既然已經全員到齊，只能進入正題了。

「是啊，事情變得有點麻煩。這次是認真的會議，需要借助各位的智慧。」

「哦？連你都這麼說了，可見事情挺嚴重的。」

金點了點頭，達格里爾的神情也嚴肅起來。

他應該也從這股氣氛中感受到大事不妙吧。

我無奈地望向遠方，心想金要借助的大概不只是智慧而已。

這麼想的不只我一個，不過金仍站起身笑著宣布：

「好了，我們換個地方吧。讓我們幾個和睦的『八星魔王(Octagram)』促膝長談，開一場重要的會議吧！」

和睦？

不要睜眼說瞎話啊——我差點就脫口而出。

他那副笑容讓我有股不祥的預感……悲哀的是我沒有權利拒絕。我們就這樣心不甘情不願地遵從金的指示。

*

我們來到一個與外界隔絕，有圓桌的房間。

桌上連飲料都準備好了，只能說不愧是金。

金坐在主位，我則坐在他對面。

從我的角度望去，金的右邊坐著蜜莉姆，左邊坐著菈米莉絲。

我的右手邊是雷昂，蜜莉姆和雷昂中間是魯米納斯，其對面則是達格里爾。

菈米莉絲的椅子小歸小，但椅面高於圓桌的桌面。而達格里爾的椅子感覺比一般椅子還重數倍，這個座位的排法也取得了巧妙的平衡。

一入座後便可清楚看見我和達格里爾之間有個空位。

「對了，沒看見迪諾，不用等他嗎？」

達格里爾問了個大家理當會有的疑問。

其他魔王似乎也很疑惑，紛紛將視線集中至金身上。

「噢，關於這件事。」

金望向我。

我立刻感覺到矛頭即將轉向我這邊。

「利姆路老弟。」

金果然知道迪諾背叛的事。儘管不清楚他手中握有怎樣的情報網，但既然將話題帶到我身上，就代表他對事情有一定程度的了解。

「好啦好啦，想叫我說明是吧？迪諾是叛徒，結束！」

「太短了！再講得完整、詳細一點。」

「嘖，好吧……」

再抵抗下去也沒用，我只好死心開始說明。

我毫不隱瞞地說起暫居我國的迪諾倒戈至敵方陣營的事，並且說出自己的推測——這可能並非出於他本人的意志，而是受到米迦勒的「天使長支配（Ultimate Dominion）」影響所致。

「迪諾叛變了啊……」

達格里爾聽完我的說明後喃喃自語。他和迪諾關係很好，內心或許有一些自己的想法吧。

「說是叛變，其實好像只是被控制了而已。不過我還沒向他本人確認就是了。」

「米迦勒是嗎？你的意思是，區區一個技能也有自己的意志？」

啊，看來金並不知道迪諾背叛的原因。

「是的，這點無庸置疑。它現在已萌生出自我意識，奪取魯德拉的身體以米迦勒的身分在行動。」

畢竟我也有希爾大師這樣的搭檔，這就是最好的證明。

「等等，利姆路！你說『天使長支配』會對天使系權能造成影響，可是話說回來，像天使系或惡魔系這樣模糊的概念，是怎麼作區分的？」

哦？魯米納斯提出了一個尖銳的問題！

我對此也感到疑惑。

正當我這麼想時，金站起身來。

「這點就由我來說明吧。」

接著，金開始針對技能進行詳細到令人驚訝的講解。這似乎是關乎世界組成的大祕密，但他仍毫不吝惜地將一切告訴我們。

據他所言——

這世界的法則雖是由維爾達納瓦所定，但凡握有管理者權限的人，也能對這些法則造成影響。即便沒有權限，只要將願望注入魔素並介入其中，依然能改寫部分法則。換言之，這就是魔法的概念，也是權能的一種。

而技能就是能對法則造成影響的能力經過系統化之後的產物。

技能會寄宿在有意識的「靈魂」上，消耗那股純粹的能量來發動。這就是維爾達納瓦創造出的天使系究極技能，其中有七項名為美德系的權能。

「我與維爾達納瓦交戰時，他身上擁有許多權能。但是世界穩定下來後，他只留下最強權能『正義之王米迦勒』，並將幾項權能轉讓出去，其餘全部解放到世間。後來那些權能落入輪迴之環，附在具備資格的強大『靈魂』上，再度出現在世間。不過究極技能本身太過強大，因此從究極技能到獨有技都設有限制。其中有一些分散到各種不同的技能上；有些則維持一定權能，變成『美德』系的獨有技。」

聽起來這個美德系應該是和大罪系呈對比。亦即美德系對大罪系、天使系對惡魔系。

不過從金的說法聽來，美德系的究極技能大概不到七項。

我獲得的「智慧之王拉斐爾」是從「大賢者」進化來的，感覺也和「美德」無關。

我這個人很單純，聽完金的解說就心滿意足。但這時魯米納斯再度提出問題，像是不許他隱瞞任何事情似的。

「金，既然你知道就告訴我們吧。所謂的天使系一共有七項是嗎？那它們各自又有怎樣的權能？」

聽她這麼一說，我也在意起來。

其他魔王們當然也是如此。

「呵，你們真是前所未有的團結呢。好啊，我就告訴你們吧。首先，是美德系的七項權能——」

金懂得很多。

關於維爾達納瓦擁有的七項美德系權能。

根據金的說明——

究極技能「正義之王米迦勒」——其命令與精神支配無異，擁有王宮城塞這般貨真價實的「絕對防禦」能力，特化成指揮系統的最強權能。

究極技能「知識之王拉斐爾」——用以管理世界法則的權能，特化成輔助系統。

究極技能「誓約之王烏列爾」——特化成空間管理系統，用以管理各種現象。

究極技能「希望之王薩利爾」——用以管理生命根源與輪迴之環的權能。

究極技能「純潔之王梅塔特隆」——區分所有混合在一起的法則，防止互相干擾，篩選出純粹能量的權能。

究極技能「救贖之王拉貴爾」——用以協助他人、使其力量增幅的權能，轉讓給了維爾格琳。

究極技能「忍耐之王加百列」——用以穩定狀態、應付突發事態的權能，轉讓給了維爾薩澤。

——大概是這樣。

老實說他懂得比我想像中還多，讓我嚇了一跳。不過這是祕密。

「以上是各權能的詳細內容，但是目前找到的權能只有三個。維爾達納瓦將自己的『正義之王米迦勒』轉讓給了魯德拉，換回了『誓約之王烏列爾』。這就是魯德拉獲得並使之究極化的權能。我猜測其功能可能也發生了變化。可是這些權能如今皆已佚失，無法確認。」

沒有人插話。

於是，金繼續說下去。

「我知道維爾達納瓦轉讓給魯德拉的『正義之王米迦勒』具備讓人服從的力量。不過呢，沒想到這股力量遠遠超越我的想像。」

金說到這兒頓了頓。

我等著金把話接下去，卻和他對到眼。

「利姆路應該知道吧？」

好吧，我在這裡沒必要撒謊。

可以的話真想裝作什麼都不知道，可惜不能這麼做。金在剛才的說明中對於「天使長支配」並未詳細解釋，我只好說出自己的見解。

現在問題變得如此嚴重，我覺得含糊帶過反而對大家有害。

「對。但與其說知道，不如說我前幾天才跟對方交手過。維爾德拉被敵人控制的那一刻，我還心想這下完蛋了呢。」

而且連維爾格琳也被控制了。

「真的假的？」

「都怪你把麻煩丟給我，害我遇到這麼大的危機！別說跟魯德拉決戰，根本演變成全面開戰！」

該強調的事還是要強調一下。

然而，金卻當作耳邊風。

「啊哈哈哈！既然你打贏了就沒問題啦！」

「問題可大了！除了菈米莉絲的迷宮被維爾格琳破壞之外，我們的城鎮周圍也化作地獄般的焦土。儘管重建工程進行得很順利，但我再也不會接受你的委託了！」

我激動地向他申明。

希望他聽完之後暫時不要再丟不合理的難題過來了。

「哼，這種事用魔法三兩下就解決了吧。算了，那你的結論是？」

「剛才我只含糊地說『會造成影響』，讓我再說得精確些。米迦勒的『天使長支配』是凶殘的權能，能夠完全支配天使系究極技能的持有者。」

「怎麼可能——」

「真是難以置信。能達到究極境界的人，按理來說都具有強韌的精神。無論是人是魔，這點都不會變。怎麼會受他人支配——」

「會的。證據就在於不只維爾德拉，連維爾格琳都遭到米迦勒掌控。若非親眼所見，我也無法相信連精神生命體都會被控制。」

應該說，我直到現在還是不願相信。

那種夢魘般的狀況，我真的不想再體驗第二次。

「利姆路說的都是事實。因為維爾格琳確實握有『救贖之王拉貴爾』。至於維爾薩澤，則如剛才所言，她擁有的是究極技能『忍耐之王加百列』。」

果然如此。

和我猜測的一樣。

從這座城堡的毀壞程度看來，他應該和某個了不得的對象交手過。

雖然不想面對，但維爾薩澤似乎被米迦勒控制了。

不祥的預感成了現實，使得我心情十分鬱悶。

「喂，金！你的意思是維爾薩澤小姐成了我們的敵人嗎？」

「就是這樣，達格里爾。」

「不會吧！這下嚴重了！」

聽見金的答覆，達格里爾慌張起來。他和維爾薩澤認識很久，大概知道她有多危險。

然而我對她了解不深……

儘管可以想見事態不妙，但我並不清楚她會構成多大的威脅。因為不確定威脅程度，所以沒什麼真實感。

「我姑且問問，你是不是已經打倒她，將她關在某處……」

「利姆路啊，你真的認為會有那麼好的事嗎？」

沒有吧。

金傻眼的表情讓我很不爽，聽見希望破滅也感到很悲哀。

「糟透了，竟然連維爾薩澤小姐也加入米迦勒陣營……」

我不禁喃喃自語，講出了大家的心聲。

「……真累人呢。」

雷昂看起來也很苦惱。

「妾身剛才也想過有這個可能，這可不是鬧著玩的呢。」

魯米納斯的表情同樣陰鬱。

這也是當然的。畢竟連金都打不贏，還讓她逃走，我們更不可能贏。

「不用擔心！八星之中還有七星留在這裡，而且其他夥伴也很強啊！不如大鬧一場，讓對方見識我們的實力吧！」

為什麼蜜莉姆看起來那麼開心？

我忍不住想，「龍種」的血脈果然都怪怪的。

＊

眾人已經了解目前的形勢有多險惡，沒想到金又追加了個更糟的資訊。

「那麼，我繼續回答魯米納斯的問題。天使系一共只有七項是嗎？答案是否。」

「唔……糟糕透頂。」

魯米納斯露出嫌惡的表情。

「所以，你應該知道天使系究極技能一共有幾項吧？」

聽見達格里爾這麼問，金語氣沉重地回答：

「我也不知道全部有多少。畢竟我和維爾達納瓦交手時，連他的實力都無法完全看透。那七項美德系權能是我從他口中聽說的。此外——我還聽他說，想要賜給『始源七天使』每人一項特別的權能。」

全場陷入寂靜。

七項美德系權能，加上七天使各一項。這樣一共有十四項……

「聽你這樣說，他最後是不是沒給出去……」

「沒錯，達格里爾。當時天使們的自我意識都還很薄弱，有些天使甚至連究極技能都無法操控。所以維爾達納瓦才將『忍耐之王加百列』和『救贖之王拉貴爾』給了維爾薩澤和維爾格琳。而對於那些具備資格的天使們，他也賜予了權能；剩下沒給出去的權能則全部解放。」

他自己只留下「正義之王米迦勒」，與後來魯德拉獲得的「誓約之王烏列爾」作交換。

維爾達納瓦死亡時，「誓約之王烏列爾」也隨之佚失。而後因緣際會成為我的權能，現在則已整合成維爾格琳的「火神之王克圖格亞」。

真是歷史悠久──我忍不住這麼想，但現在不是逃避現實的時候。我明白這件事一定要保密才行。

總之，這樣就能逐漸窺見事情的全貌了。

「也就是說，天使系是維爾達納瓦創造出的純粹技能，最少也有十四項。而顯現並獲得這些技能的人，就無法違抗米迦勒的『天使長支配』，是嗎？」

「可以這麼說。」

我做了個小結後，金點了點頭。

然而這樣就衍生出新的問題。

「等等、等等，天使系先到這邊，那惡魔系又是怎麼回事？」

哦，菈米莉絲問了個我也想知道的問題。

眾人的視線集中至金身上。

「這點很難回答，總之先聽我說。我敗給維爾達納瓦之際，獲得了獨有技『傲慢者(Pride)』。這是我觀察他、試圖模仿他的強大實力所得到的結果。我認為這就是祕密所在。」

「什麼意思？」
「菈米莉絲，妳的技能都是與生俱來的對吧？所以可能體會不到這點。技能獲得與否會受到當事人的願望左右。不過每個人還是不盡相同。」
金回答完後，針對技能為我們做了簡單的說明。
所謂的技能通常會附著在物質體（Material Body）、精神體（Spiritual Body）或者星幽體（Astral Body）任一個上面。可是，有些特殊的技能會直接附在「靈魂」上。
這樣的技能來自接近當事人本質的巨大願望，因此附在「靈魂」上的自然會是強而有力的權能。
我將金這番話和希爾大師的意見合在一起思考。
獨有技確實有一些是附著在物質體上的。
例如獨有技「狂暴者」，拉贊奪走省吾的肉體後直接繼承了這項技能，驗證了這點。
雖有上述這些不同的附著型態，但根植於「靈魂」的力量尤為強大。我也贊同這個論點。
由於容易隱藏，因而不易被人奪走，可以當作殺手鐧呢。
另外我猜測究極技能也是「靈魂」等級的權能，所以能操縱究極技能的人才會這麼少。
不僅如此。說是根植於「靈魂」，其實也分成兩種：除了「附著」之外，也有可能是「銘刻」。
像希爾大師就與我的「靈魂」完全同化，已不可能分離，於是也不用擔心會被奪走。但還是別說出去比較保險。
關於這點，究極技能也是如此。
若只是附著還有可能被奪走，但若是銘刻就沒有這個疑慮——這樣想應該沒有問題。
不過，要看穿這點似乎不太可能……

我一面像這樣在心裡推敲，一面聆聽眾人的對話。

「再連結到剛才的話題——」

「你剛才說維爾達納瓦解放的權能全都落入輪迴之環中，附著在強大的『靈魂』上，對吧？」

「對。然而我既沒有接收維爾達納瓦的權能，也不像菈米莉絲那樣，有被維爾達納瓦賦予特殊的權限。我的權能是自己創造出來的。聽懂了嗎？我透過模仿純粹的權能，產生了技能。這就是——」

惡魔系的權能。

「原來如此。所以妾身的『色慾之王阿斯蒙太』，也只不過是模仿出來的劣質版，是嗎？」

「不，話不能這麼說。由自身的意志、願望化作形體產生出的技能，擁有與源頭同等的權能。我本來不想說的，其實我的『傲慢者』也進化成了究極技能『傲慢之王路西法』。該權能完全可以與天使系匹敵，決定勝負的關鍵在於意志的強弱喔。」

「金，雖然你這麼說……算了。容妾身確認一下，照你的說法，惡魔系究極技能應該少說也有十四項對吧？」

「可能是。我認為就像天使的對立面誕生了惡魔，天使系技能的對立面也產生了惡魔系技能。」

嗯，被我料中了。

這世界實在有太多因緣。

既然勇者與魔王之間會有因果循環，那麼技能之間有這樣的關係，好像也不奇怪……

「至少可以確定，維爾達納瓦擁有的七項美德系，與七大罪進化而來的大罪系是成對的。」

金的「傲慢之王路西法」，與魯德拉過去擁有的「誓約之王烏列爾」似乎是一對。

以下是金的猜測：

究極技能「正義之王米迦勒」對「憤怒之王撒旦」。
究極技能「知識之王拉斐爾」對「暴食之王別西卜」。
究極技能「希望之王薩利爾」對「怠惰之王貝爾芬格」。
究極技能「純潔之王梅塔特隆」對「色慾之王阿斯蒙太」。
究極技能「救贖之王拉貴爾」對「貪婪之王瑪門」。
究極技能「忍耐之王加百列」對「嫉妒之王利維坦」。
他認為這些技能可能互相對應。
在我這邊已經有一些技能被整合掉了，因此我更不知道該說什麼。
這件事若公開肯定會成為大問題，但若瞞著不說好像也會帶來困擾，感覺好可怕。
希爾大師這時也默不作聲，因此我決定再靜觀其變一會兒。

*

金針對技能的說明結束，我們言歸正傳。
「我補充一下金沒說到的地方，天使系的技能中似乎包含絕對命令的『支配迴路』，若擁有天使系技能，就無法違抗米迦勒的命令。我想迪諾也是因為這樣叛變的，你們遇到他時千萬別把他當同伴。」
「真是棘手啊。那傢伙雖然懶散，但實力意外地強。」
聽完我說的話，達格里爾發出低喃。
魯米納斯不理會他，一臉憂鬱地開口發言：

「更大的問題在於維爾薩澤小姐也倒戈至敵方陣營。維爾格琳小姐該不會也是吧？」

達格里爾抱起頭說：「這問題更嚴重。」

我本來想裝作不知道，但維爾格琳的狀況必須由我向大家報告。菈米莉絲也知道內情，大家終究會發現的。

正當我想開口時，雷昂尖銳地指出一個問題。

「等等，事到如今維爾格琳的事怎樣都無所謂。現在更需要確認的，應該是在場有沒有天使系技能的持有者才對吧？」

說得好。

不愧是雷昂，單刀直入地丟出問題。

前「勇者」果然充滿了勇氣。

「雷昂，我就知道你會提起這個話題！」

金似乎也很高興。

在思考今天的會議內容時，我就猜到這件事會成為最重要的議題。

問題是，要由誰來提起這件事。

畢竟這會讓夥伴開始互相猜疑。

為了防止這種狀況，必須亮出自己的底牌。

所以金和魯米納斯剛剛才會透露自己的權能。

預料到這個發展的人，會在被懷疑之前主動表明清白。

不過，我的動作晚了一步……

「等一下！你們該不會在懷疑我吧？」

「放心，妳從一開始就被排除在外了。」

沒錯。

因為連希爾大師也斷定菈米莉絲的權能是完全不同領域的東西。

據希爾大師所言，她的權能與其說是維爾達納瓦賜予的，倒不如說可能是維爾達納瓦不再是神時，所失去的權能有一部分附到了她身上。

聽過希爾大師的解說後，我便不再懷疑菈米莉絲。

「哇哈哈哈哈！也不是我喔。雖然我不太清楚自己的權能是什麼──」

「蜜莉姆也不必多言。能發揮出那般龐大力量的權能，八成是與究極技能『正義之王米迦勒』相對的技能。」

也就是究極技能「憤怒之王撒旦」。即使不曉得那是怎樣的權能，但應該不在米迦勒的支配之下。

「再來就輪到我了吧？老實說我身上並沒有你們那種技能。硬要說的話，我和菈米莉絲比較像。我也是生來就具備權能。」

達格里爾說完，所有人陷入沉默，但他感覺不像在說謊。

畢竟連直覺敏銳的蜜莉姆都一聲不吭。

「我相信你，達格里爾。」

「我也是！」

「哼，既然利姆路和蜜莉姆都這麼說了，我也選擇相信你。」

這樣在七人之中就得到了三人的信任。

再加上他本人就過了半數，接下來有更多人表示同意。

「呵，我也相信你吧。」

「等等、等等，既然這樣我當然也相信嘍！」

雷昂淡淡地卸下了對達格里爾的防備，很懂得見機行事的菈米莉絲也趕緊表明心意。

這樣一來，只剩魯米納斯。

「嘖，真火大。本來想趁機讓達格里爾失勢的，看來只能暫時作罷。」

「嘎哈哈！魯米納斯，都怪我人品太好了，抱歉啦！」

「吵死了！如果你被人操縱，妾身就要笑你是個軟弱之徒！」

達格里爾和魯米納斯看來感情很差。儘管如此，兩人之間似乎又有著奇妙的信賴關係。

不過，也有可能是我想太多。

總之，達格里爾的嫌疑也洗清了。

魯米納斯擁有「色慾之王阿斯蒙太」、金擁有「傲慢之王路西法」，兩人都主動聲明過了，因此也可以從嫌疑之列排除。

於是，只剩下我和雷昂。

我決定搶先出擊。

「呃，我選擇沉默。我有很多不同的技能，但不想告訴你們！」

我笑咪咪地如此宣言。

因為我的技能都怪怪的嘛。

究極技能「虛空之神阿撒托斯」和「豐饒之王沙布．尼古拉特」都不適合公開。就算我一臉認真地說明，大家也會認為我是在瞧不起他們。

我敢打包票絕對沒人會相信我說的話，因而打算在這件事上行使緘默權。

——想是這麼想，但大家不可能允許這種事。

「你以為我們會接受這種鬼話嗎！」

我一說完，就被金輕易否決。

唔嗯，果然不行啊？

不，應該還有一絲希望。

「哇哈哈哈哈！我相信利姆路，所以就算他保持沉默也沒關係！不過，條件是之後要給我蜂蜜！」

真不知道該說她值得信賴，還是會耍小聰明。不管怎樣，蜜莉姆是站在我這邊的。

「那麼我只要蛋糕就好，三天份喔！」

看來菈米莉絲也願意被我收買。

三天份有點多，但也只能答應下來。

「好，成交！我承諾會給蜜莉姆三大罐阿畢特的蜂蜜，並將我自己三天份的點心讓給菈米莉絲！」

我說完後，用力點了點頭。

「包在我身上！我會拚命主張利姆路沒有問題的！」

「說到做到！重點是利姆路不是揭露了天使系的祕密嗎？亮出自己的底牌並沒有好處，根本就不可能被支配啊！」

喔喔，菈米莉絲解釋得真好！

雖然她平常言行有點脫序，但偶爾還滿聰明的。

似乎覺得她說的太有道理，其他魔王們臉上也逐漸浮現認同的神情。

「嗯，這麼說是沒錯。利姆路選擇相信我，如果他其實是背叛者，那麼連我也會被懷疑。所以我應該相信利姆路才對！」

達格里爾豪爽地笑著做出此決定。

這樣我就獲得過半數的票，不過其中有一票是我自己的，不是很理想，假若再得到一個人的支持會更完美。

我心裡這麼想，瞄了魯米納斯一眼。

「……怎麼？你該不會連妾身也想收買——」

我沒讓她把話說完，就展開攻勢。

「朱菜最近設計了新的泳裝呢。」

「——什麼？」

上鉤了！

呵呵呵，面對魯米納斯，果然要從這類弱點進攻最有效。

「我和菈米莉絲合作，在迷宮內設置了大海和沙灘呢。」

「做得超完美喔！」

「在那裡可以享受完全的私人空間，簡直就是一座樂園——」

「利姆路，看來我們有必要好好談一下。」

「一整片透明的海水，溫柔地包裹著大家游泳的身姿。頭頂上豔陽高照，但因為在迷宮內所以不會曬黑。假設想要小麥色的肌膚，當然也可以自由地變換。」

「等一下、等一下。」

「來到這個脫離日常的地方，可能因為有股解放感，美女們不惜將自己的一切都展露出來——」

「知道了。妾身也有幾個願望和計畫，等這場會議結束後就去你那邊打擾一下吧。你們時間上方便嗎？」

「當然沒問題，那麼——」

「妾身知道。妾身打從一開始就相信利姆路。」

好耶！

我忍不住做了個勝利姿勢，這樣我的勝利就到手了。

「……喂喂，這樣也行？你們淪落成這樣好嗎？身為『八星魔王』，竟然這麼輕易就被人籠絡！」

金憤恨難平地瞪著我說：「還這麼正大光明地收買人。」

但這又有什麼關係呢？

反正得勝的一方就是正義。

「金，事已至此我們也只能認輸了。我雖然也很不服氣，但利姆路顯然沒被支配。」

雷昂不甘的聲音在我聽來特別悅耳。

於是，我成功讓大家忽視掉我的嫌疑。

＊

好了好了，最後只剩雷昂一個人。

「那麼雷昂，你又是如何呢？」

「呵，我擁有的是究極技能『純潔之王梅塔特隆』。」

「「「…………」」」

雷昂輕描淡寫地回答達格里爾的問題……咦？

這傢伙剛剛說什麼？

究極技能「純潔之王梅塔特隆」不就是天使系嗎！

眾人散發出的苦惱感，真是筆墨難以形容。

「喂喂，雷昂。你也會開玩笑啊，真稀奇呢。但我們正在召開嚴肅的會議。請你冷靜下來，再回答一次。」

「金，我也不是吃飽撐著。剛才討論到的『純潔之王梅塔特隆』，就是我的權能沒錯喔。」

大家肯定都在想「這下頭大了」吧。

會議好不容易進入尾聲，卻發現如此嚴重的問題。

「好，這下該怎麼辦？你說呢，利姆路老弟！」

「別扯到我身上啊！你啊，只要遇到任何麻煩事就推給別人，你那卑劣的心態居然連藏都不藏，我早就看得一清二楚了！」

「你這傢伙倒是挺伶牙俐齒的嘛！別說些有的沒的，快想出解決方案！」

「行了，這種醜陋的爭執就免了吧！」

「哇哈哈哈哈！可是魯米納斯，我明白金的心情。畢竟這種時候利姆路真的很可靠！」

「就是說啊！這裡就交給利姆路，我們其他人去旁邊喝茶吧！」

我的同僚們個個自說自話。
尤其是菈米莉絲，妳最過分，給我記住——我在心裡對她撂狠話。
總是把棘手的事推給別人，魔王就是這點可怕。任誰見到這幅光景，都會心想：你們哪裡和睦了？
在這狀況下，達格里爾傻眼地開口說道：
「利姆路，你還真辛苦。聽到迪諾被送到你那邊去的時候，我就對你抱有一股親切感。這次也很同情你。」
他人超好的。
雖然是巨人又是魔王，但真是人不可貌相。
「達格里爾先生，謝謝你！」
「用不著叫我『先生』，剛才不是聊過這個話題了嗎？」
對耶。
我差不多也該有當魔王的自覺了。
身段過低在某些時間或場合反倒對自己不利。
「那我重新說一次。謝謝你，達格里爾！」
「嗯，別客氣。重點是雷昂他還好嗎？」
達格里爾輕輕點頭後，拉回正題。
魯米納斯儘管會和他吵架，但似乎與他意氣相投，隨即附和他的話題。
「就是啊，即使雷昂看起來一如往常，但若真的被支配可就糟糕了。」
眾人的視線集中至我身上。

這種事問他本人最清楚，但他好像沒什麼感覺。這樣一來我們只能基於推測進行討論。不過在那之前，我有件事想確認。

「剛才也說過，迪諾叛變時迷宮因為遭到破壞，導致敵人趁機入侵。他可能是在那時與妖魔王菲德維有所接觸。」

「從他們入侵迷宮時起，我們就無法與外界保持完全隔離。所以雖然迪諾和菲德維沒有面對面說話，仍然可以用『念力交談』之類的方式溝通。」

我說明完後，菈米莉絲接著補充。

看樣子她姑且還是有意願要工作的。

我對她刮目相看，並在心中稱讚「幫大忙了」，轉而詢問金。

「我想問你，這裡到底發生了什麼事？可以想見大概是維爾薩澤小姐叛變大鬧了一番，但我想知道詳細的經過。」

「你竟然知道啊。」

「嗯，見到這幅慘狀，任誰都猜得到喔。」

一眼就能看出金和維爾薩澤在此交手過，否則這裡不會變得如此慘烈。

不過，我更在意的是背後的原因——應該說，我想知道維爾薩澤是如何落入敵人手中的。是否從任何地方都能對「支配迴路」下命令？還是必須接近該對象至一定程度？敵人的威脅程度會根據這點而有所不同。

此外，維爾薩澤是直接被維爾達納瓦賦予權能，迪諾恐怕也是如此；然而雷昂是靠自己的力量取得權能，並使其發展成究極技能。「支配迴路」或許不會消失，但說不定在過程中出現了什麼瑕疵。

若真如此，敵人至今仍無法控制雷昂，也就解釋得通了。總之現在最重要的就是先掌握正確資訊。

「就像你說的，菲德維那傢伙破壞冰雪『結界』闖了進來。率先迎戰的是米薩莉和萊茵，我自己也想出去給他點教訓，這時卻被維爾薩澤阻撓。」

原來是這樣。

「換言之，兩人雖未接觸，但菲德維同樣來到了維爾薩澤小姐身邊。這和迪諾的狀況是一樣的，可是該作何判斷還真令人傷腦筋。」

「這樣看來，要干涉『支配迴路』，必須接近至一定程度的範圍內吧？又或者你認為這可能是對方為了讓我們這麼想，而使出的計策？」

「我就是這麼想的。」

「雷昂，你自己有什麼感覺？」

「沒什麼感覺。我就是我，我不覺得自己正在被任何人支配。」

雷昂雖然自信滿滿地這麼回答，但是之前近藤中尉和維爾格琳也一點都不覺得自己被操縱。因此不能完全相信他說的話。

「所以你最愛的人還是我——」

「白痴，當然是克蘿耶啊。給我搞清楚，你這種人我根本不放在眼裡。」

啊，看來沒問題。

這堅定的態度無疑出自雷昂本人的意志。

而且會這麼說也不是完全沒有根據。

《你是指記錄在迷宮裡的，菲德維說的那段話對吧？》

沒錯，正是如此。

菲德維與克蘿耶對峙時，說了這麼一段話：「哈哈哈哈哈哈！什麼嘛，原來在那邊啊。果然連維爾達納瓦大人也希望我獲勝！」

從這段話可以推論出，或許連菲德維和米迦勒都「不清楚哪些人是天使系究極技能的擁有者」。即便不能保證這不是演出來的，但這樣懷疑下去沒完沒了。我的直覺告訴我沒問題，接下來就該以相信雷昂為前提，繼續討論下去。

《建議可以「捕食」雷昂，破壞「支配迴路」，這麼做最保險——》

希爾大師一派輕鬆地向我吐槽，但我拒絕這麼做。

我生理上無法接受「捕食」雷昂。或許正因如此，我更傾向相信雷昂沒有被支配。

「好，再談下去也得不到結論，雖然雷昂的狀態很可疑，但我個人還是想相信他。所以我決定將雷昂歸類在『偏黑的灰色地帶』，靜觀其變！」

我如此宣言。

「這樣好嗎？」

金這麼問，我朝他用力點了點頭。

「儘管不能完全確定，但我認為敵人並不知道每一個天使系擁有者各自在什麼地方。」

「如此斷言的根據何在？」

達格里爾疑惑地問道，我因而對眾人說出自己的看法。

「菈米莉絲的迷宮裡，留有與菲德維等人交手時的紀錄。從他的發言可以推測出，他們所知的權能者僅限維爾達納瓦直接轉讓的那些人。而自行獲得權能的人，若不靠近就無法看出對方擁有權能。」

「沒錯！雖然你這麼輕易就讀取到我迷宮內的資訊讓我很不爽，但是既然你能夠有效利用，我就沒意見了！」

我想趁機討菈米莉絲歡心，便朝她點頭說：「妳真的幫了我很多。」那座迷宮確實在各方面都很優秀，我自然能夠真心誠意地感謝她。

「再多稱讚我一點也可以喔！」

菈米莉絲聽了也很開心。

我沒再理會她說的話，回到正題上。

「雷昂感覺不像會到處去說自己權能的人，所以對方應該還要一段時間才會知道這件事。」

「若非這種情況，我才不會做亮出自己底牌這種蠢事。」

聽我說完，雷昂不悅地低語。

「說得也是。」

金似乎接受了這個說法。

「雷昂說得沒錯。和敵方太靠近確實很可能被看穿，沒辦法完全放心，這點妾身同意；不過如果因為過度警戒，導致同伴之間鬧翻，就太蠢了。」

「嗯，我沒有異議。」

魯米納斯做了個總結，達格里爾表示同意。他們倆果然吵架歸吵架，想法倒是挺相近的。

他們本人正不悅地瞪著彼此，看在我眼裡卻覺得很有趣。他們即使吵架也不會喪失冷靜的判斷力，因此不成問題。

「我相信利姆路說的話，雷昂也沒有在說謊！」

蜜莉姆向大家打包票之後，這個問題就到此結束──沒想到菈米莉絲卻在這時多嘴一句。

「沒錯。現在需要有人來監視雷昂，不過該由誰負責，倒是個問題！」

如果眼下在這裡說出這種話……

「利姆路老弟。」

「好啦，知道了，不用再說了。」

果然是我呢。我死了這條心，擔負起監視雷昂的任務。

＊

「迪諾的背叛雖是無可奈何，但這也顯示出留在這裡的七個人都是同伴。然後相信各位已經明白，我們面前出現了難以應付的敵人。」

要怎麼監視雷昂，這點待會再討論。

「那麼金，你打算怎麼對付那個米迦勒？」

我專心地聆聽金說的話。

「啊？當然要把他擊垮啊。」

「唔嗯，這樣就會演變成全面開戰呢。」

魯米納斯若有所思地低語，這也是在場所有人的心聲。

「哇哈哈哈！真教人興奮！」

「讓我展現實力的日子終於到了！不管是菲德維還是米迦勒，我都要一拳打倒！」

「嗯，妖魔王菲德維啊。他既然回來了，一場地上霸權的爭奪戰肯定無可避免。」

蜜莉姆就算了，菈米莉絲這麼說也太大言不慚，聽起來很不現實。雖然她無法一拳打倒敵人，她的迷宮仍扮演著重要角色，我這次就不調侃她了。

「敵方強到什麼程度，你心裡有底嗎？」

聽見雷昂這麼問，金搖了搖頭。

「只能確定包含菲德維和迪諾在內的『始源七天使』會出戰，並且會由取代了魯德拉的米迦勒擔任統帥。」

「唉，此外維爾薩澤小姐也與我們為敵。這次的『天魔大戰』感覺會打得很辛苦呢。」

嗯？

「天魔大戰？」

「沒錯，這是每隔五百年左右會發生的戰爭。不過那些天使本來就是由魯德拉的權能召喚而來的，不是嗎？」

達格里爾若無其事地回答完，包含我在內的所有人都嚇了一跳。

「你說什麼？達格里爾，話可不能亂說！」

魯米納斯立刻激動地質問他，金隨即出面制止。

「冷靜點，魯米納斯。達格里爾說得沒錯。魯德拉有一項名為『天使大軍(Armageddon)』的權能，發動這項權能就能召喚天使族(Angel)軍團，並隨意使喚他們。不過，魯德拉似乎難以駕馭這項能力，只能發出一些簡單的命令。」

金向眾人說明，這項權能的發動週期約為五百年一次。但是那些被召喚來的天使族因為沒有肉體，最長不到一週就會自動消失。

雖然現在這麼想為時已晚，但真希望他能早點告訴我們。

「我有個問題。」

「什麼問題？」

「天使族也和惡魔族(Demon)一樣，一旦有了肉體，就能在這世上定居下來嗎？」

哎呀，這種事問都不用問。

紅丸的妻子紅葉所屬的種族長鼻族(天狗)，就是由天使族降臨至山狼族的肉身而誕生的。戰爭中會發生各式各樣的事，就算因此誕生許多新的種族，好像也不奇怪。

可是我心裡有股揮之不去的不祥預感。

《你想到了禁忌咒法「妖死冥產(Birthday)」對吧？》

希爾大師真厲害。

我的想法都被摸透了。

「你好像在擔心什麼。講出來，我聽聽看。」

聽見金這麼問，我只好誠實回答。

「呃，你們也知道『咒術王(Course Lord)』卡札利姆吧？其實卡札利姆現在被敵人支配，正在量產妖死族(Death Man)……」

即使我命令部下逮到機會就去阻撓儀式，但不確定效果如何……

「妖死冥產嗎？死了幾萬人？」

「優樹的混合軍團犧牲了大約六萬人，最多可以產生十名妖死族。」

「是嗎？看來他們不重視數量，反而以『個體』為優先。那麼最差應該也有和克雷曼相等的實力。作為『始源』們降臨的肉身，可說是無可挑剔。」

啊，金搞錯了。

我擔心的是另一件事，還是糾正他一下好了。

「不是啦，『始源七天使』早就有肉身了。以菲德維為首的天使們好像在異界發生了異變。此外，迪諾的同伴也——」

我想想，她們的名字是——

「皮可和卡拉夏！」

對，沒錯！

菈米莉絲又幫了我一次，真感謝她。

「所以你擔心的是——」

「對，我在想他們會不會讓『天使大軍』召喚來的高階天使，降臨在妖死族的肉身上。天使的自我意識不是很薄弱嗎？那麼若以擁有強烈自我的人類『靈魂』為核心，或許就能創造出融合了天使力量的強大新種族。」

「「「……」」」

不只金，連其他魔王們也陷入沉默。

過了幾秒後，他們才面面相覷，自顧自地說著像是「哎呀，這個嘛……」以及「利姆路就是有這種想法，所以才恐怖」這種話。

我又不是故意這麼說的。我只是想到了這個可能性啊，這有什麼辦法？

「利姆路老弟，你認為發生的機率高嗎？」

「就跟你說，不要用那種把一切責任都推到我身上的口氣說話。」

「好啦。所以你覺得呢？」

「若是我會想試試看。就算失敗了，不過就是浪費掉一具妖死族的肉身而已。」

「是啊，我也會這麼做。弱小的手下即使人數再多也沒有意義呢。」

我和金互相點頭，其他魔王們則以避之唯恐不及的眼神望著我們。

真搞不懂。

我以為為了提高戰力，任誰都會這麼做……

「別用那種眼神看我！雖然不知道實際情況如何，但我們不是該預想最糟的狀況嗎？」

我大叫完後，以魯米納斯為首的魔王們開始各自發表意見。

「是沒錯……」

「你這人果然怪怪的。最可怕的是即使面對這樣的狀況，你仍認為自己有辦法應付。」

「是啊，利姆路。最高階的天使是熾天使(Seraphim)，若是克雷曼般強韌的肉身，確實承受得住那股力量。這樣一來，就會創造出能與覺醒魔王匹敵的強大存在。」

「嗯，倘若真的誕生出好幾個像達格里爾說的那種存在，就連妾身等人也不能掉以輕心。至少確定對路易和岡達來說會很難應付。」

結果大家抱怨的不是我，而是這件事有多難處理。

「金先生，大家似乎有不滿呢。你身為主辦人，是不是該登高一呼，說些有魄力的話？」

「喂喂，我不是說了不要一有事就叫我『先生』？在這裡每個人的發言都是平等的啊。就算由你來協調意見，也不會有什麼問題喔！」

「少囉嗦！你還不是一直喊我『老弟』？說到底，為什麼這種吃力不討好的工作總是落在我身上啊？」

我毫無顧慮地喊出自己想說的話。

喊完之後爽快多了，人也冷靜下來，金雖然可怕，但我決定不理會他。

「沒問題，只要把他們所有人揍飛就行了！」

「沒錯！我們這兒還有維爾德拉師父，沒必要那麼害怕！」

這次會議中，蜜莉姆和菈米莉絲總是抱持著樂觀態度。

她們感覺很幸福，真令我羨慕。

順帶一提，菈米莉絲所仰仗的維爾德拉，現在應該正在其他房間閱讀聖典（漫畫）。他最近開始看起長篇歷史漫畫，認為能從中得到一些不錯的啟發。

反正他到時候一定又會說什麼「這是孔明的圈套」，而負責想計策的一定又是我。我一點都不抱期待呢。

不過他沒來打擾我們，我就該偷笑了。

「事情沒那麼簡單喔。除了維爾薩澤小姐外，不是連維爾格琳小姐也落入敵方手中了嗎？這邊雖然有邪龍（維爾德拉），但敵方的條件顯然更有利！而且，要依賴那隻廢龍也讓妾身很不爽。」

沒錯，維爾德拉好像很可靠，實則不然。

他見到姊姊們就變得畏畏縮縮，最近還被敵人抓住……

「啊，不用擔心維爾格琳小姐。」

我一個不留神就說溜嘴了。

不用說這當然是個失誤。

「你為什麼能說得那麼肯定？」

當我回神時已太遲了。

我本來想以比較不引人注意的方式提供這則資訊，既然這樣，只能老實說明了。

「維爾格琳小姐與我交手時發生一些事，脫離了『天使長支配』。而她現在已經不具有究極技能『救贖之王拉貴爾』，不用擔心她會受米迦勒支配。」

「「「什麼？」」」

看來我還是裝傻為妙。

「哎呀，我打得可辛苦了。打到渾然忘我，回過神來才發現大獲全勝呢！」

魔王們懷疑的目光扎得我好痛。

可是我若氣勢輸給他們，就得被迫全盤托出。

「你做了什麼？」

金也罕見地嚇了一跳。

「那是企業機密……」
我絕對不能將自己的權能說出去。
就算說了他們也不會信，只會更加啟人疑竇罷了。
更重要的是，如果雷昂真的被人支配了，我的實力就會被敵方偷聽到。
或許有點杞人憂天，但我絕對要慎防這一點。
「嘖！你這人還是一樣喜歡胡扯又小氣……」
這才不是什麼小不小氣的問題。
這也是戰略的一環。
「不不不，達格里爾暫且不論，我們其他人大概都有技能進化的經驗，對吧？」
「我沒有這種經驗呢。」
對啦，說得也是。
中間被人插了句惱人的吐槽，但我不以為意地繼續說明。
「維爾格琳小姐也經歷了類似的狀況。她在與我交手時突然恢復理智，告訴我她的『救贖之王拉貴爾』進化了。」
我稍微——應該說大幅扭曲事實說明這件事，不過大家似乎都明白了我的意思。
「也是啦……」
「我不記得了，但總覺得以前好像也遇過這種事。」
「嗯……在激戰的過程中，技能確實有可能進化。雖然不太常見。」
「我的情況也是如此。我當時處於生與死的夾縫間，便將一切賭在自己的可能性上，結果就獲得

『純潔之王梅塔特隆』。時至今日仍未對這個決定感到後悔。」

眾人紛紛對照自己的經驗，接受了我的說法。

這樣我就能暫時鬆口氣。

只要假裝沒聽說維爾格琳現在的權能，就能徹底裝作不知道究極技能「火神之王克圖格亞」吧。

實際上，那全是希爾大師搞出來的，也不關我的事。

「——原以為究極技能就是技能的頂點，沒想到還能繼續進化。嘖，看來我還需要再努力。以前太過自滿，以為這就是極限了。」

金如此低語後，這個話題就此告終。

＊

我雖然在心裡抱怨會議一直沒有進展，仍和眾人重新複習了一次現在的狀況。

推敲出敵方戰力是很重要的事，這個工夫可不能省。

「所以維爾格琳確定已經沒問題了嗎？」

「對，她目前正在保護『勇者』正幸。我和正幸關係良好，如果遇到困難會互相幫助。」

「那麼可以把他們列為我方戰力吧？」

唔嗯，這樣擅自下判斷感覺不太好，但我想若我出聲拜託，他們應該願意幫忙。

「只要維爾格琳不與我們敵對就行了吧？反正我自己是不想再和她交手了。」

「也是呢。能贏過她的人少之又少，你做得很好。眼下維爾薩澤倒戈至敵方陣營，要是連維爾格琳都叛變，我們可就敵不過對方了。」

金一臉怕麻煩地說道，這大概是他的真心話。

畢竟在這裡的七人之中，有一半都無法應付「龍種」。

能夠應付的只有我、金和蜜莉姆。

再來就是達格里爾了吧？

總之，能減少一個不必要的敵人已經算是好消息了。

對了對了，那麼我再報告一件事。

「既然提到維爾格琳，我還有件事要告訴你們。『始源七天使』之中包含菲德維在內有四名去了異界，其中有三名攻入了菈米莉絲的迷宮。」

「就是說啊！不過，當然被我以實力趕跑了。」

菈米莉絲聽完我的話也回想起這件事，頻頻點頭。

我趕緊接著說下去，以防被打斷。

「嗯，先不論這是真是假。總之他們自稱是妖魔王菲德維，以及其麾下的『三妖帥』。」

「對，他們從很久以前就在暗中活躍，打算消滅這個世界的人類。我們稱他們為魔族並與之敵對，不過他們的真實身分是妖魔族。」

「我還以為魔族是所有與人類敵對者的統稱，原來是這麼回事。這個暫且不談，希望你們記得一件事，『三妖帥』之中已經有一名被維爾格琳小姐消滅了。」

我記得他叫柯洛努，因為愚弄正幸而激怒維爾格琳。我雖然感覺到維爾格琳變強了，但是沒想到她面對「三妖帥」這樣的強敵也能將對方一擊斃命，真可怕。

不過那個柯洛努別說菲德維了，就連和另一個同伴札拉利歐相比，都顯得氣勢不足。即使我只是看了他在影像中的言行舉止而有這種感覺，但希爾大師分析過迷宮內殘留的資訊後，也認為即使他的存在值能與另外兩人匹敵，然而實力方面還是差了一截。

儘管不知道根據何在，我仍相信希爾大師的判斷。

縱使絕對不能輕視敵人，但沒必要連已死之人都提防。因此我才會向大家報告這件事。

「我猜死的一定是柯洛努吧？我以前雖然和他打過交道，但一點也不為他感到遺憾。」

金以一副無所謂的口氣嗤笑道。

他似乎認為敵人能減少再好不過。

這很符合金的風格，我未感到訝異，打算接著報告下一件事。

然而，這時蜜莉姆打斷了我。

「現在時機正好，我也要報告一件事！」

既然她這麼說，我便決定聽聽她的發言。

「其實呢，『三妖帥』之一的歐貝拉說要當我的部下。我們進行了一次祕密會談，大概連菲德維他們都沒有發現喔！」

我並沒有在發呆，但聽見後實在不知該作何反應。

這番話真是出人意料。

「是、是嗎，真不愧是蜜莉姆。妳是怎麼收服她的？」

「是啊，說來聽聽吧。歐貝拉不像柯洛努那樣眼界窄小，是個生性認真的女人，和背叛之類的事完全扯不上邊，她是在什麼情況下向妳投誠的？」

我和金默契絕佳地向蜜莉姆提出疑問。

我不禁和他對看一眼，光是這樣就了解彼此心中在想什麼。

亦即，我們都在擔心蜜莉姆可能被騙。

我們朝對方大力點了點頭。

「因為我有人望啊。她明白我的厲害之處，自己主動說要效忠於我！」

當個受歡迎的人還真辛苦——蜜莉姆笑著這麼說，但我們可不能輕易聽信她的話。

「冷靜點，這說不定是敵人的圈套。」

金如此提醒她，然而蜜莉姆充耳不聞。

「沒問題的，歐貝拉沒有說謊喔。」

「嗯……可是蜜莉姆，《三國志》這部聖典介紹過一項淺顯易懂的計策，名為『詐降』，將間諜送往敵方陣營是自古以來的常見手段。她竟然在戰爭即將開打時與妳接觸，不是很引人懷疑嗎？」

維爾德拉現在正好就在看這部漫畫。

他發下豪語說：「看完之後我也能精通戰略呢。」但若軍師那麼好培養，古人也不用如此辛苦了。

重點是我們這兒和漫畫的世界觀差太多，書裡的內容只能當作參考而已。

總之，其中肯定有詐，因此我也試著說服蜜莉姆。

但蜜莉姆卻自信地笑了笑。

「放心吧，我也覺得很可疑，所以找卡利翁和芙蕾討論過這件事。最後我們三人意見一致，決定相信歐貝拉。」

嗯，蜜莉姆確實不傻，該做的事她已經做了。既然卡利翁和芙蕾小姐都做了同樣的判斷，或許真的可以相信對方。

「妳和歐貝拉談了些什麼？」

我姑且一問。

「關於這點——」

我們決定聽完蜜莉姆的說明後再下判斷。

＊

「這樣啊，原來歐貝拉的工作是待在『妖異宮』監視『滅界龍』伊瓦拉傑的動向嗎？那麼她應該沒有多餘的心力對我們耍花招。」

金聽完蜜莉姆的話後，得出這樣的結論。

據說伊瓦拉傑與其麾下的幻獸族堪稱無法交涉的破壞軍團。若歐貝拉離開鎮守的地方，伊瓦拉傑可能有復活之虞，因此正常來說對方會將她排除在侵略戰力之外。

不過，有一點我很好奇。

「若真如歐貝拉所言，就算世界毀滅菲德維也無所謂，那他是不是有可能解放伊瓦拉傑，用他來對付我們？」

菲德維和米迦勒想讓維爾達納瓦復活，萬一這個願望沒能實現可就糟了。他們可能會就此失去希望，產生破壞一切的想法。

沒有什麼比做事奮不顧身的人更可怕了。

我是因為這麼想，才提出了這個問題——

「你就是這點可怕，利姆路。妾身真不敢相信你竟然有這種想法。」

原以為這想法很有道理，沒想到卻受眾人唾棄。魯米納斯說完之後，達格里爾的批評也緊接而來。

「菲德維那傢伙並沒有蠢到會利用一個比自己更強，而且還無法控制的怪物。」

哦？原來伊瓦拉傑比菲德維更強啊。

「以前可辛苦了。金曾經對抗過伊瓦拉傑，我當時也有幫忙，以防這星球遭破壞！」

「嘎哈哈！畢竟以伊瓦拉傑的破壞力，一不小心整個星球都有可能粉碎呢。若隨便和他戰鬥，肯定會演變成難以收拾的狀況。」

「如果他只消滅敵人就算了，問題是之後要怎麼辦？若是連星球都粉碎了，根本談不上支配世界不是嗎？」

原來如此……是我想得太天真了嗎？聽他們這麼說，伊瓦拉傑感覺像個超乎想像的怪物。

「哇哈哈哈哈！聽起來實力滿不錯的。萬一那傢伙真的被放出來了，就由我來當他的對手！」

「妾身反對。」

「我也反對。」

「我也反對唷。」

「蜜莉姆，我認同妳的實力，但妳考慮不周詳。雖然我沒資格這麼說，不過妳還是要注意一下可能對周圍環境造成的破壞。」

「唔唔，我現在下手知道輕重了嘛。就算對手是伊瓦拉傑，我也只要動動手指就——」

「好啦好啦，知道了。說認真的，萬一伊瓦拉傑復活，由我來對付他。我想和那傢伙一決勝負。要是再給我一次機會，我肯定會解決掉他。」

金以冷酷到令人戰慄的聲音宣言道。

不用說，沒有人有異議。蜜莉姆雖然顯得很不滿，但最後的結論還是將伊瓦拉傑交由金全權處理。

而後，話題又回到歐貝拉身上。

「沒辦法向她打聽敵方的內情嗎？」

達格里爾詢問蜜莉姆。

「我問了，但是她對於他們在這世界取得的戰力不太清楚。菲德維疑心病很重，歐貝拉或許是擔心亂問問題反而會招來不必要的懷疑。」

「歐貝拉這麼判斷是正確的。菲德維是個聰明人，不喜歡部下去想些有的沒的。」

「意思是，他只要部下專心執行他頒布的作戰計畫？」

我回想起某些難搞的主管，這麼問道。

於是，金以露出懷念往事般的神情回答我的問題。

「有點不一樣。他認為部下若全心全意執行自己分配到的計畫，應該沒有餘力關心其他人才對。他就是會這麼想的人，所以歐貝拉的作法沒有錯。」

若歐貝拉想騙我們，大可說些假情報來取得我們的信任。但她沒這麼做，反而說自己什麼都不知道，因此可信度又提升了些。

話說，我感覺自己和菲德維這個人還真合不來。

「竟然只把部下當棋子，真是個獨斷的人。他可能認為自己所有的想法都是正確的吧。」

我不小心說出真心話。
金聽了之後對我露出笑容。
「你是在諷刺我嗎？」
「當然不是！」
哇，危險。我這才想起這裡有個已經超越獨斷，達到獨裁境界的人。在金心中，麾下的惡魔們肯定連棋子都稱不上，我這樣亂說話很可能自食惡果。
我為了找台階下，便接著說下去。
「總之我們現在先傾向相信她，再一邊觀察情況好了。」
聽我這麼說完，大家都點了點頭。

*

討論完歐貝拉的事之後，我們又回到正題。
一直被打岔還真累人。
「真是的，會議遲遲沒有進展。在場應該沒有人有所隱瞞了吧？」
我忍不住如此抱怨，反倒被所有人吐槽。
「「「你沒資格這麼說！」」」
說得也是。
我才是那個藏有最多祕密的人，這下說錯話了。

我邊在內心反省，邊專心聆聽會議。

會議現在由魯米納斯主持。

「言歸正傳。吾等平常沒在培養感情，沒默契也是正常的。沒辦法，就由妾身來為大家整理吧。」

她這麼說完後，開始列舉敵方的戰力。

敵軍之首，米迦勒。

在其掌控之下的「白冰龍」維爾薩澤。

妖魔王菲德維。

其麾下的「三妖帥」札拉利歐。

札拉利歐監視過的蟲魔族，以及統治蟲魔族的蟲魔王塞拉努斯。

塞拉努斯大概也有自己的部下，但由於歐貝拉不清楚他的情況，我們也不得而知。老實說，他們是最令人好奇的勢力。

畢竟我所知道的蟲型魔人（蟲魔族）都強得離譜。賽奇翁和阿畢特自不用說，此外還有號稱西方守護神的蘭斯洛，以及紫苑打倒的「個位數」（Double O Number）中排行第六的美納莎。塞拉努斯本人感覺就很強了，他可能還擁有強大的部下，教人不得不警戒。

迪諾、皮可和卡拉夏三人組。

光是達到覺醒魔王等級就已經夠棘手了，還不確定他們有沒有究極技能。按理來說就算有也不奇怪，或者說，以「有究極技能」為前提來估計戰力會比較保險。

最後還有——

「實力能與我們匹敵的，有天使附身的妖死族。嗯，真麻煩。要是能知道正確數量的話，心情上也會輕鬆些。」

「你要求真多。能知道這些資訊就不錯了，接下來應該思考對策才是。」

魯米納斯責備低聲抱怨的達格里爾。

「是不是該事先分配由誰來對付誰？」

提出這點的是雷昂。

即使事先決定也有可能白費力氣，但這麼做還是有其意義。

「也對。至少可以確定雷昂還是別和米迦勒交手比較好。」

我也贊同達格里爾的意見。

他們倆若交手，雷昂肯定會被控制，因此絕對要阻止。不僅如此，我們還得盡可能合作，以防這樣的情況發生。

令人在意的是，不只米迦勒，連菲德維也具備支配能力。所幸我蒐集了許多資訊後，明白了其中一部分的原理。

「聽好了，米迦勒的權能是可轉讓的，只要實力達到一定程度，似乎就能借用他的支配能力。因此除了米迦勒外，也要讓菲德維遠離雷昂才行。」

就像近藤中尉那樣，菲德維大概也借用了米迦勒的權能。

「真麻煩。要是連雷昂也被支配，戰力差距就會變得更明顯。」

聽著魯米納斯的呢喃，我忽然想起有件事一直忘了說。

「對了對了，危險的可不只雷昂一人。」

「唔？這話是什麼意思？」

「哎呀，剛剛也說了，前幾天戰鬥時維爾德拉也曾一度落入敵人手中。」

「……這件事真令人在意。再說得詳細點。」

魯米納斯露出目瞪口呆的表情追問下去。

因此我便向眾人說明，米迦勒擁有「王權發動（Regalia Dominion）」這項能夠進行絕對支配的權能。

至於克蘿耶的事，因為她可以自己處理，所以我沒跟大家說。若情況真的不妙，希爾大師應該會強制介入，我相信交給它處理沒有問題。

於是，我只說明了維爾德拉的狀況。

「「「……」」」

「利姆路老弟，剛才問『還有沒有人有所隱瞞』的人確實是你吧？」

啊，完蛋了。

「咦，我有說過那種話嗎？」

「你說了！」

「說了唷。」

「說了沒錯。」

「真的說了。」

「確實說了。」

沒人站在我這邊。

我拚命解釋說：「沒有到隱瞞那麼誇張，只是忘了說而已。」但沒有任何人接受。

菈米莉絲明明就知道……雖然我心裡這麼想，但就算指出這點也無法改善我現在的狀況，所以我只好認命並道歉。

＊

魔王們全都顯得很惱怒，因此要讓氣氛緩和下來比想像中更花工夫。

總之我還是拉回正題，不過仔細想想，眼前情勢未免太過惡劣。

如果只是我方戰力減損就算了，偏偏敵方的戰力還增加。簡直像在下一盤只有一方能將吃來的棋子回收再利用的將棋，老實說我覺得在此條件下我方贏不了。即使忘記說明是我不對，但他們突然聽到這番話，想必也無法承受吧。

「那麼，在場應該沒有人受到『王權發動』的支配吧？」

「這倒可以放心。若是對天使系的支配，當事人不會有感覺；而『王權發動』則是強制支配，當事人的自我會消失，因而出現不自然的反應。不過我和維爾德拉的『靈魂』連結在一起，是他親自對我說的，他被支配的事我知道得一清二楚。」

「原來如此，那你是怎麼解放維爾德拉的？」

「這個嘛——」

又是這種問題。

當時我將他一口吞下，再由希爾大師使出「能力改變（Alteration）」。但我不打算老實說出來。

反正說了他們也不會相信，只好打馬虎眼帶過了。

「和維爾格琳小姐的狀況一樣。維爾德拉在激烈戰鬥的過程中，讓自己的權能進化。或許可說是因為我們互相信任才取得了勝利呢。」

「「「……」」」

眾人的視線好刺人。

我知道大家正以極其狐疑的眼光看著我，但我也只能堅持這個說法。

「我說啊，我也很認真地和維爾薩澤交手，卻完全沒感覺到她的權能進化的跡象耶？」

「可能每個人不太一樣吧。」

雖然這話是我自己說的，但我也覺得這麼說很難教人信服。

「每個人不一樣？」

行不通嗎？

他超懷疑我的，這下我該怎麼辦？

即使他們不相信，我也可以說出真相。然而這樣一來——

《他們不僅會將那些被支配的人全都推給你對付，還可能會徹底追查主人你的權能。》

果然會演變成這種狀況呢。

說到底，那本來就不是我做的，而是希爾大師所為，我也無法說明是怎麼辦到的。

還是保持沉默為妙。

「算了，反正你也不想坦白，肯定是做了什麼超乎常理的事吧。既然能夠分辨得出是否被支配，那麼『王權發動』的威脅感覺就沒有『天使長支配』那麼大。重點還是在於我方要如何迎擊。」

魯米納斯認為能分辨得出來還算好的。她說我們該討論的是在此前提下，要怎麼應付米迦勒等人。

我點頭同意她的觀點。

「我覺得與其決定誰來對付誰，不如先決定何處遭到進攻時，我們要如何應對。」

金聽我說完也點了點頭。

「我贊成。敵人又不是傻子，不會做出分散戰力的愚蠢之舉。」

萬一敵軍規模過大，或是自己難以應付的敵人攻來時，最重要的還是立即請求支援。

不過，即便理解這點，還是有個問題。

「話雖如此，但我們不是分散在各地嗎？還是說我們要聚集在同一個地方，以便隨時應付敵人？」

「唔嗯，這辦不到。」

「對吧？」

金似乎也認同我的說法。

我打算死守自己的國家。雷昂、魯米納斯，還有達格里爾和蜜莉姆應該也都不想離開他們的國家。

蜜莉姆可能要打上個問號，但其他人無疑是這麼想的。

因此我們必須做好準備，以便任何一處遭到進攻時，其他人可以立刻派出援軍。

「沒錯，妾身等人有義務要保衛自己的國家。最糟的情況或許有必要考慮棄守，但希望能把這點當作最後手段。」

「嗯，我也同意。不過魯米納斯妳放心吧，如果妳要棄守領地，我會毫不客氣地收下來。」

「別開玩笑了！妾身一點都不打算給你，不要痴心妄想！」

達格里爾一有機會就想侵略人家領地，魯米納斯則拚命阻止。

這樣看來，的確有一些魔王無法離開領地。

「金打算怎麼做？菈米莉絲會待在我的國家，不用特別討論，而你也沒必要死守這裡吧？」

「對啊。我很擔心雷昂，去他那裡叨擾一陣子好了。」

儘管雷昂一臉不悅，但金的作法也在意料之內。

畢竟大家最擔心的莫過於雷昂，而且他的嫌疑也還沒完全洗清，所以才會派我監視雷昂，因此金的判斷是正確的。

但這樣我就沒必要去監視他了吧……

「利姆路，你那裡人手好像很充裕。派幾個部下去魯米納斯、達格里爾、蜜莉姆和雷昂那邊吧。」

什麼？

有沒有搞錯？

聽見金這般突然的要求，我打從心底感到困惑不已。

*

就結論來說，我實在沒辦法拒絕。

即便我百般抵抗，金仍舊充耳不聞。

他甚至還叫我到各領地設置「傳送魔法陣」，以便可以隨時通行。

逼得我都想大叫「我不是你的部下」。

之所以忍住不叫是有原因的。

我是基於「依附強者」的精神才聽命於金。

因為，他認真起來給人一股超重的壓迫感，讓我有點難以違抗。雖然也可以和他硬碰硬，但選擇順從心情會比較輕鬆。

除了不能讓步的情況外，大多時候也只能乖乖服從。

不過這樣的話，該派誰前往哪裡比較好呢？

無論從何處都能發動「傳送」和「思念網」，實力強大到無論遇到什麼事都能獨自應付，還能抵抗支配。感覺那三個女惡魔是最適合的人選。

但是，戴絲特蘿莎已被我派去帝國周邊執行外交「戰略」，因此這次無法指派她。只能以卡蕾拉和烏蒂瑪為主。

再來還要從幹部中挑選數人。

「首先是蜜莉姆那邊，派蓋德過去好了。你們國家的建設工程有必要重新展開，而且因為雙方互相認識，相處起來應該比較沒有障礙。」

「好！在我們那兒大家都很喜歡他。對了，米德雷他很想見戈畢爾，說想再和他切磋一下。」

原來如此，這樣安排或許還不錯。

之前交由烏蒂瑪來訓練戈畢爾，才過沒幾天他就淚眼汪汪地看著我。或許可以派他過去，順便讓他喘口氣。

那麼烏蒂瑪也要一起過去，現在是戰時體制，國內不需要警察。反正必要時可以立刻叫她回來，就此確定下來應該也沒關係。

「知道了。那就派蓋德、戈畢爾和烏蒂瑪三人去蜜莉姆那邊。」

「嗯，真期待！」

這樣蜜莉姆的國家就ＯＫ了。

再來是魯米納斯的神聖法皇國魯貝利歐斯……

「至於魯米納斯那裡，妳自己心中有沒有屬意的人選？」

我學聰明了。若說要派維爾德拉過去，她肯定會勃然大怒，還是在踩中地雷前先問一下比較好。

「嗯，關於這點……」

魯米納斯說完便陷入沉思。

看來問她是正確的。

她想了一會兒後，再度開口：

「今天跟你一起來的紫苑還不錯。她來過我們國家，有過幾面之緣。」

魯米納斯之前對紫苑的小提琴琴藝讚不絕口，會記得她也很正常。

「那我就派紫苑過去。此外還會派阿德曼和他的侍從們同行。」

阿德曼也和魯米納斯互相認識。

他雖和「七曜大師」有過節，但那些人如今都不在了，應該沒問題才對。

「好，妾身曾給他添麻煩，親自指導他或許也挺有趣的。上述人選都沒問題，那就麻煩你了。」

「了解！」

這樣魯米納斯那裡也ＯＫ了。

「你要派誰來我的國家呢？反正我一個人都不認識，派誰都可以。」

唔嗯，我想想。

既然他說派誰都可以……

「派卡蕾拉過去吧。」

「卡蕾拉？」

「對，也就是黃色始祖(jaune)——」

「什麼？黃色始祖！」

達格里爾露出極其嫌惡的表情大叫起來。

「難道你連那種對象都收服了嗎！」

「與其說收服，不如說自然而然就……」

「達格里爾，關於這點你就自行消化吧。我懂你想說什麼，但那不是現在該討論的事。」

「順帶一提，烏蒂瑪則是紫色始祖(violet)。妾身也很傻眼，因此明白你的心情。」

說起來，烏蒂瑪過去的支配領域和魯米納斯、達格里爾的領地有所重疊，所以他們好像從以前就認識了。聽完魯米納斯的補充後，達格里爾嚇得大叫：「咦——！」

「我也覺得很傻眼。」

「而且還不只黃色始祖和紫色始祖。你最好認清一點，現在才來討論利姆路的行為有多不合理已經太遲了。」

他們自顧自地說了起來。

蜜莉姆也頻頻點頭，我真想對她說：「妳明明也和我半斤八兩吧。」

算了。

「就是這麼回事，總之派卡蕾拉去達格里爾那裡可以吧？」

「等等，給我等一下！」

達格里爾放聲大叫，從座位上站了起來。

只見他張開雙臂，像在跳舞一般，但這動作大概是在表示拒絕吧？

「抗議！我應該有權拒絕才對！」

他的表情十分認真，顯示出一步都不肯退讓的決心。

相對地，雷昂臉上則露出極為沉穩的笑容，就像在說：「還好卡蕾拉不是來我這兒。」

「聽著，利姆路。要是把那個破壞狂送來，我們達瑪爾加尼亞就完蛋了。我要求得不多，至少派個性格溫和的人過來好嗎？」

達格里爾強調比起實力，他更重視個性。

雖然他這麼說，可是我的部下中本來就很多問題兒童……

我問了他詳細原因。

達格里爾的國家是片頹圮的聖域——名叫「聖墟」達瑪爾加尼亞。那是個資源匱乏的國家，建築物多半被沙塵淹沒，成了廢墟。

而達格里爾對卡蕾拉的印象又差到極點，認為她是個時常以施放核擊魔法為樂的破壞狂。

達格里爾甚至認為，她比蜜莉姆的稱號「破壞的暴君(Destroy)」描述得還要誇張。

「她沒有那麼糟——」

「有！」

「我認同達格里爾的想法。我的領地以前也是三天兩頭遭到破壞，很明白他的心情。」

我原本還想反駁，卻被達格里爾以堅定的口吻打斷。接著連木訥的雷昂都連珠炮似的指出卡蕾拉的惡行。
我只能相信他們說的。
如此一來。
「不然，把卡蕾拉派去雷昂那邊好了。」
雷昂和她互相認識，而且他那裡又有金。
卡蕾拉想必也不敢造次，連我自己都覺得這主意真不錯。
沒想到——
「開什麼玩笑！你有在聽老子講話嗎？絕對不行。老子絕不能讓那個惡魔踏進我國半步！」
達格里爾聽了臉上充滿笑容，雷昂則嚴正拒絕。他激動到連自稱都從「我」變成「老子」，看來這下是真的生氣了。
我覺得很好玩，便決定說什麼都要將卡蕾拉送過去。
然而，這時金卻提出異議。
「利姆路，別派卡蕾拉過來。」
「為什麼啊？」
「她連對我也時常挑釁，見到自己快輸了就撂狠話逃跑。這次戰爭可不是兒戲，我不想浪費多餘的體力。聽懂了嗎？」
說得很有道理。
而且金的眼神顯得前所未有地凶惡，看得出他是認真的。
「若卡蕾拉完全服從你的命令，你也能為她做的事全權負責的話，我或許可以考慮一下。可是啊，她絕對不會聽你的吧？」

唔嗯，聽見他這麼斷言，我頓時喪失了自信。若她在我身旁，我還有辦法阻止她，但是卡蕾拉這個人就是會趁人不注意時惹出一些事來。

「就是說啊，卡蕾拉還想在我的迷宮內推廣『試試一次能撞破幾層樓』的遊戲。真的很讓人困擾，拜託阻止她！」

竟然做出這種惡行……

果然在我不知道的地方出現了一些災情。

「關於這件事，我會再追究迪亞布羅的監督責任。」

我巧妙地推卸責任，同時思考該怎麼辦。

「哇哈哈哈哈！我很中意那個卡蕾拉，很想見見她，就請她來我的國家作客吧。」

哦，蜜莉姆這提議真令人開心！

「這樣好嗎，蜜莉姆？」

「當然沒問題。」

好，這樣問題就解決了。

我決定將卡蕾拉派去蜜莉姆的國家，烏蒂瑪則派去達格里爾的國家。

蜜莉姆之後可能會被芙蕾小姐罵，但就算這樣也不關我的事。還是趕緊趁蜜莉姆回心轉意前繼續說下去吧。

「那就讓卡蕾拉和蜜莉姆那兒的烏蒂瑪調換，將烏蒂瑪派到達格里爾的國家吧。烏蒂瑪對那裡很熟悉，相信她不會有意見的。」

「我才不——」

「好，就這麼決定。達格里爾，事情就是這樣，好好和烏蒂瑪相處吧！」

金也出聲附議。

達格里爾話說到一半，但我們裝作沒聽到，事情就這麼定下來。

於是魯米納斯、蜜莉姆和達格里爾那裡的派遣人選皆已確定。再來只剩下要派誰去雷昂的黃金鄉埃爾德拉……

「既然金要過去，就不必派我的部下去了吧？再說，雷昂的嫌疑也只要有金監視就行了，我認為沒必要減少我國的戰力。」

這點我想跟他說清楚。

開戰在即，為何我非得降低自己國家的戰力不可呢？

不過，萬一出事，那三個女惡魔還可以立刻用「傳送」趕回來，最糟的情況下我也可以將她們召喚回來。

至於蓋德，派他出去是因為總不能讓工程無止境中斷下去。而戈畢爾則是兼任蓋德的護衛。單純從戰鬥能力來看是蓋德比較強。但蓋德擅長的是防守，身邊有個攻擊手和他配合比較有利。

在這點上，戈畢爾攻守都很優秀，讓他和蓋德搭檔應該會挺有趣的。

再來，是阿德曼和他的侍從們，老實說我本來想讓他們專心守衛迷宮。

然而——

只派紫苑一個人去魯米納斯那裡，總教人很不安。

純粹論戰力的話是沒問題，但她素行不太好。

阿德曼能操縱各種魔法，「傳送」當然也能運用自如。他和魯米納斯互相認識，肯定不會有失禮數，這樣的安排我個人覺得很妥當。

就這樣，上述人選都已確認沒有問題。

已經沒人可以派到雷昂的國家了。

「喂喂，別這麼小氣嘛。你國家不是有一大堆覺醒級人物嗎？」

「有是有，但他們得留下來保護我們國家。」

「是你太過操心了。你那裡明明還有維爾德拉，不要這麼吝嗇。對了，那個叫紅丸的怎麼樣？那傢伙感覺是不錯的人選。」

「當然不行啊！紅丸現在是新婚耶，而且還有兩位太太！在他兩位太太都懷孕的重要時期，派他去做這種不知要持續多久的長期出差，這麼殘忍的行為只有鬼做得到！」

紅丸本來就是鬼，所以沒關係——就算聽到這種笑話我也笑不出來。不過如果他本人想去的話就另當別論。

在終身僱用制盛行的時代，公司會為了測試員工的忠誠度，在糟糕的時間點派員工長期出差。比方說剛結婚或是新居落成之後。

假如有其意義也就罷了，但我聽到的案例大多都只是主管在找碴。換作在現代，若有公司做這種蠢事，肯定會倒閉。

絕不能讓我國出現這種不滿的聲音——說著說著，一不小心就離題了。

「總之，紅丸不行啦。」

「嘖，這理由真是莫名其妙，但不行就算了。這樣的話——」

「啊，派迪亞布羅去好了！」

他總是黏著我，害我都忘了，既然紫苑都派出去了，迪亞布羅也該派出去才對。

若只留下任一方，他們絕對會吵起來。

對我來說朱菜才是真正的秘書，因此就算他們倆不在，我大概也不會感到太過不便，這應該是最好的選擇。

「你說迪亞布羅？」

「嗯。他那麼強，一個人就夠了吧？」

「等一下，利姆路老弟。」

金用諂媚的聲音試圖打斷我，反正一定不是什麼重要的事，我便無視他，直接下結論。

「我們現在也很難熬，實在沒有空閒的人手。然而我卻派了我們家的王牌過去，希望你能感受到我的誠意。」

面對金這樣的人，與其和他協商，不如直接把決定告訴他。我在心中如此判斷後，回想起在建設公司工作時的經驗，對他這麼說。

具體來說，我參考了聯合承攬的廠商吵著要我們加派更多人手時，總經理巧妙回絕的案例。他總會一方面強調我們沒有多餘的人力，另一方面說我們已經挑了優秀人才送過去，沒辦法再加派更多人。

對方很多時候都想反駁說：「就是因為你們公司的人沒能耐，才會害大家忙不過來啊！」但沒有人會傻乎乎地將這種話說出口。

所有人包含當事者我都知道，這種作法一點誠意都沒有。

派去的人是否優秀就要看運氣了。

如果公家單位或合作廠商能夠反過來指定外派人員，當事者在公司內部的評價就會受影響，感覺會比較有趣。不過現在想這些也沒用，重要的還是趕緊將迪亞布羅推給金。

「你這傢伙……」

「有什麼問題嗎？」

「……」

「……」

我表現得很從容，內心卻很緊張，等待他的答覆。

「嘖，你這人臉皮也愈來愈厚了。算了，我這次就勉強接受迪亞布羅吧。」

呼，我贏了！

「派誰來我都沒差。我本來想邀克蘿耶來的，但現在這種狀況也沒辦法。對了，若利姆路你願意，就跟迪亞布羅一起來我國家吧。我以前答應過要招待你，卻到現在都沒能實現。」

我沉浸在勝利的餘韻中沒多久，雷昂便說出新的提議。

要我帶克蘿耶一起去當然不可能，但我本人或許可以去他那裡打擾一下。

「知道了。假設行程許可，我日後再去你那裡拜訪，但不會帶克蘿耶去就是了。到時候我再透過迪亞布羅跟你聯絡，那就麻煩你了。」

克蘿耶現在需要靜養，不能讓她跑來跑去。若把這件事告訴雷昂，不知他會有怎樣的反應，總之還是保持沉默為妙。

於是，我決定接受雷昂的邀約。

雖然眼下狀況如此混亂，可能沒這個閒情逸致，但一直靜觀米迦勒等人的動向也很無聊。等我們做好戰前準備後，我希望可以逐漸恢復正常生活。

「好啊，期待收到你的聯絡。」

「嗯。假如迪亞布羅給你們添麻煩，儘管跟我說。到時候不管他怎麼辯駁，我都會趕去教訓他。」

「知道了，我們會毫不客氣地叫你過來，你可要好好整肅他一番。」

迪亞布羅明明什麼都還沒做，金卻代替雷昂向我再三叮嚀。我很好奇他們過去的恩怨，但問了感覺會自找麻煩，還是什麼都不知道最幸福。

我心裡想著這些事，就此決定今後的方針。

*

「好了，我要直接去雷昂那裡，大家就照各自的計畫行動吧。」

從會場回到大廳後，金如此宣布。

「等一下，不向本大爺等人說明事情原委嗎？」

「我們剛才聽米薩莉說明過，但還是想知道你們訂定了什麼方針。」

向金提出異議的是卡利翁和芙蕾小姐。

我認為他們的主張很有道理。

金太急於得出結論。對他而言只要自己能接受就好，完全不在乎其他人。

不過，這種話可不能對金本人說。

不只金是如此，蜜莉姆與菈米莉絲這對小孩子組合、不擅言辭的達格里爾與雷昂、不願主動承接這種麻煩事的魯米納斯，大家全都半斤八兩。

在此就由我展現大人的氣度，向眾人說明。

「在說明剛才的會議決定了哪些事之前，先問一下，你們聽說過敵人的事吧？」

「有啊，聽說維爾薩澤成了我們的敵人。」

「好像是，而且還不是她主動背叛的——」

我先概述了整件事後，才開始說明。

不過話說回來，金只讓七名魔王參加會議真是明智的決定。若讓隨從一同參加，會議肯定會進展得更緩慢。

金能夠事先預見這點，做出正確的判斷，令我心想擁有多年經驗的人果然不同凡響。

這樣想想，金大概也很辛苦吧。

看這些魔王就能知道，他們每個人都很難搞。若想管理這些人，沒有強大的精神力肯定承受不住。

我對金另眼相看，並向眾人說明完來龍去脈。

「我還在想，這麼急急忙忙地找我們過來真不像金的作風，原來發生了比想像中更棘手的事。」

芙蕾小姐聽得目瞪口呆。

那態度與其說是從容不迫，不如說比較像後悔聽見這樣的消息。

「是啊，好不容易獲得了力量，雖然想和『龍種』戰鬥試試身手，但肯定敵不過維爾薩澤小姐。」

卡利翁語氣充滿自信，額頭卻汗如雨下。看來他很理解現在的狀況，正在思考該如何突破現狀。

「嘎哈哈哈！你叫卡利翁吧？連我也從來沒打贏過姊姊。若想試試身手，不如先跟我打怎麼樣！」

「師父，你偏離正題了。要是不認真一點，可能會被利姆路罵喔。」

唔嗯，本來是該罵他沒錯，但如今維爾德拉少根筋的發言反而解救了大家。要是繼續認真談下去，這過於惡劣的狀況真令人憂鬱。

「原來如此，所以我們必須盡量集中戰力，好對抗對方的支配。不過面對『王權發動』，真的無法抵抗（Resist）嗎？」

「若自我意識夠強，或許能掙脫。畢竟維爾德拉當時是遭到出其不意的攻擊，敵人在他抵抗能力低落時趁機出招。」

「對。我本來應該能撐過去，但那時候在和姊姊戰鬥。情況有點危急。」

豈止有點危急，根本就已經被支配了。

就算他想當作沒發生過也不可能，還是希望他老實承認比較好。

正當我對維爾德拉的發言感到傻眼時，達格里爾向我搭話了。

「利姆路，能不能派維爾德拉去我那裡？我實在不知道怎麼和紫色始——烏蒂瑪相處。維爾德拉和我互相熟識，個性也比較合得來。」

他想要我變更派遣人選，可惜我必須拒絕他。

「抱歉，這可辦不到。因為維爾德拉是我的朋友而非部下。我沒辦法替他決定。」

若他本人答應，就沒有我插嘴的餘地。但是在這種情況下，我不能無視維爾德拉的意見，擅自進行話題。

所以我姑且跟他本人確認。

「維爾德拉，有人想邀你過去，你打算怎麼做？」

於是維爾德拉大模大樣地笑了幾聲後，果斷拒絕。

「咯咯咯。達格里爾啊，我很想過去助你一臂之力，可惜我自己也很忙。我還得守護菈米莉絲的迷宮呢！」

你只是想摸魚吧……聽見維爾德拉打算要做的事和平常沒有兩樣，我立刻明白他的心思。

「師父！」

菈米莉絲感動到泛淚地喊了聲。雖然對她有點不好意思，但我想維爾德拉鐵定只是想偷懶而已。

「是嗎？真是可惜。若維爾薩澤攻過來，我這裡也很危險。如果有你幫忙，我會比較放心。」

「嘎、嘎哈哈哈、嘎──哈哈哈！沒錯，像我這樣的強者，一點也不害怕和姊姊交手。可惜！太可惜了，達格里爾。」

他顯然是在虛張聲勢。

不過，維爾薩澤好像真的很難對付，因此就我的立場來說很慶幸維爾德拉拒絕了對方。

即使對達格里爾有些過意不去，但我們還是該以自己國家的安全為優先。

「達格里爾說得沒錯。儘管我沒和維爾薩澤交手過，但我直覺認為她確實強得不像話。要是她來我們國家，只能由我當她的對手，這樣一來大概沒空對付其他敵人，所以必須預先做好準備，以便馬上請求支援。」

在一旁聽我們說話的蜜莉姆說出了很合理的意見。

這個提議很實際，不像過度自信的蜜莉姆會說的話。

換個角度來說，這也顯示出維爾薩澤有多難對付，而且她肯定不可能獨自進攻，因此我們應該避免單獨行動，這我十分贊同。

芙蕾小姐等人似乎也抱持同樣的想法。

「說得也是。那我們也小心點，盡量別一個人行動好了。」

「嗯，是該這麼做！對了利姆路，能不能早點把蓋德他們帶過來？不然我去接他們也行。」

「不，不用了。我回去就和他們說明狀況，請他們立刻準備。」

蓋德會用「傳送」進行移動，大概不用這麼著急。我打算向幹部們說明這次事件的始末，等所有人有了共識之後再派出去也不遲。

「那就交給利姆路嘍。」

「沒錯。萬一敵人進攻，我們會立刻跟你聯絡。」

也對。

我沒提到要派卡蕾拉過去，看樣子芙蕾小姐好像不知道始祖惡魔。我想也沒必要告訴她，對話就在和平的氣氛中結束。

而且，若想在維爾薩澤攻過來時拖住她，派卡蕾拉過去，他們應該也沒什麼好抱怨的才對。

「不過最讓人在意的還是米迦勒的目的。他感覺不只是想支配世界——」

路易如此問道。

「啊，關於這點。他想讓維爾達納瓦復活。米迦勒和菲德維這些行動全是為了讓主子復活。」

「「「什麼——？」」」

我這麼說明完，第一次聽說這件事的人全都發出驚呼。我的同伴皆已知道這點，但對其他人來說似乎滿衝擊的。

「嗯，利姆路說得沒錯。來為我助陣的歐貝拉也這麼說過！」

蜜莉姆附和我的話後，卡利翁一臉不滿地低語：

「真的假的……本大爺可沒聽說。」

「咦，我沒說嗎？我以為自己已經告訴過你們了。」

「妳沒說，不過米德雷在這點上一樣有錯。之後得向妳詢問細節才行。」

我才剛對蜜莉姆刮目相看，就發生這種狀況。

與歐貝拉會面的是蜜莉姆和米德雷，但他們似乎沒能好好轉達當時的談話內容。所以平常就該養成報告、聯絡、商量的好習慣嘛。

——開玩笑的。我自己也忘了說，沒資格教訓別人。

路易無視蜜莉姆等人的對話，若有所思地開口說道：

「『龍種』是不滅的。不用他們操心，維爾達納瓦有朝一日也能復活。」

「是啊，一般人都會這麼想，但米迦勒好像是從技能中誕生的自我意識，本來就是不可能產生的存在，所以可能有著常人無法想像的思路。」

魯米納斯搖搖頭，像在說自己無法理解。

不過，金的想法倒不太一樣。

「可是啊，維爾達納瓦的確遲遲沒出現復活的徵兆。菲德維認為即使世界毀滅也無所謂的想法，我也不是不能理解。」

金自信滿滿地說，自己和維爾達納瓦交手過一次，因而相信他是不滅的。也因此能夠理解他們仰慕維爾達納瓦的心情。

「但是呢，死過一次之後，部分的記憶和人格都會受影響吧？在我看來這已經是不同人了。」

「每個人感覺不一樣吧。對妾身而言，兩者是相同的存在。畢竟『靈魂』是一樣的。」

「唔嗯，我還是不懂。維爾格琳小姐也說過，只要是魯德拉轉世，不管是惡人或善人她都不在意。
我真想吐槽說『還是要在意一下吧』。」

「啊哈哈哈！看來你還沒完全擺脫身為人類時的既定觀念。也罷，過些時日你就會懂了。」

「是這樣嗎……」

我仍舊無法接受，但對於長壽的物種而言，善惡之類的觀念或許不過只是隨當時的心情而定。若真如此，我決定珍惜自己現在的想法。

不不，一旦我開始為非作歹，後果將不堪設想，甚至可能變成亡故的瑪莉安貝爾所懼怕的那樣。

畢竟我本來就是個任性的人。

所以絕對要防止自己恣意妄為而讓世界陷入一團混亂。

現在雖然也都在做自己想做的事，但那些行動是為了創造一個更美好的世界。

絕不能因為好玩而讓他人陷入不幸——我在心裡這麼發誓。

＊

看來還是要時常問問自己：「這麼做真的好嗎？」——正當我這麼想時，金像是想起什麼似的對我開口說道：

「對了利姆路，我忽然好奇一件事。」

「嗯？我已經沒有任何隱瞞了喔？」

「不，這點我存疑，但我好奇的不是這個，而是米迦勒的想法。他打算怎麼復活維爾達納瓦？」

金咄咄逼人地說：「如果你知道就告訴我們吧。」

那種事，我哪知道啊——正想這麼說，卻突然想起一件事。

「啊，我記得他好像說了些什麼。」

「沒錯，他說了。」

我喃喃說完，同樣聽見那段話的維爾德拉也點了點頭。

好像是說——

「咯呵呵呵。他們似乎認為取得三名『龍種』的力量，就能湊齊『龍之因子』，讓維爾達納瓦大人復活。這想法雖然愚蠢，但未必不可行。」

迪亞布羅在我回想起來前就搶先說明。

對對，我想起他說的大概就是這樣。聽起來既不現實，我也不認為那麼做會成功，所以早就忘了。

說到底，關鍵還是在於「龍之因子」。

《主人也已獲得「龍之因子」。》

是啊，我姑且也成了類似「龍種」的存在，即使具備「龍之因子」也不奇怪。

這事暫且不提。

維爾薩澤、維爾格琳和維爾德拉。就算從這三名「龍種」身上蒐集到「龍之因子」，倘若缺乏最重要的維爾達納瓦因子，仍舊沒有意義呢。

倘若「靈魂」不同，就是不同人了嘛。

不過迪亞布羅似乎認為並非不可能。

「啊？這想法太荒唐了吧？就算真能再現，做出來的也只是一具仿真體而已。權能或許可以模仿，但至關重要的『靈魂』還是不存在啊。」

和我抱持相同意見的金反駁道。

「這我就不知道了。不過如果有形塑完成的肉體，散失的『靈魂』可能會回來也不一定。」

「也是。維爾達納瓦是完全精神生命體，『靈魂』應該不會像魯德拉那樣四散紛飛。確實不能否定有這個可能。」

唔嗯，這理由真莫名其妙。

《維爾達納瓦不可能因為這樣就回來。畢竟他若想回來，自己就能使肉體再生。》

對啊。

聽到希爾大師認為不可能，我也更加有自信地對敵人的計畫持懷疑態度。

反正他們終究會失敗，就算不理會也——

「嗯，那麼敵方的目標可能就是維爾德拉吧？」

在場所有人的動作全都戛然而止。

「唔咦？」

鴉雀無聲的大廳中，響起維爾德拉呆愣的低語。

他看起來搞不清楚狀況，但先不理他。

現在更重要的是魯米納斯點出的這個問題。

「噢，這確實是個盲點。維爾德拉雖然曾被支配，但當時他的『龍之因子』並未被奪走。」

對米迦勒而言，重點不在成功率，而在可能性吧。

那麼不論是否能成功復活維爾達納瓦，他都非常有可能再次前來搶奪維爾德拉的「龍之因子」。

真糟糕，我之前都沒想到維爾薩澤可能被支配，以致被敵人占盡先機。

「嗯，歐貝拉也說皇帝魯德拉——應該說米迦勒取得了維爾格琳的『龍之因子』。如果連維爾薩澤都被支配，那就只剩維爾德拉了！」

「喂喂，等一下，這代表什麼？難不成連維爾薩澤的『龍之因子』也會被奪走嗎？」

聽完蜜莉姆的發言，金顯得有些慌張。

接著，我也說出內心所想的事。

「這點無庸置疑吧。」

金聞言罕見地露出焦急的模樣。

「這樣一來，維爾薩澤不可能毫髮無傷。雖然她的實力和我不相上下，然而她說不定會就此消失，是嗎？」

「嗯，這就難說了。維爾格琳那時候被米迦勒吸收了一具『並列存在』，大概只有一成左右的魔素含量，即使如此，對米迦勒而言要吸收仍很勉強吧。」

金聽完我的說明才恢復冷靜。

「嗯，也對。『龍種』的力量無比龐大，無法輕易被吸收。」

我點了點頭。

當時維爾格琳被卡蕾拉的「神滅彈（Judgment）」擊中，傷得不輕，但仍留有相當強的力量。

事實上，米迦勒雖用優樹的權能「奪命掌（Steal Life）」奪取維爾格琳的力量，卻沒能完全吸收。

此外，我也大致猜到米迦勒將維爾格琳趕出這世界的原因。

「而且米迦勒奪取的不只是力量和因子，還有權能。這樣一來他對天使系的絕對支配也會隨之消失，若不謹慎行動，可能會反被襲擊。」

所以米迦勒打算將維爾薩澤利用到極致，等她變弱之後再奪取她的力量，將其趕出這世界。

《我認同。》

哼哼，我偶爾也是挺機靈的。

「可是啊，何必連權能都奪走呢？既然他能做到絕對支配，與其利用到極致再將人趕走，不如留下來當棋子比較明智，不是嗎？」

呃，說得也是。

米迦勒憑藉自身權能，也可以自由使用被支配者的權能。感覺沒必要特地搶過來。

因為得到了希爾大師的贊同，還以為我的推論是完美的……

「那麼，米迦勒是不是認為若想讓維爾達納瓦復活，必須集齊所有權能？」

無視於我的感嘆，達格里爾如此說道。

「所以他不打算理會惡魔系和其他衍生出來的技能嗎？」

「沒錯，他可能認為維爾達納瓦擁有的那些權能，才是最純正的技能。」

魯米納斯回道。

她在聆聽我們的對話時，似乎已經思索到問題的核心。

「所以他們為了重現完整的維爾達納瓦——亦即那創造出所有權能的全能存在，打算蒐集純正的權能嗎？真是個大工程，可惜這願望大概實現不了。只要雷昂在我們這，他們就不可能集齊所有權能。」

金說完自信地笑了笑，但我總覺得事情沒這麼簡單。

因為如果這個推論正確，我們現在就已經讓米迦勒的戰略目標破滅了。

畢竟呢——

我，應該說希爾大師早已把「智慧之王拉斐爾」、「誓約之王烏列爾」甚至連「救贖之王拉貴爾」都消耗掉了。

希爾大師向煩惱的我說明。

《維爾格琳的「龍之因子」被奪走後，其存在便無法維持，即使未遭到「時空傳送」也會自動消失。我推測是因為主人在她消失前解放了她的本體，所有魔素才得以重新整合。》

原來如此。

那為什麼還要特意放逐她？

《應該是擔心她會復活。他們奪走了「龍之因子」，但或許沒能破壞她的「靈魂」和心核。所以這麼做可能是為了避免被復活的維爾格琳報復。》

希爾大師沒有用斷定的語氣，這代表它也不太確定吧？
難怪它之前一直不肯觸碰這個話題。
它仍舊是個完美主義者，不過願意和我討論這件事已經幫了大忙。
希爾大師在意的是，若維爾格琳的權能沒被奪走，而她又復活，結果不知道會如何，對吧？

《沒錯。她肯定會消失，但同時也會從支配中解脫。如此一來——》

留有被支配記憶的維爾格琳肯定會勃然大怒。若她看穿自己是因為權能而被支配，說不定會拋棄掉被支配的主因「救贖之王拉貴爾」，恢復自由，重新出現在米迦勒面前。
這樣的話，不如將她放逐——感覺這就是背後的真相。
既然行使權能的人終將消失，乾脆先把有利用價值的權能收回來。聽起來滿合理的。
那麼，現在討論的「權能奪回論」就是錯的。

《而且權能一旦被創造出來後，就能一而再、再而三地出現。》

沒錯，這就是重點！
我也想這麼說。
希爾大師的自信中多了幾分成熟，讓我安心許多。

＊

我整理完想法後，重新加入討論。

「蒐集權能雖有好處，但應該跟復活維爾達納瓦一事無關。我認為該重視的還是『龍之因子』。」

「你想再把話題拉回去？」

達格里爾訝異地看著我。

這些得不出結論的話題似乎令他感到煩躁，我很明白他的心情。

沒有結論的會議是世上最沒用的東西。

所以我打算直接切入結論。

「不，我只是就可能性來說。米迦勒從頭到尾都沒提過權能，於是我認為權能只是附帶的。」

「嗯，繼續說。」

不是啊，我的發言應該不需要得到魯米納斯許可才對。

我對她高高在上的態度感到不解，但現在與其追究這點，不如趕緊讓討論劃下句點。

我不是在逃避，絕對不是。

因此我說出了結論。

「若權能真的那麼重要，我認為除了雷昂外，還有其他人也可能被盯上。所以還是忽略權能，專心保護維爾德拉別被敵人搶走就好。」

「這樣啊，你還真有自信。」

「是啊。因為我提到對方會奪取權能，害大家有點慌張，希望大家別在意這些事。」

我說完之後，金若有所思地盯著我。

「哼！還是沒搞清楚敵人為何奪走維爾格琳的權能，總覺得很不爽，但算了。這次就相信你。」

金意外地很好溝通。

總之，這下方針就確定了。

就某方面來說或許只是重拾剛才的結論，但還是別想那麼多比較好。

「那麼，我們最該注意的，就是別讓維爾薩澤和維爾德拉見到面。拜託你了啊，利姆路。」

金對我這麼說。

他感覺像在把責任推到我身上，但若抗議的話，會議就會沒完沒了，所以我只好點頭答應。

我開始覺得「就這樣也沒差啦」，對會議感到不耐煩時經常有這種想法。

所以——

「我果然扮演了超重要的角色，對吧？」

——維爾德拉根本沒認真參與討論，還說這種蠢話，我聽完會感到煩躁也很正常。

就現況來看，我們被敵人占得先機。

這點雖然不可否認，但還有挽回的餘地。

維爾德拉沒有天使系的技能，也已逃過「王權發動」的支配。敵人也明白這點，因此下次應該會採正面進攻的方式。

如此一來對方便會傾盡全力開戰，所以在此之前可能會先湊齊所有天使系擁有者才對。

換作是我肯定會謹慎行動，但米迦勒主要會採取何種戰略還是未知數。

不過，我們也不用著急。

敵人最主要的目標無疑是維爾德拉，我們只要設法阻止這點就行了。

最糟的情況，雖然我很不情願，但事先排除雷昂的「支配迴路」或許也是個方法。

「那麼就祝各位武運昌隆，萬一發生什麼事立刻聯絡我喔。」

金以這句話為會議作結，這場一點都不和睦的冗長會議（魔王盛宴）終於落幕。

中場　天帝與前勇者

「今天來有什麼事，雷昂？」

發問的是個容貌姣好的美女，也是魔導王朝薩里昂的天帝，艾爾梅西亞・阿爾隆・薩里昂。

而與她對話的，自然是魔王雷昂・克羅姆威爾本人。

魔王盛宴（Walpurgis）結束後，雷昂沒有回自己的國家，而是繞道前來薩里昂。

「金要來我的國家了，沒時間拖拖拉拉。別說客套話，讓我進入正題吧。」

「你真性急。不過，既然發生了這種狀況，那也沒辦法。」

雷昂光是沒預約就能見到艾爾梅西亞，已是特別待遇了。不僅如此，他還不顧艾爾梅西亞的想法，逕自把話說下去，這種情景看在不曉得他們關係的人眼裡，應該會覺得難以置信。

……………

……

……

要說明他們的關係——就要從雷昂還未成為「魔王」，甚至連「勇者」都不是的時候開始說起。

雷昂為了尋找克蘿耶而在世界各地流浪時，也曾來過薩里昂，並在此結識閒來無事的艾爾梅西亞母親——希爾維婭・阿爾・隆。

希爾維婭是純正的長耳族，風精人（High Elf），也是推廣「魔導科學」基礎理論的天才研究者，名聞遐邇。

此外她還有一個身分，就是黃昏之王（吸血鬼族）「神祖」特懷萊德．瓦倫泰教出來的高徒之一。

希爾維婭實力高強。

若有她協助，她的丈夫——艾爾梅西亞的父親或許就不會死了。

然而，這是個沒能實現的遺憾。

因為當時希爾維婭肚子裡正好懷著艾爾梅西亞。

希爾維婭成了雷昂的師父，將自己的劍術和魔法全都教給他，他當然不可能不變強。

在此緣分下，雷昂和艾爾梅西亞也互相認識。

雷昂因此獲得了家人或親信才有的特權，能夠像這樣與艾爾梅西亞見面。

……………………

…………

……

得到艾爾梅西亞的許可後，雷昂開口說道：

「妳有派人在外做些諜報工作吧？」

聽見雷昂這麼問，艾爾梅西亞老實回答：

「當然。」

「那妳應該也知道魔王利姆路戰勝東方帝國嘍？」

「我連始祖們出戰的事都很清楚喔。慶功宴後我去他那裡打擾了一下。」

「那麼，後來的戰事呢？」

「你說那個叫優樹的嗎？我有聽說他們和帝國的內奸聯手，卻在重要時刻突然斷了消息……」

雷昂點頭應了聲：「是嗎。」他打算透露些訊息，觀察艾爾梅西亞的反應。

「那時候發生很多事。維爾格琳來襲、維爾德拉遭到支配，以致他們陷入危機。不過，利姆路克服萬難，取得了勝利。」

「什麼？真的假的？」

「看來妳真的不知道。那我就為妳稍微說明來龍去脈吧。」

雷昂如自己所言，開始簡單說明。

他幾乎毫無隱瞞地說出魔王盛宴上談論的內容。

他明白艾爾梅西亞不擅長揣測言外之意，因而決定向對方老實求助。

「原來如此……發生了這麼大的事，利姆會不知道怎麼說明也很正常。」

艾爾梅西亞十分能理解。

利姆路只說了一句：「贏了唷。」沒想到事態這麼嚴重……原來這句話裡還包含戰勝維爾格琳之意，真教人瞠目結舌。艾爾梅西亞知道利姆路很強，但沒料到他會成長為如此強大的怪物。

（看來他的實力早已超過母親大人了。難怪能收服始祖們。）

他解放了被支配的維爾格琳和維爾德拉，戰勝逆境。雖然讓敵軍首領米迦勒等人逃掉了，但實際上已經可說是大獲全勝。

「姑且問一下，雷昂你應該沒有騙我吧？」

「我沒必要撒謊。不過這些資訊都是從他本人那裡聽來的，不保證一定是真的。」

「這樣啊，你比我想像中還要相信魔王利姆路呢。」

「皇帝魯德拉被自身的權能(技能)取代，如今自稱米迦勒——換作是妳聽到這種事，會怎麼想？」

「也對……若要撒謊，理當會撒個好一點的謊……」

「沒錯。由於太過荒唐，反倒讓人覺得全都是真的。」

雷昂如此斷言。

艾爾梅西亞不禁苦笑。

「奇怪了，這真不像疑心病重的你會有的反應。」

「別開玩笑。利姆路雖然有點狡猾，但不是個會為了面子撒謊的男人。應該說正好相反──」

「反而想讓人低估他的實力？如果你是這個意思，那我意見跟你一致。」

艾爾梅西亞心想，這就是那隻史萊姆的作風。

畢竟他連收服了始祖，都泰然自若地說：「這沒什麼。」

對於這次的事似乎也一樣。

即使艾爾梅西亞知道利姆路等人戰勝，但也只是聽他說了句：「贏了唷。」並未聽說這些細節。

不過他是隻大而化之的史萊姆，艾爾梅西亞心想搞不好過程中發生了什麼不得了的事，本來就打算等一切塵埃落定後再去問他狀況。

（事情果然變得棘手起來。我明白這種事沒辦法在「手機」上說清楚，但早知道該再多問他一些問題的。）

真不該在聽到「贏了」之後就鬆懈下來──艾爾梅西亞面不改色地在心中反省。

「話說回來，維爾德拉能和我方繼續保持友好，維爾格琳也願意成為友軍真是太好了。」

雷昂點頭同意。

「聽起來和維爾格琳交手後能活下來已經是奇蹟。換作是我應該不可能贏得過她。」

若是金和她打，也不能保證一定會勝利。

換作雷昂面對利姆路說的那個名為「並列存在」的權能，更是一點勝算都沒有。

因此雷昂更加確信利姆路沒必要撒謊說自己勝過那樣的權能。

「是啊，我也贏不過，所以你也別太貶低自己。」

「我沒有貶低自己。」

「真的嗎？」

「當然。」

雷昂說了句：「更重要的是——」試圖拉回正題。

艾爾梅西亞和雷昂說話時總是會找機會調侃他。

他決定趕緊把正事說一說，以免發生同樣的情況。

「狀況正如我所說明的那樣。因此，我想拜託妳和師父取得聯繫。」

「要找母親大人嗎……」

艾爾梅西亞明白雷昂想說什麼。

他擁有究極技能「純潔之王梅塔特隆」，因而無法逃脫米迦勒的支配。必須在敵人發現他擁有此權能前先想些對策。

僅憑艾爾梅西亞的知識是不夠的。

考慮到事情的嚴重性，非得請到全薩里昂最有智慧的人出馬不可。

然而！

希爾維婭是個熱愛自由的人。

也是薩里昂的最強戰力。

她很擅長祕密行動，一旦她躲起來，就連要找到其藏身處都很困難。即使派出相當於魔法士團指導階層的十三名導師，能不能找到她仍全憑運氣。

就算用「魔法通話」找她，也會遭到拒絕，沒辦法聯絡上她。雖然她會定期露臉，屆時母女倆會交換許多情報……但其他時候實在很難和她取得聯繫。

順帶一提，所謂的定期是每年一次，背後也有其緣由，艾爾梅西亞從來沒為此感到不便過。

畢竟需要希爾維婭出馬才能解決的事本來就少之又少。

而且若真的遭遇危機時，他們也不是沒有其他祕密手段……

「沒辦法嗎？」

雷昂直率地問道，艾爾梅西亞嘆了口氣。

身為希爾維婭徒弟的雷昂，對艾爾梅西亞而言就像個可愛的弟弟。她不太能狠心拒絕雷昂的請託。

「我盡力而為，但最糟的情況可能要等半年呢。」

「……了解，那就麻煩妳了。」

雷昂說完便從座位上起身。

「你要走了嗎？」

「事情已經辦完了。」

艾爾梅西亞不禁苦笑，心想他明明可以再待一會兒。

還真有他的風格，他就是這樣一個處世笨拙的人……

*

雷昂離開後，艾爾梅西亞依約開始行動。

她找來侍衛，要對方緊急聯繫希爾維婭。

其實，艾爾梅西亞和希爾維婭長得一模一樣。因此，她們會輪流扮演天帝，以獲取自由時間。這是她們兩人之間的祕密。

「唉，這麼做她一定會恨我……」

換作艾爾梅西亞的自由時間被剝奪，肯定會勃然大怒。連她都這麼想了，母親會生氣也無可奈何。

這次她決定忍受母親的怨言，即使遭到母親抱怨，她仍認為自己的選擇是正確的。

畢竟，現在發生了前所未有的異常狀況。

剛才雷昂說，連魔王金都自願擔任他的護衛。光是金離開永久凍土，就已堪稱大事。

「我活了這麼久，還是第一次遇到這麼嚴重的狀況呢。」

艾爾梅西亞思考著今後的計畫，陷入憂鬱之中。

第二章

短暫的日常

Regarding Reincarnated to Slime

魔王盛宴後過了五個月。

在這期間發生了許多事，但過得十分和平。

米迦勒沒有行動。

即使無法掌握菲德維等人的動向令人不安，就好處來說，我們也多了些加強防備的時間。

之所以能如此悠哉，背後有個原因。

其實我後來試著和迪諾取得了聯繫。

我用的方法簡單來說，就是以賽奇翁在迪諾身上施的詛咒當作聯絡手段。

賽奇翁和迪諾之間透過詛咒而產生了某種聯繫。我聽希爾大師這麼說完，便問它能否透過此聯繫和迪諾對話。

《很容易。》

聽到它乾脆地這麼說，我不由得眉頭一皺，但既然能聯絡上，我應該感到開心才對。

我立刻聯絡迪諾，並警告了他。

不過，迪諾與我們為敵或許反而比較好。雖然他有在菈米莉絲那裡打雜，但我總覺得他待在我們陣營也沒有貢獻。像這樣待在敵方陣營告訴我們敵方的情報，反倒對我們比較有幫助。

我記得自己以前說過，無能的夥伴比優秀的敵人更恐怖。迪諾正是如此，光是待在敵人那邊就幫了我們大忙。

至於我們當時說了什麼——

…………………

…………

……

『哈囉！迪諾老弟，最近好嗎？』

我向他搭話，而後感覺到他一陣驚慌。

那當然。

突然在迪諾心裡對他說話，他當然會嚇一跳呢。

『利姆路……先生？』

『哦，你居然認出我了。是我沒錯。』

這可不是電話詐騙喔。

為了讓他理解我在立場上有絕對優勢，我決定採高壓態度。

『……有什麼事嗎？我現在很忙——』

聽見那不情願的反應，我不禁偷笑起來。

我不會放過你的喔，迪諾老弟。

我邊這麼想，邊將「想法」傳了過去。

『沒有啦，我要找你聊的事很簡單。你不是向我們開戰了嗎？』

『沒、沒有啊，那哪叫開戰，沒那麼嚴重……』

『我不想聽你的藉口，重點是要拿出誠意來。』
『誠意嗎……』
『你不是在菈米莉絲的迷宮內和入侵者串通，大鬧了一番嗎？而且還打算綁架菈米莉絲是吧？』
我露出賊賊的笑容，逼問迪諾。
『該、該怎麼說，我也是接到命令，出於無奈——』
『我剛剛不是說不想聽藉口嗎？』
『是，對不起……』
這下子已分不出誰才是壞蛋，但我是魔王，這麼做也沒問題。
順帶一提迪諾也是魔王，完全不用感到良心不安，真是太好了。
迪諾似乎意識到自己理虧，反應變得十分遲鈍。
我趕緊利用這個機會和他展開交涉。
『這本來是不可原諒的行為，但這次我可以睜一隻眼閉一隻眼。前提是你要懂得反省。』
『真的嗎？我當然有在反省。但我也有我的苦衷，不小心就演變成現在的局面。你明白吧？』
『嗯嗯，當然明白。你只是被米迦勒支配了而已。』
『——咦？』
他自己果然沒發現。
不過，可能由於他本來就是個隨隨便便的人，因此對支配者米迦勒的忠誠度很低，真是謝天謝地。
『等一下！真的假的？我被支配了？』
『是啊，我想這次事件也不是出於你的本意。』

說完之後，我便將米迦勒的權能告訴他。

『就是這樣。所以我猜測你也擁有天使系技能，沒錯吧？』

『不會吧……我的確擁有究極技能「至天之王阿斯塔蒂」……』

原來迪諾的權能是「至天之王阿斯塔蒂」。雖然效果不明，但應該是天使系技能沒錯。

『就是這個。所以你才會不自覺地被米迦勒操控。』

從迪諾的反應看來，不讓當事人察覺到被支配這一點有好有壞。迪諾未被米迦勒完全支配並宣誓效忠，因此很容易像這樣露出破綻。

這和迪諾的個性也有關係，不過看樣子也許能挑撥成功。

『我該怎麼辦？就算聽你這麼說，我也沒對米迦勒感到憤怒。既不想背叛他，也不想協助你們。在你提醒之前，我一點感覺都沒有，現在想想的確不對勁。』

這下子不但問到迪諾的權能，還讓他意識到自己被支配。這次接觸可說是十分成功。

但是，有件事我還是想嘗試一下。

『我個人有個猜測。只要擁有與天使系對抗的惡魔系權能，兩者或許能互相抵銷，藉此逃脫支配。此外當然還有其他方法，但很靠運氣，所以不推薦嘗試。』

關於抵銷這個論點，克蘿耶就是最好的例子。

正因擁有克羅諾亞這個神智核（Manas），克蘿耶才能夠不受支配。她說現在無法和克羅諾亞對話，就我看來，克羅諾亞可能正在拚死拚活地從「希望之王薩利爾」之中移除支配迴路。

我雖然很想幫忙，但還是選擇相信她們，讓她們自己處理。

至於所謂靠運氣的方法。

這是騙人的。

我並非不相信迪諾，然而他畢竟正在受支配。我沒有蠢到會把全部的底牌都亮給他看。

其實只要跟對付雷昂一樣將迪諾「捕食」後，希爾大師就會為我想辦法。不過我不甘願這麼做，打算將這留作最後手段。

因此我只告訴迪諾或許有些方法可以解決這個問題。

『……原來如此。任由他支配真教人不爽，我也要試圖想點辦法。』

『喂喂，不用勉強。米迦勒等人已與我們魔王陣營全面開戰，我希望你就這樣什麼都別做，以免對方起疑。』

即使請迪諾擔任間諜，從他那裡獲得了情報，仍不能全盤相信。

我不知道賽奇翁的詛咒能否防止他說謊，就算他說的是真的，若他向我們回報後又向米迦勒打小報告，就沒意義了。

由於無法確定賽奇翁的強制力和米迦勒的支配何者較強，依靠這種不確實的情報很危險。

可是！

如果不善加利用迪諾，豈不是太可惜了嗎！

更重要的是，我實在不能接受只有我們這麼辛苦。

『這樣就行了嗎？』

聽到自己什麼都不用做，迪諾顯得很開心。

他真是天真。

我怎麼可能對他這麼好呢？

『假如要你背叛米迦勒，你心裡應該會很難受吧。』
我用體貼的口吻回答，乍看像在為他著想，其實心裡已盤算好要讓他為我們服務。
『沒關係，我沒有要背叛他，只是把情報透露給你們而已！』
喂喂，這樣行嗎？
總覺得還是不能太過信任這傢伙呢……
不，這樣就好。
讓他在不覺得自己背叛的情況下，做出對我們有利的行動才是上策。
『不，沒關係。你什麼都不必做。』
『真的假的？那我要怎麼展現你剛剛說的誠意？』
看來我順利將話題引導至對的方向了。
利用迪諾愛唱反調的個性，讓他自動自發採取行動的作法果然是對的。
『你不參戰就已經能讓米迦勒他們的戰力減少了。』
『原來如此，有道理！』
聽到他這麼坦然接受讓我有些不爽，但一想到他是迪諾就覺得無所謂了。
『這樣啊，既然你都這麼說了，如果有令人在意的事，我再告訴你。』
『謝啦。』
很好很好，這樣他就會在不自覺的情況下當我們的間諜了。
『那我就專心待在這裡監視吧，有什麼問題再跟我說。這樣可以吧？』
『可以，就這樣吧。對了，米迦勒現在在做什麼？你知道他大概什麼時候會展開行動嗎？』

既然已經成功籠絡迪諾，我便開始問些想問的事。

這下假如他說謊我會立刻知道，所以只要他不向米迦勒打小報告，從他那裡應該能獲得相當可信的情報。

『嗯，他正在沉睡。因為他不但獲得維爾格琳的力量，又奪取維爾薩澤的力量。可能太過勉強自己，導致陷入休眠狀態。』

哇，劈頭就是這麼重要的情報。

還以為他會先讓維爾薩澤變弱再行動，這傢伙真是性急。

對了，她和金交手過，或許多少變弱了些。不過他們兩個都沒認真打，所以米迦勒可能還是負荷不了吧。

「龍之因子」已被奪走了嗎？

那麼米迦勒身上可能會產生一些變化，還是別大意比較好。

如此一來令人在意的是——

『維爾薩澤怎麼樣了？』

『維爾薩澤也在休養中，大概只要過幾天就能恢復原狀。』

原來如此……

這樣就不可能突如其來地進攻，但「龍種」的恢復能力還真不是蓋的。

希望敵方在總司令米迦勒恢復之前，別展開正式的侵略計畫。

『了解，謝謝你。』

『不會啦，小事一樁。』

我還有很多想問的，比方說敵人的數量等等，但最後還是忍住了。

迪諾願意主動告訴我這些資訊，我就該心滿意足，這樣才能長久保有這個情報來源。

『那我之後再聯絡你。』

『好——啊，我想起一件事。可以幫我向菈米莉絲道個歉嗎？』

我正想結束對話時，迪諾這麼拜託我。

所以我乾脆地拒絕了他。

『什麼？你之後再自己道歉啦。那傢伙超火大的，還氣沖沖地說要將四十八招必殺技全部用在你身上呢。』

『哪有四十八招？那傢伙明明只會一招飛踢而已！』

『我哪知道，反正那傢伙是這麼說的。我已經幫她傳話嘍。』

我如此回應後，感覺到迪諾笑了。

『呵呵，知道了，掰啦。』

『好，再見。』

得到了迪諾的同意後，我總算切斷了聯繫。

…………

…………

……

我們的對話大致就是這樣。

成果可謂十分令人滿意。

我含糊帶過迪諾成為內奸這點，將這些資訊告訴了其他魔王。因此，我們也不用整天提心吊膽了。

當然，一切也有可能是圈套，但能布下這種完美圈套的人，大概也只有希爾大師了。萬一太過警戒導致精神耗損可就不好了，這樣才真的是中了敵人的計，所以我得出的結論就是最好保持平常心。

我聽見天使進攻時也抱持同樣的想法。

我是那種明天能做的事留到明天做的人。

例如暑假作業，我頭幾天會拚命寫，剩下就留到最後一天再完成。

萬一來不及怎麼辦？

屆時我會大大方方地去學校，告訴老師「我忘了帶」，讓老師罵一頓。

要是老師叫我明天帶來，如果來得及我就會完成，若是來不及就改口說：「我弄丟了。」

雖然我還是會努力盡量完成，但勇於承認自己做不到也很重要。

咦，平常就該努力？

哎唷，人的專注力有限嘛。

所以其實只要做好被罵的心理準備，什麼事都有辦法解決。

換句話說，人只要能為自己的行為負責就行了。

一不小心就離題了。

我要迪諾每天早上向我報告米迦勒醒來了沒。

就算是米迦勒，也不可能洞悉一切。他雖然能操縱支配對象的權能，但應該無法得知對方內心的想法。若要辦到這點，必須處理大量資訊，想從中找出必要的資訊反而很困難。

由於支配對象不會撒謊，因此他也沒必要做到這個地步。

我之所以這麼想，是因為希爾大師。

希爾大師說，即便我們能與建立「靈魂迴廊」的人對話，但無法完全得知對方的想法。儘管有時可以察覺到對方的表層意識，但要干涉對方內心深處的所思所想是不可能的。

不過若問對問題，還是能得到想要的答案，關於這點我也很有經驗。我的想法經常被看穿，所以隨時都得小心翼翼。

基於上述原因，我十分相信迪諾提供的資訊。

*

於是，在米迦勒未採取行動的這五個月，我們抓緊時間為決戰作準備。

我和各據點的負責人仔細討論，並建立魔王間的互助體制，萬一發生什麼事便能立即處理。

主要都是我一人在執行。

若情況允許就互相支援的協議對我來說很有幫助，不過居中協調的工作卻十分辛苦。

看那場冗長的盛宴（會議）就知道，要和這群我行我素的魔王們討論事情有多困難。

首先我依照約定，到各魔王的領地設置能夠永久使用的「傳送魔法陣」。

魔王盛宴結束之後，我拜託米薩莉帶我去了一趟魔王們的國家。接著記錄位置資訊，這樣就能隨時「傳送」到當地。

我當然取得了各魔王的同意。

金的城堡「白冰宮」是這次的開會場地，我已經記錄了。

魯米納斯的神聖法皇國魯貝利歐斯，其首都聖都盧因我也去過。

蜜莉姆那尚未命名的國家，我也去視察過好幾次。所以這次實際上只去了黃金鄉埃爾德拉，以及「聖墟」達瑪爾加尼亞這兩個地方。

達格里爾的領地是個名副其實的頹圮聖域。如果有時間我很想留下來好好觀光，但這次必須以工作為重。於是我很快就回到自己國家，準備派烏蒂瑪等人過去。

順帶一提，當時的對話讓我明白一點，那就是蜜莉姆和達格里爾不會「傳送」。

不用說，菈米莉絲也不會。

「唉，我很不擅長那種事嘛。」

「我也是！與其在那邊一點一點計算複雜的座標，不如飛過去比較快！」

這是他們倆的辯解。

傳送系的魔法確實只能穿越至記錄過的地點。而源自技能的「空間轉移」雖然比較方便，但若沒有現在地和目的地的座標——或者確切的資訊（畫面）——就無法發動。除了要準確掌握兩地之間的相對位置外，還必須計算飛越過去的角度與距離。

傳送看似容易，實際上還有時間差等問題，可說是意外難操控的技能。

蜜莉姆總是依照本能和與生俱來的直覺行動，不擅長刻意計算。她的演算能力非常高，但因為怕麻煩而對此感到棘手。

而達格里爾看起來就是個肉搏派……

至於菈米莉絲，她就是那樣。

「傳送魔法陣」雖然是金要求設置的，但今後或許會備受眾人重視。雷昂和魯米納斯可以用魔法和技能自行移動，然而也沒反對設置魔法陣，可見他們也看出了這個裝置的有用之處。

畢竟魔法陣誰都能使用。

連魔力較少的人類也可以使用。

魔法陣會利用從大氣中蒐集來的魔素，一次可以傳送將近五十個人。這樣就能更方便地在設了魔法陣的各國之間往來。

為了將來發展，也許該設置更大規模的魔法陣，但會有效率層面的問題。

如大家所知，傳送生物時需要消耗大量魔素。

若要等待自然補充，那麼用完一次至少要等一週後才能再用。像我們這樣魔素含量多的人很容易就能補充，然而對人類而言卻要花一番工夫。

如果能用來運送物資，想必會掀起一場流通革命吧。若變成那樣，我們拚命開發的「魔導列車」就會化為廢鐵，還會衍生出無數待解決的新問題。

不過魔法陣和魔導列車或許還是可以共存，我決定以後再來思考如何有效利用魔法陣。

——因此「傳送魔法陣」正在建造當中，但其實各魔王國家內的魔法陣皆已設置完成。

在此回顧一下當時的狀況——

…………

…………

……

最先設置魔法陣的，當然是我們國家魔國聯邦（Tempest）。

為防萬一，我將魔法陣設在迷宮內的隔離房。這樣即使魔法陣遭敵人利用也不用擔心。

接著在「聖墟」達瑪爾加尼亞設魔法陣。

我帶著烏蒂瑪一同前去，輕而易舉就設好了。

這些事本來應該交給部下，而非由我親自來做，但這次事態嚴重，我無法悠哉地摸魚，而且達瑪爾加尼亞的地理位置又很特殊。

該都市在很久以前因為金與蜜莉姆的決戰而化為廢墟。而當時的慘況仍深深影響至今。

那裡又稱不毛大地、死亡沙漠。會有這樣的別稱有幾個原因。

凡是被呼嘯的沙塵暴碰到的事物都會腐蝕。就是這股沙塵暴阻斷了達瑪爾加尼亞與外界的聯繫。

《在金和蜜莉姆的力量互相干擾，即將造成毀滅之際，該力量勉強被放逐至其他次元，使損害降到最低。然而該力量並未消失，而是不斷從次元的裂縫中滲入，因而導致這片慘狀。》

希爾大師如此為我解說。

那麼久以前發生的事仍對現在造成影響，真嚇人。

總之，達格里爾統治的就是這麼一個危險的地方。

達瑪爾加尼亞有一座直達天際的巨塔——「天通閣」。唯有其周邊能勉強維持安全地帶「聖墟」的功能。

上古以來就存在的「結界」外面危機四伏，與永久凍土不相上下。

較弱的魔物一出去就會被沙刃砍死，強一點的魔物長時間在外活動也會有死亡的風險。就連達格里爾等巨人（Giant）族也不例外。

且不論高階戰士，對於老弱婦孺而言只有「聖墟」是安全的，外頭則充滿危險。

這裡連對巨人族都是如此，對人類而言根本是一片死地。所以我這次沒派培斯塔等人過來，由我親自執行工程。

不過我要做的也只有設置「魔法陣」而已。

我只是將刻有希爾大師所構思之魔法術式的巨大圓盤——高一公尺、直徑七公尺，並由純正的「魔鋼」製成——設置在達格里爾指定的位置。剩下的細部工作則交由與烏蒂瑪一同前來的惡魔們負責。

「這可是利姆路大人的命令！你們要好好完成工作，別讓我丟臉！」

烏蒂瑪如此激勵（？）惡魔們。

那語氣已近似於威脅，但惡魔本來就擅長魔法，大概能順利完成吧。我這麼想著，便將後續工作交給他們，自己先撤退。

「利姆路，真的沒問題嗎……？」

達格里爾憂心忡忡地這麼問我……

「嗯，應該沒問題。這裡不只有烏蒂瑪，維儂也在，若再不行還可以把祖達叫回來。之前的測試已取得成功，剩下的細部調整就交給他們來做，不用擔心。」

沒錯，可以不用擔心。

別看烏蒂瑪等人那個樣子，他們可是大惡魔。

他們擁有我無法匹敵的智慧，因而順利完成工作，完全不需要我操心。

「我不是說這個，而是擔心他們會失控暴走——」

「好啦，我要走了！之後就拜託你嘍！」

達格里爾似乎說了什麼，我刻意不理他。

事到如今變更人手很麻煩，因此我逃也似的離開了他的國家。

達瑪爾加尼亞的下一站是魯貝利歐斯。

我在魯米納斯指定的地點設置「魔法陣」。

之後輪到一起來的哥布袭老大和「超克者」等人出場。

只要交給哥布袭老大，他應該可以建造出一棟氣派的傳送用建築。再經由「超克者」他們的巧手，就能再添加上傳送地的資訊。

「接下來交給我們就行了。我們會和坦派斯特與達瑪爾加尼亞保持聯繫，將這棟建築修整到可使用的程度！」

既然他們願意承包下來，我的工作也就完成了。

不過還有一件事要辦。

我帶著紫苑和她的部下們，以及阿德曼和他的侍從們去找魯米納斯，辦理到任手續。

我這次把他們全都帶過來了，所以該住哪裡就成了問題。

「放心吧，妾身的神殿有空房，大夥兒就住那裡吧。」

「太好了。紫苑、阿德曼，這裡就交給你們了，別給人家添麻煩喔。」

「沒問題，利姆路大人！我會以利姆路大人秘書的身分，堂堂正正地完成任務！」

真教人不安。

我反倒想叫她什麼都別做，只要等敵人打過來時聯絡我就好。

「但真可惜沒辦法在這裡做料理。人們都說一天沒練，手藝就會退步呢……」

那是指鋼琴之類更為細膩的技巧吧？

對了，紫苑也很擅長小提琴，難道這就不用練習嗎？

「妳不練樂器嗎？平常只見妳熱中於戰鬥訓練，都沒看過妳拉小提琴。」

「呵呵呵，請放心。只要平時好好訓練，彈奏樂器不是難事。更難的是斟酌調味料的用量——」

太奇怪了。

這傢伙的想法肯定是錯的。

我心想「給我向全國的演奏者道歉」，並努力掩飾傻眼的表情。

縱然紫苑說調味料用量很重要，但就算她搞錯用量，味道還是一樣好。不過加太多鹽的確會導致鹽分攝取過量，加太多糖也不健康。她那追求適量的想法是對的。

總之至少可以確定她擔心錯方向了。

當我這麼想時，一旁的魯米納斯插嘴道：

「妳叫紫苑吧？戰鬥訓練可以找閒來無事的日向陪妳。不然妾身也可以當妳的對手，不用擔心。此外妳還想做料理是嗎？妾身把一間沒在用的廚房讓給妳，幫妳準備食材，妳可以自由使用。」

我聽得啞口無言。這不怕死的提議令我顫抖起來。

由於太過震驚，一不小心錯過了阻止的時機。

「魯、魯米納斯，若讓紫苑做料理——」

「沒關係，在這樣的世道下，更要多多重視興趣的培養。妾身也曾一度沉迷於做菜。呵呵呵，乾脆一起做菜也行，感覺挺有趣的。」

「好啊！這想法真不錯。我可不會輸喔，魯米納斯大人！」

「呵呵，日向的料理手藝也很好，妾身邀她一起來吧。」

不會吧，喂。

事情愈鬧愈大了。

如果連日向都加入，我就無法應付了。

心想之後發生什麼事我都不管了，剩下就交給上天。

「阿、阿德曼，之後就拜託你了！」

「咦！」

阿德曼似乎有種不祥的預感，連信仰虔誠的他都無法立刻答應我的要求。

然而事情已成定局。

「我走了，有事再聯絡嘍！」

我留下這句話，便逃離現場。

＊

第三站是蜜莉姆的國家。

同時也是我所熟悉的猶拉瑟尼亞舊址。

聳立在那兒的不是聖山，而是一座建造中的巨大建築。

我「傳送」到舊市街，等待蜜莉姆派人迎接。

蓋德已經先過來了，所以我這次只帶了戈畢爾一行人，以及卡蕾拉和耶斯普利。

戈畢爾的三人組跟班，角新、助郎、彌七，以及相當於「飛龍眾」隊長的蓋札特也在。

連我也不知道戈畢爾的副官是誰，只知道這四個人都很顯眼。

明明即將和強大的敵人決戰，「飛龍眾」卻個個面露喜色。

好像是因為來到這裡後，就能暫時不用接受烏蒂瑪的特訓。

她的特訓實在太嚴酷，害他們死了無數次。他們還感嘆因為是在迷宮內，所以就算死了也不能停。

仔細想想，迷宮這機制還真犯規。

不是訓練到快死掉，而是以死為前提，藉此逼出他們的極限。

不過託她的福，他們的實力確實成長很多。

光是進化與增加魔素含量，稱不上真的變強。唯有熟練運用那股力量才能稱為一流的戰士。

然而也不能訓練過度。

連我都不想接受那種特訓，還是建議烏蒂瑪適可而止好了。

於是，我們全員加起來大概百人出頭。來到這裡已經等了十分鐘。

我已用「思念網」通知蜜莉姆我們今天要過來，她該不會忘了吧？

「太慢了吧？」

「有什麼關係嘛，卡蕾拉小姐。我們不是才剛到嗎？抱持著觀光般的輕鬆心情等人來接吧！」

「戈畢爾先生，你人真好。」

「我覺得應該只是卡蕾拉大人太性急了。」

「妳說什麼，耶斯普利？」

「沒事，什麼都沒說。」

十分鐘說長不長，說短不短。

我能理解卡蕾拉為何感到焦躁。不過這只是因為我曾是個分秒必爭的現代日本人，在這世界她這樣已經算性急了。

這世界有時間概念，也有時鐘，但市面上找不到像前世的手錶那樣精巧的物品。一般來說，只有貴族或富商能夠擁有比手錶稍微大一些的懷錶。

因此如果約在「下午」這種模糊的時段，還是早點讓傳令兵前往指定地點待命比較好。

這次未提早派人來接，確實是蜜莉姆他們不對，但也有可能是她記錯日期或時間，若為此生氣會顯得很不成熟。

我知道沒辦法要求卡蕾拉這點，只好由我來處理了。

「大家別緊張，我跟蜜莉姆確認一下。」

我這麼說完，便用「思念網」聯繫蜜莉姆。

『喂？蜜莉姆。我們已經到了，可是約定地點一個人都沒有？』

『唔唔？是、是利姆路嗎？我忙著寫作業，但已事先告訴米德雷了！說、說不定是他記錯時間。我之後再好好教訓他，你不要罵他喔！』

……

這下我明白了。

她忙著寫芙蕾小姐出的作業，似乎忘了將我的話轉達給部下們。

『知道了，慢慢來就好。』

『嗯、嗯！那就待會見！』

會有這種事也不奇怪。

我放寬心，安撫著卡蕾拉並等人來接。

這時卻發生一件意料之外的事。

趕到現場的其中一人說出了驚人的話語。

「喔喔，您就是魔王利姆路大人吧！比傳聞中更加玉樹臨風、英氣逼人。令加奇我感佩不已！」

發話者——加奇畢恭畢敬地朝戈畢爾低下頭。

看來，加奇的種族應該是龍人族（Dragonewt），和戈畢爾不同，有著人類的外貌，頭部側面長著角。

他個子雖矮，但體格壯碩，動作也很靈活。

他率領的五名魔人皆屬不同種族，除此之外並沒有什麼值得一提之處。

加奇的身體各處不知為何有些新的傷痕，唯有這點教人在意，不過他看起來活蹦亂跳的，應該沒有大礙。比較有問題的是加奇的發言。

我聽得目瞪口呆，但最震驚的還是戈畢爾。

「不不不，我怎麼會是——」

「噢，真是抱歉！您不需要向我這種低階兵長打招呼！魔王蜜莉姆大人的部下之中沒有人不知道您的名號！」

戈畢爾連忙想否認，卻被這個認錯人的傢伙激動打斷。

就算知道名字，不認得長相還是沒用吧？

認得我長相的魔人很多，但看來這個低階（小嘍囉）兵長是個例外。

順帶一提，我想加奇之所以將戈畢爾認成我，關鍵在於霸氣。
我完美地抑制住妖氣，因此看起來和人類沒兩樣。
卡蕾拉和耶斯普利也一樣，別說惡魔了，連魔人都不像。
畢竟魔國聯邦有很多人類訪客，我平常就已習慣不顯露出妖氣。
但這樣下去不太妙。
我很久沒受到這種對待，反而覺得很開心，不過卡蕾拉和耶斯普利的忍耐力極為有限。
「等等，他是戈畢——」
「妳們是誰？好像不是侍女？看妳們一身軍服，卻想在大人說話時插嘴，這樣很沒教養喔。」
加奇再次打斷耶斯普利說話。
老實說，我覺得他才是沒教養的人。
「哈哈哈，你這人真有趣。」
卡蕾拉說著便笑了起來。
她嘴上這麼說，太陽穴卻爆出青筋。
看來這是很努力在忍耐怒火呢。
感覺她再三秒就要爆發，我不能繼續在一旁陪笑了。
正當我這麼想時，耶斯普利搶在我之前行動。
「我說你啊，差不多也該聽人說話了吧？」
她以嚴厲的口氣說完，便對加奇動手。
即使稱不上「揍」，但仍是強勁的一擊。實力較弱的魔人肯定反應不及，被她打完巴掌後可能會昏過去。

我本來應該罵耶斯普利，但是這次是加奇有錯在先。誰教他自作主張地將戈畢爾認成我，又不聽我們講話。

訴諸暴力雖然不好，不過這樣下去卡蕾拉很可能會失控。耶斯普利是因為看她臉色不對才這麼做，我也就睜一隻眼閉一隻眼了。

如果這樣能讓加奇冷靜下來聽我們說話，就用這個方式解決吧。

然而這時發生一件令人意外的事。

加奇竟對耶斯普利的攻擊做出了反應。

「──咦？」

「嘿咻！」

那陣攻防全都發生在一瞬間。

加奇「啪」地用右手接下耶斯普利的左手反手拳，抓住後輕輕一扭，並想要乘勢追擊失去平衡的耶斯普利，將右腿掃了過去。

耶斯普利試圖避開加奇的低踢，不，她可能早就料到這記攻擊，便預先跳起來。接著在空中扭轉身體，抬起右腿朝加奇的頭部踢去。

加奇上半身後仰閃過踢擊，但耶斯普利的攻擊並未到此結束。

她以被抓住的那隻手為軸心，將踢出去的右腳像鐘擺一樣甩回來，同時將左腳踢向加奇。

她就這樣左右腳交叉，一同襲向加奇的脖子。既像特技，又像漫畫中出現的場景，第一次見到這招應該很難反應。

然而加奇卻放開耶斯普利的手，做了個後空翻，避開她的連擊。

雙方重整旗鼓打算再次交手，看樣子很可能會認真打起來。

「哦，真是個有趣的小姑娘。連和我交手都沒使出全力，看來妳那身軍服不只是穿好看的而已。」

加奇「喀啦」地扭著脖子，開始口出狂言。

「大叔你也挺行的嘛。感覺還滿好玩的，就讓你見識一下我的實力吧。」

耶斯普利在他的挑釁下，也露出燦爛笑容開始「喀喀」地折起手指。

卡蕾拉紋風不動。

不用看她那張開心的笑臉，就知道她沒有阻止自己部下的意思。

戈畢爾在這種時候完全派不上用場。可能是烏蒂瑪害得他對女惡魔三人組懷有陰影吧。這次出手的雖然是耶斯普利，但他還是很猶豫，不知該不該出聲阻止。

他瞄了我一眼。

唉，看樣子現場只有我一個正經人。

沒辦法，我只好插手了。

我決定先請他的主管過來。

「好了好了，到此為止。加奇先生是吧？我們跟你好像沒辦法溝通，去叫你的上司過來。」

我泰然自若地走上前，帶著滿滿的威嚴說道。覺得自己挺帥的，大概有個八十分吧？

我在心裡自吹自擂，等待加奇的回應。

結果——

「什麼？不准打斷男子漢的戰鬥！」

他竟然說出如此狂妄的話！
我突然有點火大。
然而下個瞬間——
「你對利姆路大人太不敬了。」
卡蕾拉迅速朝他踢了一腳。
「連我也忍無可忍了！」
戈畢爾用長槍將噴飛的加奇打了下來。
「啊，晚了一步。」
完全輪不到與加奇對峙的耶斯普利動手。
至於我呢。
「對了，你們什麼都沒看到，知道嗎？」
我稍微脅迫了一下加奇帶來的那幾個魔人，試圖湮滅證據。

＊

就結論來說，好像沒必要給加奇下馬威。
後來發現，這完全是蜜莉姆他們的錯。
「哇哈哈哈哈！怎麼樣，這下你明白不是我的問題了吧！」
「是啊。我還以為妳忘了傳話，萬萬沒想到是妳的部下們為了決定誰來迎接我們，展開了淘汰賽，興奮到忘記時間……」

最後拔得頭籌的正是加奇，而始作俑者則是米德雷。

「怎麼會變成這樣……」

「哎呀，本大爺的部下大多血氣方剛，但看來米德雷那裡也不遑多讓呢。」

芙蕾小姐雙手抱頭顯得很傻眼，卡利翁則捧腹大笑。

「話說，那個叫加奇的強嗎？」

「滿強的，感覺跟法比歐先生不相上下吧。」

卡利翁突然一臉認真地詢問，我便誠實說出感想。

實際上若純論魔素含量，加奇可能遜色一些，但既然能和耶斯普利較勁，可見技量不錯。他說不定還有戈畢爾那樣的變身能力，這樣的話評價會再往上升吧。

不過法比歐也能使出「獸身化」，兩人的差距並不會因此縮短，如果認真戰鬥起來，法比歐無疑還是會贏。

但仍能肯定加奇十分優秀。

米德雷也是如此，「祭祀龍之子民」的神官團中真的有很多強人。他們的強項在於不只依靠力量，還能將力量運用自如。

可惜頭腦簡單。

這一事實真令人遺憾。

「我真是沒臉見您。都怪我監督不周。」

米德雷說著向我低頭道歉。

可想而知，加奇肯定是受到了他的影響，不可否認米德雷確實該負較大的責任。

「話說回來，這位是卡蕾拉小姐吧？麻煩您和戈畢爾先生等人在之後這段時間保衛我們國家了。」

這種時候還是需要芙蕾小姐打圓場。

卡利翁雖然是位偉大的君王，但也有好戰的一面。硬要說的話他和米德雷還滿像的，生來便具有「弱者就該淘汰」的價值觀，至今仍無法拋棄這想法。

這次——應該說一直以來，幸好我們這幫人實力都很強。若實力太弱，無法和對方順利交涉吧。就這點而言，我十分幸運。

「那麼卡蕾拉小姐，妳想不想跟本大爺比試比試呢？」

看吧，卡利翁果然說出了這種話。

「哦？你挺有膽識的嘛！說吧，你要我手下留情到什麼地步？」

卡蕾拉，不要這麼輕易上鉤好嗎！

「等一下。」

「請放心吧，主上。卡利翁先生不是進化了嗎？既然如此，當然想知道自己現在變得多強。」

「話是這麼說沒錯，但這裡又不是迷宮。要是他們打得太過火，很可能會死掉，還是別做這種危險的事吧。」

聽見我這麼說，只有戈畢爾和芙蕾小姐大大點頭。

其他人全都面露不滿。

尤其是蜜莉姆。

「吼唷，這樣好無聊！」

她鬧起彆扭，被芙蕾小姐訓斥道：「不准說這種話！」

不過基於一些實際問題，我無法答應他們。

他們不能在工地附近打架，因此必須到遠一點的地方打，以防波及周邊。在此世道下做這種事，根本像在對敵人說「快來打我們」一樣。

沒想到卡利翁仍堅持己見。

「確實，本大爺很清楚這麼做十分危險，但剛才說的也是真心話，希望能在正式上場前了解自己變得有多強。」

妳也是吧，芙蕾——卡利翁甚至向芙蕾小姐尋求認同。

也是啦……

仔細想想，我是因為有希爾大師才不用煩惱這些。

它當時才剛成為「智慧之王拉斐爾」，就已經能回答我所有問題了。所以我不用測試自己的能耐，也大概知道自己可以做什麼。

至於卡利翁等人，只能測試自己的力量並自行摸索，其中最快的方法就是與強者戰鬥。

「我無法否認。不過我們至今都靠自己努力，今後不是也該自己想辦法嗎？」

「是啊，但是敵人可不等人喔？我倆必須盡快變強，守護相信我倆的人民。為了這點，就算有些胡來也無所謂，不是嗎？」

「這……」

芙蕾小姐似乎被他說服了。

卡利翁搬出身為王者的義務，令她啞口無言。

如果他只是想炫耀實力，我一定會否決提案，但若像這樣有正當的理由，便值得考慮。

「利姆路，我贊同卡利翁的想法。現在是我在訓練他們，但這樣的訓練也有極限。」

「蜜莉姆說得沒錯。儘管很不甘心，但覺醒後才理解到一點：本大爺雖然變強了，卻覺得蜜莉姆離自己更遠了。利姆路，你也一樣。無論本大爺再怎麼努力都追不上你們。可是——」

「呵呵，你認為自己應付得了我？那你真是太小看我了，不過你挑我而非利姆路大人當對手，這決定是正確的。」

原來如此……

我覺得以自己現在的狀態，實力和卡蕾拉並沒有差很多……但卡利翁卻有這種感覺，可見他現在已經能看穿事物的本質。

金也很看重卡利翁，要是他能靈活運用覺醒後的力量，在今後的大戰中肯定能成為重要戰力。

而且蜜莉姆也這麼拜託我了。

那麼，我就該幫他們一把。

「知道了，我會把卡利翁和芙蕾小姐帶回去，卡蕾拉就按照計畫留在這裡協助防禦。」

「咦？不是該由我來——」

「迷宮裡有合適的對手！」

「明白了，謹遵主上吩咐。」

她顯得很消沉，讓我有些過意不去，但這種時候可不能縱容她。

卡蕾拉做事太過火了。菈米莉絲對她的抱怨令我很頭疼，而且既然要培訓卡利翁等人，當然要挑個正經一點的人比較明智。

卡利翁就交給紅丸或賽奇翁負責。

芙蕾小姐則可以交給九魔羅。

剩下的細節等回去後再想。萬一有什麼事，我會接到聯絡，屆時再把他們立刻「傳送」回來即可。

「抱歉，讓你們陪本大爺一起任性。」

「沒關係、沒關係，我認為你說得很正確，才想要幫你們。芙蕾小姐可以接受這樣的安排嗎？」

「是的，當然。我感激都來不及了，沒理由拒絕。」

事情就這樣定下來了。

我將戈畢爾和卡蕾拉等人留在蜜莉姆那兒，並帶卡利翁他們回國。

順帶一提，卡利翁和芙蕾小姐的部下該怎麼做就交由他們自己決定。

若非覺醒級，應該不會造成太嚴重的環境破壞……我是這麼想的。我已送給他們大量的回復藥，再來他們可以自己想辦法。

紅丸他們也是這樣變強的，所以我並不擔心這一點。

＊

我從蜜莉姆的國家返回，將卡利翁等人交給紅丸，並丟到迷宮內。

於是，前往雷昂國家的時刻終於到來。

雖然已先派迪亞布羅過去，但我把這一站留到最後，他們想必已經在等我了吧。我邊這麼想，邊為出發作準備。

雷昂的國家——黃金鄉埃爾德拉，米薩莉帶我去過，所以我知道在哪裡。

因此可以利用「傳送」過去，一瞬間就到了。

「由我來當您的護衛。」

有蒼影在，我就放心了。

「頭目，也別忘了我！」

蘭加從我的影子中探出頭來，強調自己的存在。

噢，好乖好乖！

我盡情地摸摸他，對他點了點頭。

我們倆總是待在一起，但我還是覺得他這個樣子很可愛。

言歸正傳。

我總覺得不太想去而提不起勁，可惜已經和對方聯絡好了。討厭的事還是盡快辦完比較好，我只好不甘願地站起身。

「好，該走了。」

我喃喃自語完，在朱菜和利格魯德等人的目送下發動了「傳送」。

雷昂的領地位於一塊小型陸地上。

面積雖小，但陸地終究是陸地。其規模大概比澳洲大一些。在那片遼闊到令人驚訝的平地上，有座規劃得井然有序的都市。

據說在雷昂等人移居前，這裡有著森林、平原、湖泊、山川等豐富的自然景觀。這片土地經過大魔法的強制調整後，改良成現在這樣適宜居住的狀態。

為了與大自然和諧共存而創設的人工都市——這就是魔王雷昂·克羅姆威爾的居住地，黃金鄉埃爾德拉。

「哇，好壯觀……」

在指定地點與我會合的銀騎士（Silver Knight）阿爾羅斯聽見我的低語後，欣喜地回應：

「哈哈哈，真是榮幸。若雷昂大人聽見您這番話，想必也很開心。」

之前見到他時，他戴著完全遮住面部的頭盔，如今則露出了容貌。

雖然沒雷昂那麼誇張，但也長得十分秀氣，足以被認成美女。

他那頭美麗而柔順的銀髮長及背部，但從脖子的粗度和喉結看來，應該是男性沒錯。

順帶一提，聽說這位阿爾羅斯是雷昂麾下的第一把交椅，也是魔法騎士團（Magic Knights）的團長。

我所見過的另一位黑騎士（Black Nnight）克羅多先生好像是這兒最強的人，但阿爾羅斯也不遑多讓。他能夠不詠唱咒語直接使用魔法，還能極其自然地發動傳送魔法。我們抵達的地點位於都市外圍——亦即都市防衛結界的外側，不過他一瞬間就將我們傳送至大門前。

他的種族——應該不是人類，卻有著人類的外表。正當我這麼想時，他便向我表明他們是人魔族（Demonoid）。

這是個長壽且擅長魔法的種族，但本來是人類。他們是經由名為魔人化的變異所誕生的，因此個體數很少。

繆蘭和拉贊該不會也是——

《沒錯，他們就定義上來說是同樣的存在。》

果然如此。

魔人的種類繁多，要去一一定義他們很麻煩。既然是由人類變成的，那麼叫人魔族也沒什麼問題。

我暫且不去想這件事，望向大門後方的整座都市。

比我想像中還要美得多。

都市內滿是閃耀著黃金色的美麗建築，能打造出這樣的都市真令人敬佩。

其配置經過精心計算。

用一句話來形容，就是六芒星——或者該說六稜郭的形狀。光是這樣就能發動平面的魔法效果，但更厲害的還在後頭。

這兒的街道呈螺旋形，從入口處往中間逐漸升高，連接至正中央那座充滿威嚴的白色城堡。

中央聳立著彷彿直衝天際的螺旋王城。

城堡本身並不大，但因為整座都市採立體型結構，視覺上顯得十分巨大。

若從高空俯瞰，應該能看出整座都市就是一個強大的層積型魔法陣。不過反過來說，不具備高空俯瞰能力的人，無法發現都市構成的魔法陣。

即使有俯瞰能力，若不仔細觀察也無法發現。其配置就是如此巧妙精湛。

我也對都市建設懷抱著許多浪漫的夢想，然而完全沒想過可以用建築構成魔法陣。我在內心感嘆這點子真是驚人，久違地有股不甘心的感覺。

這精心計算的都市結構，強烈刺激著我身為前建設業人員的自尊心。

我們國家當然也建設得很完善，但沒辦法訂定這般以機能性為優先的都市計畫。儘管有菈米莉絲的迷宮，因此在防衛上萬無一失，然而那只不過是各種幸運加總起來的結果。

他們竟能想出這種藉由居民的魔力來維持都市運作的機制，還像這樣實現出來。

「沒想到竟能用整座都市，發揮出強大魔法陣的效果。只能說你們真是太厲害了。」

我總覺得自己有點輸給他們，因而坦率地出言稱讚。

「喔喔，您看出來啦？」

阿爾羅斯開心地笑了起來。

「這魔法陣的效果包含了『入侵監視（Search Enemy）』和『迎擊防禦（Counter Magic）』吧？不過規模實在和一般魔法差太多，感覺能發揮出無比強勁的效果。」

光是想賦予一個魔法陣兩種效果，就得費一番工夫思考陣形。而他們竟以一整座都市達到了這點。

僅用建築物便能描繪出魔法陣，還能持續展開戰術級魔法，設計者的聰明才智簡直無法估量。

該魔法陣能夠立刻發現未取得許可的闖入者。此外，受到來自都市外部的魔法攻擊時，還能全部反彈回去。

有這麼大規模的魔法陣，即使遭遇到專門攻擊都市的軍團魔法（Legion Magic），應該也能輕鬆將其反彈回去。

「哈哈哈，您真是慧眼獨具。才看一眼就曉得那麼多資訊嗎？看來瞞著也沒用，我就誠實回答吧，您答對了。整座都市都設下了絕對防禦的魔法。」

阿爾羅斯得意地回答道。

這時他又輕描淡寫地補了句：「正因為有這個結界，才能抵禦朝我們施放核擊魔法的凶殘惡魔。」

這件事若深究下去感覺對我不利，我便聽聽就算了。

腦中瞬間浮現一個金髮女高中生模樣的惡魔，一定是我想太多了。

我對此深信不疑，用這樣的想法來保護自己，並決定吹捧阿爾羅斯，以免他繼續這個話題。

「光是想獲得一種效果，就必須花費龐大的預算和時間吧？你們還賦予了兩種，而且連都市發展所需的擴張也計算進去，如此完美地實現出來。」

「沒錯。這一路走來非常辛苦，但我們相信雷昂大人，撐了過來。」

「真的很厲害呢。這種事很靠運氣，能成功就算賺到，你們竟然認真投入其中，取得了成功。」

「哈哈哈，謝謝稱讚。沒想到您會給予這麼高的評價。這個都市計畫是雷昂大人想出來的，他聽到您這麼說一定會很高興。」

不會吧，這座都市竟然是雷昂設計的！

沒想到他竟然是個天才……

還以為他只是「喜歡克蘿耶的悶騷魔王」，看來有必要對他改觀了。

這座都市的確很美。

由於這是不爭的事實，我已經沒那麼不甘心，反而感到興奮。

蒼影也一臉佩服地環顧整座都市，但他其實不太擅長魔法。即使如此他仍好奇地豎耳聆聽，希望能學到一點東西。

「難以從上空入侵嗎？那就只能從地下了……」

我錯了。

原來他只是在思考進攻手段而已。

不過這也挺重要的喔？

我和雷昂現在雖是合作關係，但說不定有天會變成敵人。

話說回來，將都市和魔法陣結合在一起真棒。

真想將此機能引進我國，但這東西沒辦法輕易模仿。而且首都「利姆路」就另一種意義上來說已經建設完成，無法從現在起導入新系統。

這成為我今後的課題。

未來若有機會興建其他都市，屆時再來實現我個人的創意吧。

回去之後又多一件好玩的事可做了。

雖然有可能派不上用場，但我還是想設計屬於自己的魔法都市。

＊

我們穿越大門上設置的出入口，沿著玻璃製的螺旋迴廊前進。

都市內部也很美。

遠方的人造懸崖有一道瀑布傾瀉而下，流進遍布都市的運河中，形成美麗的圖樣。

我們就這樣邊走邊欣賞都市美景，走了約十分鐘。來到一處騎士們看守且禁止一般人進入的區域。

「這裡頭設有通往王宮前的魔法陣。」

阿爾羅斯說著便帶我們進去。

接著，一行人用魔法陣傳送後，迎接我們的竟然是這個國家的君主，魔王雷昂‧克羅姆威爾本人。

雷昂穿著白襯衫和牛仔褲，那身比想像中還要輕便的裝束令我驚訝，但很適合他。

帥哥穿什麼都好看。

他雙手抱胸，整個人靠在柱子上，那畫面美得像一幅畫。
然而他一開口就破功了。
「嘖，還真的沒帶克蘿耶過來。」
我有點不爽，心想難道他滿腦袋都是克蘿耶嗎？
他依舊是「最喜歡克蘿耶的悶騷魔王」，不過這也讓人得以確認他是雷昂本人，所以我不埋怨他。
而且雷昂感覺有些怪怪的。
阿爾羅斯也是個美男子，但在雷昂面前相形失色。他一如既往帥到令人生厭，卻好像沒什麼精神。
「我當然不會帶克蘿耶來。話說你怎麼好像有點憔悴？」
「……少囉嗦。把罪魁禍首送來的人就是你，輪不到你來說。」
啊！
光是這句話就讓我意會過來。
大概是那傢伙給雷昂添麻煩了。
「難道是迪亞布羅做了什麼嗎……？」
「……是啊。」
我們剎那間安靜地對看了一眼。
雷昂似乎想說什麼，卻又將話語吞回去，只是點了點頭。
好沉重。
現場被一股沉重氣氛包圍。
我們默不作聲地跟著他穿越城堡。

最後抵達一間金碧輝煌的豪華房間。

房裡擺著品味良好的家具，儘管使用金銀珠寶作裝飾，卻一點也不俗氣。壁紙統一成純白色，寶石反射著水晶燈的光輝，顯得格外美麗。

並不像克雷曼的城堡那般低俗。

足以顯示出主人的好品味。

應該說這裡豪華得恰到好處，不會給人壓迫感。外觀雖是一座全白的城堡卻不會顯得太華麗；同樣地，內部裝潢也既優美又高雅，待起來很舒適。

在此環境下，連平民出身的我也能放鬆下來，不會太過緊張。儘管氣氛沉重，但這些家具應該能帶來些許療癒感。

——我才這麼想，走廊就傳來一陣騷動。

雖然不緊張，卻有股頭痛的預感。

我的預感理所當然地成真了。

「啊，利姆路大人！在下已恭候多時。」

是迪亞布羅。

他朝我恭敬地行完禮後，以極其自然的態度帶我到會客室。

這裡是雷昂的國家吧？

我真想質問他為什麼一副把這裡當自己家的樣子。

金緊接在迪亞布羅之後現身。

「你也讓我們等太久了吧，利姆路。為什麼最後才來我們這裡？」

他邊說邊坐在我對面的椅子上。

「當然是因為這裡有金先生在啊。有強者在就是教人安心，我還想說可以不用來了呢！」

我半開玩笑地說出真心話。

只見金的太陽穴抽動了幾下。

這下糟糕。

畢竟我是個會察言觀色的人，我趕緊在金發怒前換個話題。

「冷靜點。這裡有你和迪亞布羅在，萬一敵人來襲，你們確實有辦法處理不是嗎？我有點擔心魯米納斯那裡，而且也不知道達格里爾實力有多強，先去他們那裡很正常吧。」

「可是蜜莉姆應該跟我差不多——」

蜜莉姆確實很強。我明白金想說什麼，但先去她那邊有個正當的理由。

「因為我承包了蜜莉姆那兒的建設工程啊。凡事講求信用的我，當然必須以那裡為優先。」

我篤定地說完後，露出得意笑容。

蜜莉姆再怎麼說都是我重要的朋友，也幫了我很多。我本來就該回報她，和金相比哪一方比較重要更不用說。

她雖然也為我帶來一些困擾，不過這點我也一樣。

「嘖，算了。所以，其他魔王狀況如何？」

能夠快速轉換想法是金的優點。

儘管因為自己被留到最後而不爽，但他似乎仍具備正常的判斷力，這樣我就放心了。

「總之，我已在各國設置『傳送魔法陣』。即便還需要做些細部調整，不過緊急時可以立即啟動沒問題。」

我說著稍微打開「胃袋」，讓他們看一下「魔鋼」製的圓盤。那個圓盤太大了，拿出來有點麻煩。

「告訴我地點，我就能幫你們設置。」

「好，我待會再帶你過去。」

雷昂插嘴道。

不對，雷昂才是這座城堡的主人，該聽他的才對。由於金的姿態實在擺得太高，我差點就搞混了。

「是嗎？能來得及為緊急時刻做好準備就行了。再來就只要等敵人進攻了吧？」

「是啊。不過我還要收拾與帝國戰爭後的殘局，並加強與西方諸國的合作。」

「區區人類的力量，沒辦法作為本次戰爭的戰力吧？」

「我知道，所以我只是要為他們進行避難訓練。我想盡己所能，防止人類被捲入我們的戰爭中，導致文明毀滅。」

首都「利姆路」的居民們應該能躲過攻擊，但其他國家會受到多大的損害可就難以預測了。因此我正讓「三賢醉（利艾葛）」找些可以避難的地方。

摩邁爾老弟正在為這件事奔走。

總覺得我好像丟給他太多工作了，等一切塵埃落定後再好好慰勞他。

另外，帝國臣民雖是米迦勒發動權能時必不可少的一部分，但還是別堅信這點比較保險。

我曾說過要殺光帝國臣民，我想米迦勒可能會想辦法應對吧。這正是我的目的，然而實際如何還是要等開戰之後才會知道。

「這樣啊，你還真辛苦。」

金聽得目瞪口呆，但我就是這樣的人。

我花費了這麼大的工夫才和人類社會成功建立邦交，因此維持友好關係對我國而言可謂無比重要的課題。

而這段友好關係被米迦勒等人破壞就好像付出的心血遭人踐踏，我絕不能忍受。

雷昂聽我這麼說，也傻眼地回道：

「你除了自己的國家，還為其他國家操心，真是個超乎想像的濫好人。難道你認為所有事都能在你的掌控之下嗎？」

唔嗯，他說得沒錯。

我當然不認為自己無所不能。

但也受不了因為自己無所作為而失去一切。

「我只是不想後悔罷了。能做的我都會嘗試。要是連這樣都還不成功，我也比較容易死心。」

不對，若不成功，我應該無法完全死心，而且也會感到後悔。

不過我會掙扎奮鬥以防這種情況發生，因此在不幸的未來到來之前，我都能活得坦蕩而自豪。

我沒辦法欺騙自己。

正因如此，我必須以自己能接受的方式活下去。

「呵，我這個人總是在後悔。或許這就是為什麼那孩子選了你，而沒有選我吧。」

他在說克蘿耶嗎？

這番話感覺特別沉重，好像不能聽聽就算了。

雷昂無疑做了很多魯莽的事。也許他是在警告我，一不小心我也可能變得和他一樣。

我心裡這麼猜測，決定對雷昂的不安一笑置之。

「我和你不同，不是蘿莉——妹控。我做事會顧慮其他人的感受，你的擔心是多餘的。」

「開什麼玩笑，小心我殺了你。」

沒想到我倆卻因此劍拔弩張，一直吵到金介入調解為止。

＊

「原本還期待你來之後狀況會好一些，看來我想得太美了。」

金不知為何一臉疲憊地向我抱怨道。

我不明白他對我抱有什麼期待，聽得一頭霧水。

「咯呵呵呵呵，雙方不如在此分個高下如何？幸運的是，米蕯莉她們已經可以熟練設置『損害減輕結界』。」

他想叫我和雷昂一決勝負？

「我說你呀，我們雙方都是魔王，哪能做那麼魯莽的事？」

「請放心，不需要勞煩利姆路大人動手，我來當他的對手。」

迪亞布羅瞇起眼睛盯著雷昂，宛如盯上獵物的掠食者，這傢伙搞不好真的會動手。

我判斷不出他們哪一方會獲勝，說不好奇是騙人的。但若允許他們打起來，各方面來說都很不妥。

「這樣會把周圍破壞殆盡！我不是說了嗎？你的工作是保護雷昂。可是你卻想和他打架，這樣不是本末倒置嗎！」

我教訓完迪亞布羅，只見他失望地垂下頭。

他看起來沒在反省，但既然他願意聽話，我就放他一馬。

「再多唸唸他幾句，利姆路。這傢伙就是學不會教訓！昨天也向我挑釁，我雖然手下留情，但還是破壞了這裡的訓練場啊。」

呃，這不關我的事吧。

我又不知道他們為什麼打起來，無法判斷誰對誰錯。

重點是——

「咦？你和迪亞布羅打架了？」

「是啊。最近很無聊，想說運動一下就和他打起來了。」

真是莫名其妙。

迪亞布羅和金就這樣打了起來，據說情況慘烈到難以描述。而且好像發生在昨天，我心想還好不是今天。

我望向雷昂，他一臉不爽地嘆了口氣。

「一開始是那邊那個女僕向迪亞布羅挑釁，結果她被打得落花流水，說了些不服輸的話就逃之夭夭了……」

說到「那個女僕」時，雷昂瞥了萊茵一眼。

「您真愛說笑。我才不會嘴硬不服輸呢，而且我根本沒輸！」

竟然沒否認打架的事……

「妳的主觀意見不值得參考。」

雷昂沒有理會裝蒜的萊茵。

倒是迪亞布羅接了話：

「咯呵呵呵。因為我不想欺負弱者，所以才放了妳一馬。」

「什麼？我不是說下次會拿出真本事嗎？看來因為我手下留情，害你誤會了。」

「妳明明拉了米薩莉過來，二對一和我交手，難道妳忘了嗎？下次有必要狠狠教訓妳一頓呢。」

迪亞布羅神色從容，萊茵則盡說些瞧不起對方的話，兩人互相挑釁。這樣下去會不會又打起來——

不過奇怪的是，我擔心的事並未發生。

「更麻煩的是，他們神不知鬼不覺地訂下了某種協議。」

金說出了令人難以置信的話。

據說他們倆一天到晚都在吵架，這根本不算什麼。

「這兩個星期他們每天都吵吵鬧鬧，不知何時起突然變得意氣相合。」

雷昂也附和金，使他的話更有說服力。

若他們說的是真的，這樣一來便打破了戰力平衡，也難怪金會說「這下變得很麻煩」。

「真討厭，你有什麼證據，可以證明這般荒謬的事？」

「妳以為沒人發現嗎？昨天金和迪亞布羅交手時，妳不是還大叫：『開什麼玩笑！再加把勁啊，迪亞布羅！』」

萊茵微微歪頭疑惑地詢問，雷昂則面不改色地回答。

這時，不耐煩的金打斷了他們。

「萊茵，大家早就發現妳的真面目了。是說，妳竟然不幫我，而是幫迪亞布羅加油啊……」

「怎麼可能？我絕不會說那種粗魯的話，而且我是金大人的忠實僕人，一定是雷昂大人聽錯了。」

她竟然能理直氣壯地這麼說。

因為她平常都板著一張臉，所以我未曾注意到，現在想想這傢伙該不會是老么性格吧？

這種人絲毫不會反省自己的作為，認為一切都能如己所願。從小受到哥哥姊姊疼愛的人，很容易變成這樣。

不過聽到這邊已經很明顯能知道誰說的才是對的。

「迪亞布羅，你們為什麼變得這麼要好？」

我想迪亞布羅應該不會對我說謊，所以直接問他。

他聞言便笑容滿面地回答：

「全拜利姆路大人的威望所賜。我告訴了萊茵一些利姆路大人別具意義的事蹟，她聽完之後便大徹大悟！」

好可怕！

根本是洗腦——我差點這麼說，趕緊把話吞了回去。

「是、是嗎？」

「我其實是利姆路大人的粉絲。我請迪亞布羅講述您的事蹟，相對地我也幫了他一些忙。」

萊茵行了個漂亮的屈膝禮，如此說道。

她該不會是個超級我行我素的人吧？

迪亞布羅也是這樣，難怪他們合得來。

「好、好喔……」

此外還能說什麼呢？

我有些不知所措地看向金，只見他搖了搖頭像在說：「為時已晚。」

「抱歉哪，我家部下都傻傻的。」

「不會不會，迪亞布羅也給你添了麻煩，我們彼此彼此。」

原來金也對自己的部下感到頭疼，我以前就覺得和他同病相憐，如今更是倍感親切。

另一方面，聽見金這麼說，總是面無表情的米薩莉罕見地有所反應。

「……咦？難道每次都是因為萊茵，害得我也被當作傻子嗎……？」

嗯，她好像發現真相了。

我雖未說出口，但認為她猜得沒錯。

不過，多管別人家的閒事沒有好處，我便裝作沒聽見她的自言自語。

我們又閒聊了一會兒後，我在雷昂的帶領下穿越設有王座的謁見廳，進入後方的密室，在那裡設置了「傳送魔法陣」。該圓盤重達數十噸，一旦設置後就很難再移動。

既然事情已經辦完，我也趕緊告辭了。

雷昂好像很希望我能把迪亞布羅和萊茵帶走，但這樣會妨礙到作戰計畫。就算不會妨礙我也不想帶他們走，所以只能請雷昂忍耐了。

臨別之際——

「克蘿耶就拜託你了。」

雷昂這樣提醒我。

不用他說我也會保護克蘿耶，我點點頭說道：「交給我吧。」

他接受了我的保證，態度意外地乾脆。還以為他會再纏著我囉嗦些什麼，因此我有些驚訝，不過我不打算告訴他。

假如這傢伙表現得正常一點，其實還滿帥氣的。

不僅如此，我還發現了一件驚人的事實。

其實我和雷昂有著同樣的興趣。

不是指蘿莉控那方面喔？

總之，雷昂說他以前的夢想是成為一名建築師。

難怪他的美感如此出眾。

剛才閒聊時我稱讚了一下這座都市和城堡，他便告訴我這件事，解答了我內心的疑惑。我承認雷昂的品味確實不凡。

雖然有些做作，但其實是個好青年。這是我對魔王雷昂的新評語。

於是，我和雷昂的關係改善了些，這趟黃金鄉（埃爾德拉）之行也順利落幕。

＊

離開雷昂的國家後，我仍卯足了幹勁過著周遊列國的生活。

敵人不知何時會進攻，所以我必須趕緊加強與各國之間的合作。

既然為魔王們準備了緊急傳送的手段，那麼對其他友邦也該一視同仁。

我首先前往矮人王國。

我現在是派阿格拉待在蓋札身邊。

阿格拉回報說正在和蓋札一同修行，於是我也想看看他們修行的成果。

我「傳送」到德瓦崗的城門附近。

門前依舊排著長長的人龍，隊伍裡有行商人也有冒險者。我無視他們，逕自走向貴族專用通道，向門衛打了聲招呼。

接著，連等都不用等，就被帶進王城之中。

這讓我有股優越感，可見我內心還是個小老百姓。我知道這樣會顯得格局很小，因此盡量不露出得意的神色。

迎接我的是蓋札本人。

「等你好久了，利姆路。」

阿格拉當然也在。

「主公大人，見您玉體安康，在下無比欣喜。」

他誇張地跪下向我請安。

就像在演古裝劇似的，而且還演得有模有樣。

令人驚訝的是，這個阿格拉竟是白老的祖父轉世。我聽卡蕾拉這麼說時嚇了一跳，不過冷靜下來仔細觀察，才發現他的言行舉止確實和白老很像。

我想起自己一直想和他面談，卻總是找不到機會。乾脆待會來和他好好聊一聊吧。

我心裡這麼想著，也向他們問好。

「別來無恙，蓋札王。看到你這麼有活力真是太好了。阿格拉也是。」

「哈哈哈！你還是一樣拘謹。我說過很多次，叫我蓋札就好。」

「哎呀，我本來也想這麼稱呼你，但在這種場合見面還是會緊張，甚至想起以前被審判的事，我果然內心還是個小老百姓呢。」

儘管仍無法拋開身為平民時的感覺，但我覺得自己這樣也挺可愛的。

說真的，見到達官貴人不緊張才奇怪吧。

潘先生和德魯夫先生靜靜地看著我們的互動。

蒼影也一樣。

不過這時阿格拉插嘴了。

「在下認為這種事您高興就好，但若這麼說，肯定會被卡蕾拉大人訓斥。畢竟兩位皆是同盟國的盟主，立場相等。您在蓋札王面前還是別太客氣，大大方方地面對他比較好。」

「是啊，這我知道。」

不用他說，我也理解，但我在幾年前還是個普通的上班族，除非是生氣、專心，或被捲進重大事件而感到心慌意亂，否則一般情況下，我很容易恢復成原本彬彬有禮的狀態。

「沒關係，我明白利姆路的心情。我在天帝艾爾梅西亞面前也會緊張。」

「喔喔，連蓋札王也會——」

「然而！你卻能和我敬畏的天帝打成一片！真教我匪夷所思！」

說得有道理。

合理到讓人無法反駁。
蓋札要我也和他輕鬆相處，我便回答：「我盡量。」
不過蓋札是個值得信賴的人，我自然而然對他懷抱敬意。而這股敬意也顯示在態度上，要改很難。
「可是萬一有需要時，我還是能夠用適當的方式和你對話，所以這應該不是什麼大不了的事吧？」
「笨蛋，愈是到那種時候，平時的習慣愈容易顯現。你在日常生活中就要好好審視自己的言行，以免在重要時刻出錯。」
他又為我上了一課。
就是因為他經常這樣告誡我，我才會老是對他低聲下氣的。
艾爾雖然也會對我說教，不過她檯面上和私底下區分得很清楚。
由此可見，艾爾為了讓我和摩邁爾老弟能夠自在與她相處，說不定也煞費苦心——但不知道是不是我想太多。
總之，我將蓋札的建議當作今後的課題，謹記在心以防忘記。

我們轉移陣地，來到會客室。
邊喝酒邊互相報告近況。
此行最重要的目的，就是與蓋札共享資訊。
「有辦法避免戰爭嗎——？」
「可惜，我認為大概避免不了。現在各魔王的國家都設了『傳送魔法陣』，以便在緊急時刻可以移動。」

「是嗎……真是一波未平一波又起。老實說維爾格琳大人與我方為敵時，我還以為完蛋了呢。現在她已成為我方的友軍，面對那個叫米迦勒的傢伙，也用不著太緊張吧。」

也對，不是我自誇，我國的戰力勝過全盛時期的帝國。除此之外我方陣營還有各路魔王、維爾格琳，連維爾德拉也在，就蓋札看來我們根本不可能輸。

不過，這樣的想法太天真了。

「不，對方可是強敵喔。單就其勢力規模來看，已遠遠超越帝國。」

「我知道。我沒有小看他們，事實上正好相反。」

「相反？」

「因為知道再怎麼努力都幫不上你們的忙，內心已經處於半放棄狀態。」

「噢，原來如此……」

也對，他說得沒錯。

萬一維爾薩澤來襲，哪怕德瓦崗這個國家再怎麼強都不可能贏。

敵方單獨一個人就已經這麼強了，他當然會感到絕望。

「但我可不會讓敵軍輕易毀掉我國。最糟的情況不過是抱著報仇雪恨的決心，和對方決一死戰。」

蓋札氣勢十足地宣示道。

這份決心無疑是認真的。

他就算見到維爾格琳也沒有逃跑，從這點就可知道，即使是場必敗無疑的戰鬥，他仍會奮勇面對。

我心想蓋札這人還真可靠，並繼續說道：

「縱使知道打不贏，還是可以思考一下該採什麼方式應對吧？」

我方的劣勢不在參戰人數，而在能力高下。最不妙的就是維爾薩澤與我們為敵這一點。

這下維爾德拉就派不上用場了。

能夠與維爾薩澤匹敵的，只有金和維爾格琳了吧。

至於我呢？

我絕不想和她打起來，所以無論發生什麼事我都會先逃再說。

「相當於天災的『龍種』互相爭鬥，簡直就像神明之間的大戰。」

「是啊，形容得沒錯。但我們可不能逃。」

「難道你有什麼能取勝的妙策嗎？」

「沒有！但我願意盡一切努力，只為了提高勝算。」

「呵呵呵，你這傢伙。」

蓋札苦笑著點了點頭。

雖然我內心覺得唯有試了才知道結果如何，但還是要留點後路，以便情勢不妙時可以逃跑。

儘管說了這番帥氣的話，但我們現在還無法分析敵方的戰力，因此討論有無勝算並沒有意義。重點在於事先想好即將戰敗時所該採取的對策。

「所以希望你能助我一臂之力。」

「好啊，我願意協助你，照你所想的做吧。」

蓋札爽快地答應了我的合作請求。

我立刻請他讓我設置「傳送魔法陣」。

不同於以前設的個人用魔法陣，這次的設置地點也很重要。

「竟然能鍛造出純度如此高的『魔鋼』。」

「這是有點取巧地用我的技能做出來的。我本來也想好好培育技術人員，可是敵人不等人。」

「——也是。後續的細部調整就交由我國處理吧。」

我向蓋札道謝後，在他指定的地點設置了「傳送魔法陣」。

目的順利達成，我們便開始閒聊。

「話說，你們修行的成果如何？」

「阿格拉先生不愧是劍鬼——白老師父的祖父，又是『朧流』的創始者。他讓我明白自己的劍術還有很多不足之處！」

「您不必謙虛，蓋札王。您已習得祕傳奧義的五華突，而且還在繼續精進不是嗎？」

「朧流」將五華突以上的招式定義為祕傳奧義。

石榴——六華斬是一種非以殺傷為目的，藉由高速斬擊展開的毆打招式。

楊柳——七華凪則是以柔弱的勁道，化解敵人攻擊的劍術。

斬擊和突刺皆能增加攻擊次數。

再來就是最高奧義的八重櫻——八華閃。

這些本來是祕不外傳的劍術，阿格拉卻打算慷慨地全部傳授給蓋札。

「我聽白老說，祖父曾讓他見識過八華閃？」

「是的。由於是轉生前的事，在下的記憶很模糊，不過在下隱約記得在他面前施展過一次。若他能夠重現我的劍術，無疑是個天才。這樣聽來很像在誇耀自己的孫子，怪不好意思的，但如今在下已不是他祖父荒木白夜。在下只是在稱讚魔國的先進而已。」

阿格拉既難為情又有些自豪地說道。

「沒關係，白老也是我師父。聽到你稱讚他，我不但不生氣，還很高興呢。」

「沒錯。阿格拉先生的教誨，後來由白老師父傳承下來。一想到此就覺得緣分真是不可思議。」

蓋札附和我的話，開心地笑著。

阿格拉看見我倆的反應，感慨萬千地點了點頭。

「對了，利姆路，有件事我想問問你的意見，可以嗎？」

「只要是我知道的事都行。」

「是有關『究極技能』的問題，我以前也問過。若我繼續精進劍術，有可能贏過究極覺醒者嗎？」

哦，這問題還真是直接。

在某些情況下確實有勝算。雖然會打得十分慘烈，但並非完全不可能。

「以我的經驗來說，只有究極技能才能對抗究極技能。若只是獨有技的話應該應付不了。」

「這樣啊……」

「不過只要滿足某些條件，或許能克服這點。」

「哦？是什麼條件？」

「例如神樂坂優樹的『能力封殺（Anti Skill）』能封殺我的權能，可謂十分棘手的超特異體質。此外，迪亞布羅光靠魔法，就能技壓究極技能的擁有者。」

「嗯——」

「我想最重要的可能是意志力。像是單憑意志力就能存在的精神生命體，即使不具備究極技能，也能對抗究極的權能。我自認這個推測很有可能是正確的。」

我的口氣雖然不那麼肯定，但實際上希爾大師也這麼想，所以應該不會有錯。

所以關鍵就在於——

「只要提升自己的意志力，達到相當於精神生命體的強度就行了吧？那麼繼續修習劍術——」

「有個更快、更簡便的辦法喔。」

「什麼！」

「若能獲得神話級武器的認同，似乎就能成為精神生命體般的存在。」

這就是我的回答。

此外還有賦予權能這個犯規的作法，不過俗話說「過強的力量反倒會讓自身毀滅」。

原句說的好像是「欲望」而非力量？

儘管和原本的寓意不太一樣，但各位大概能明白我想說什麼。

倘若那股力量已超出自身負荷，便無法運用自如。

所以我沒有對所有部下賦予權能，面對蓋札更無法做出這種自以為是的事，只好請他自己加油了。

而且對於靈魂和我沒有連結的人，我沒辦法賦予權能。我雖曾促使萊茵和米薩莉覺醒，但那和賦予權能是兩回事。

因此我認為取得神話級裝備，才是對於這個問題的最佳解答。

話雖如此，神話級裝備可沒那麼好取得。

我也曾解析日向的「聖靈武裝」並嘗試量產，然而不論再怎麼努力，頂多只能做到傳說級(Legend)。穿上那身裝備，或許能擁有和「聖人」同等的實力，但仍不足以對抗究極技能。

「——神話級嗎？」

蓋札喃喃自語，看向自己的劍。

他用慣的那把名劍應該是傳說級，而且看起來還是相當高階的鋒利寶劍。但是劍身上有無數傷痕。

「這是和近藤的劍互砍所致。沒斷掉已經算幸運，不過它的壽命也到盡頭了。」

的確。

這可能是他們代代相傳的國寶吧？然而變成這樣只能當裝飾品了。

不，搞不好……

「不如請黑兵衛修理吧，他說不定能讓這把劍復活。」

「什麼？這是真的嗎！」

「雖然無法保證一定能做到，不過黑兵衛曾讓戈畢爾的長槍重獲新生呢。」

黑兵衛用我提供的究極金屬（緋緋色金）來修理戈畢爾的水渦槍（Vortex Spear），重生的水渦槍差一點就能達到神話級。

照這樣使用下去，總有一天能進化成神話級。

究極金屬也還有剩……

「你的劍好像也還沒死透，說不定——」

「拜託了。就算失敗也沒關係，請黑兵衛先生為我修理！」

雖是破格大優惠，但為了師兄我願意這麼做。他總是很照顧我，這次輪到我回報他了。

我這麼想著，便收下了蓋札的劍。

「先不論這把劍。還有其他能取得神話級裝備的管道嗎？」

「你認為有嗎？你好像不太有常識，讓我來告訴你，一般來說光是傳說級就已經被視為國寶了。而且是大國的國寶。我不清楚帝國那邊如何，但神話級可不是到處都有。」

別顯得那麼傻眼嘛。

我當然也料到了會這樣。

「我調查到的結果也是如此。我派人徹底搜查過西側諸國的地下管道，但是只勉強找到幾種傳說級裝備。」

蒼影也證實蓋札的說法，看來只能把希望寄託在黑兵衛身上了。

順帶一提，蒼影的雙劍也是黑兵衛修好的，只可惜沒到達神話級，但以蒼影的能力應該不成問題。

我反而樂觀地認為這樣才有成長空間。

「一味地妄想得到神話級裝備也不是辦法。比起這個，你說只要成為精神生命體，就能對抗究極技能是嗎？」

「這也不一定。每個個體會根據活過的歲月而有所差異，如果是剛出生的高階魔將（Archdemon）就辦不到。好像要有強烈的意志以及支撐意志的精神力（能量），才能與究極的權能抗衡喔。」

「唔，你說得太模糊了，我聽不太懂……」

才、才沒有呢——大概吧。

不過，既然他這麼說，我就再說得簡潔一點吧。

「重點在於氣勢！」

這樣聽起來很像在主張用意志力克服一切，所以我不太願意這麼說。

要是認為氣勢是萬能的可就大錯特錯，但是關於究極技能方面也只能這樣說明了。

而且，在這世界光是揮劍一砍，就能化作閃光撕裂空氣，因此劍術和魔法其實也沒多大差別。

只要鍛鍊意志力，就能扭轉世界的法則。

——這樣說明會比較好懂，也能解決所有疑問。

聽完我的說明，蓋札一臉嚴肅地陷入沉默。

我瞄了阿格拉一眼，他也顯得若有所思。

這時，蒼影開口說道：

「利姆路大人說得對。我身為領受究極贈與（Ultimate Enchant）之人，不敢大放厥詞，但總感覺只要將氣勢灌注於劍上，無論是誰我都能擊倒。」

阿格拉點頭贊同他的意見。

「沒錯。在下也曾有過將所有意志昇華為刀身的感覺。憑著想要打倒敵人的意志，肉身化作刀刃，深信『吾劍無堅不摧』。因此連無形的事物也能斬斷。」

對了，阿格拉的權能是「刀身變化」。

若只比較存在值，阿格拉變成的刀劍完全比不上神話級，然而鋒利程度卻更勝一籌。神話級裝備也有自己的意志，但似乎終究不及人的意志。

蘭加從我的影子中探出頭來，加入對話。

「我的情況不太一樣。我在頭目的影子中沉睡時，突然聽見一道不可思議的聲音，便獲得了『星風之王哈斯塔』。不過，或許是因為我一直祈求能幫上頭目的忙，上天便實現了我的願望！」

蘭加興奮地喘著氣說道。

他最近學聰明了，下半身仍埋在我的影子之中。雖然看不見，但能想像他應該正在拚命搖著尾巴。

真是可愛。

我以前是貓派，最近卻覺得「狗也不錯呢」。之所以有這種心境轉變，都要歸功於蘭加。

言歸正傳，希望蒼影、阿格拉與蘭加這三人的經驗能讓蓋札當作參考。

「氣勢啊。」

「可是您不用太著急。在下待在這裡時，萬一敵人來襲，在下定會助您一臂之力。請別客氣，儘管開口。」

這樣確實比較保險。

有蓋札的力量再加上阿格拉的劍術，就算對手是近藤，打起來應該也不分上下。至少可以拖延一下時間。

不過——

「若遇到維爾薩澤小姐，最好不要猶豫趕緊逃跑。你們說不定根本沒辦法跟她打。」

「這麼誇張？」

「對。即使我沒見識過她的真本事，無法斷言，但總覺得她比維爾格琳小姐還要可怕。」

「唔……儘管不願承認，但你說的應該沒錯。我見到維爾格琳後也體會到和『龍種』交手是多魯莽的事。然而，身為國王，絕不能拋下自己的人民。」

「那我們只能祈禱維爾薩澤別攻過來了。萬一她來了，趕快聯絡我。」

我說著出示了一下「手機」。

「也對，還有這玩意兒！」

「之前也說明過，這是可以直接通話的魔道具。目前生產數量還很少，要好好保管喔。」

話雖如此，我只告訴他我個人的號碼和「管制室」的專線，並未透露艾爾和摩邁爾老弟的號碼。

沒問過本人意見就擅自亂傳電話號碼很沒禮貌。我還記得前世有人將我的手機號碼擅自告訴客戶，讓我很不爽。

「原來如此，只要輸入登錄在裡頭的數字，就能和對方取得聯繫嗎？」

「沒錯。擁有手機的人很少，如果你有遇到，再跟他們要一下號碼吧。」

「嗯。這樣一來若有什麼煩惱，就能找人商量了。」

「手機的用途本來就是如此。有什麼事就跟我聯絡，我來想辦法處理。」

「好，就靠你了。當然，若有我能做的事，盡量提出來吧。我也想在能力範圍內貢獻一己之力。」

我和蓋札相視而笑。

即使德瓦崗被入侵的機率很低，如此一來就能放心了。關於如何應對緊急狀況的討論就到此結束。

＊

我在矮人王國住了幾天後，接著前往法爾梅納斯王國。

派駐在此的是蓋多拉。

他最近成了迪亞布羅的徒弟，此外也在協助戴絲特蘿莎。為了讓正幸更加順利地登上王位，戴絲特蘿莎要他鉅細靡遺地提供帝國內部的各種情報。

蓋多拉過著往返兩國的忙碌生活，如今終於落腳在法爾梅納斯王國。

我打算趁此機會和他好好聊聊。

法爾梅納斯王國的王都比我想像中更充滿朝氣。

上次來的時候這裡到處都在施工，這次也一樣。唯一不同的是，整建好的區域變多了。

王都郊外建了一座大型車站，附近建有許多並排的倉庫。

這裡是布爾蒙和德瓦崗的中繼站，需要一個存放各式商品的場地。王都內沒有多餘的場地，車站便建在王都周邊。

之所以推遲王都建設的時間，是因為他們考慮到今後的發展，決定以經濟活動為優先。

另一點是因為現在的法爾梅納斯王室缺乏資金。

老實說，工程中的一切花費都由我貸款給他們。

我們還簽訂契約，由我國負責「魔導列車」的軌道（Rail）鋪設工程。乍看可能會覺得我過於濫情，但這麼想太膚淺了。乘客支付的費用將成為我國的收入，而且土地利用等費用也永久免費，可謂前所未有的優良條件。

工程結束之後就能開始回收資金。依我估計，扣除人事費、車輛檢修費與軌道維持管理費等，每年仍能賺進可觀利潤。

因此，與「魔導列車」相關的事務由我負責，而其周邊的都市建設則由法爾梅納斯負責。

這些事主要由繆蘭指揮，並訂定開發計畫，然而她生產在即，必須休養。隨後接手的人，正是當上國王的尤姆。

雖然尤姆說自己沒讀過什麼書，但他頭腦似乎滿好的。為了能在繆蘭臥床待產時接替她的任務，尤姆下了不少苦功。如今，繆蘭順利產下小孩並恢復活力，尤姆仍率領著貴族與幹部繼續努力著。

為了支援尤姆，我便以低利率、免擔保的方式借錢給他。

為什麼不是零利率？

若不收利息，借款人就會覺得自己欠下人情而感到不好意思，債主也容易產生優越感，關係可能會變得不對等。

朋友間的金錢借貸，是導致絕交的最大原因。所以我們才會簽訂國家間的契約，基於雙方同意、雙方都能得利的前提下，正式締結借貸關係。

因此，法爾梅納斯便以經濟活動為優先展開一系列工程，日後再進行都市建設。

我在城門辦完手續，欣賞了一下熱鬧的街景，馬車很快就來了。

本來應該率領我國幹部，以大名出巡般的陣仗前來訪問。然而現在是緊急時刻，沒辦法來趟優雅的列車之旅，於是我只帶了蒼影和蘭加「傳送」過來。

我還事先聯絡蓋多拉，請他準備馬車，以免在法爾梅納斯王國內太過引人注目。

見到有人來接，我就放心了。

這裡和蜜莉姆的國家不同，沒出什麼閃失呢。

「抱歉讓您久等了。尤姆國王正在等您，由老夫帶您進王城。」

從馬車上走下來的竟是蓋多拉。

這樣當然不會有閃失啦。

「哇，嚇我一跳。你不必親自來城門接我吧？」

「那可不行。若非在此情況下，老夫根本沒有機會擔任如此光榮的要角。更重要的是，老夫若不親自迎接利姆路大人，肯定會被迪亞布羅大人處刑。」

蓋多拉說著笑了起來，但這話聽起來可不像在開玩笑。

「如果那傢伙欺負你，一定要跟我說喔。你好歹也是我的直屬部下。」

蓋多拉有著老人的外貌，我卻用「你」稱呼他。心裡雖然有些怪怪的，但也已經習慣了，我覺得這樣的自己有點恐怖。

我內心想著這些事，向蓋多拉提出建議。

迪亞布羅在我面前都乖乖的，在我看不到的地方卻很常胡來。在雷昂的國家做的那些事還可以一笑置之，但若發生在魔國聯邦的夥伴之間，可就成了大問題。

蓋多拉已成為迪亞布羅的徒弟，或者應該說眷屬，可能不敢有怨言。所以身為上司的我必須暗中支持他。

然而蓋多拉卻笑著說沒問題。

只要是為了獲取知識，遇到怎樣的磨難他都不以為苦。

這種特殊嗜好真教人難以理解。

既然這樣還是別干涉比較好，我因而於心中再度發誓，以後就隨他高興。

我搭上馬車，聽蓋多拉向我報告正幸即位後的狀況。

馬車在街上緩緩前進，我決定有效利用這段時間。

「所以，正幸的加冕儀式順利結束了嗎？」

「是的，非常順利。再說，有戴絲特蘿莎大人和維爾格琳大人協助支持，不成功才奇怪呢。」

「我想也是，有她們兩個在嘛。」

若沒有她們可就麻煩了，我卻只說得出「我想也是」這種感想。

正幸本來就是個幸運的男人，身旁又有那般優秀的戴絲特蘿莎，以及彷彿力量化身的維爾格琳，任誰都無法反對他吧。

「帝國人民見識過維爾格琳大人的威力後，都很支持新皇帝正幸陛下登上王位。應該說，一旦見過那幅光景，便無人敢違逆她。」

蓋多拉如此斷言。

維爾格琳先是讓火山爆發，再為眾人擋下威脅，演了一齣驚心動魄的自導自演戲碼，人們見過這一幕，當然不敢有異議。

不過竟然拿火山來自導自演，維爾格琳還真是不懂得拿捏輕重。

「即使如此還是有一些人感到不滿，這部分就由戴絲特蘿莎大人處理。」

「能擺平嗎？」

「沒問題。卡勒奇利歐先生還擔心戴絲特蘿莎大人會殺死所有異議分子，但他多慮了。戴絲特蘿莎大人懂得巧妙運用老夫提供的情報，摩斯大人的身手又那麼令人折服。他們能夠抓住敵人的弱點，讓事情圓滿落幕吧。」

嗯，說得也是。

我也一點都不想與那兩人為敵。

「我國反倒該把那些有勇氣反對的人挖角過來。」

「您說得沒錯！」

「連我也不敢不支持。」

「正是如此。老夫看見那幅光景也有同樣的心情。」

我和蓋多拉說著便相視而笑。

蓋多拉果然是個有趣的老爺爺。

因為有了共同的感想，忽然有種得到知己的感覺。

＊

到了城內，國王尤姆與王妃繆蘭率領所有重臣們前來迎接。

前法爾姆斯國王艾德馬利斯也在其中，不過，他不但瘦了還剃光鬍子，和我第一次見到他時判若兩人。他的眼神也不再混濁，更讓我有這種感覺。

向他搭話雙方都會很尷尬，所以我決定無視他。

儘管這是場非正式訪問，但我已告知對方，此行的目的在於討論即將來襲的災難。

若能避免戰禍自然再好不過，然而任誰都知道這麼想未免太過樂觀。

法爾梅納斯是個剛誕生的新國家，財政上並不寬裕。就如剛才所說，他們十分仰賴我國的融資。

再者，他們的軍力也尚未恢復。

騎士的培訓並非一朝一夕可以完成，而且他們也沒錢請傭兵。其原因和我也有點關係，但我並不想在這件事上負責。

如果對大小事都在意，便無法貫徹正義。

我雖不認為自己的行為全部正確，但在官方立場上還是要主張正義。假如不這麼做，那些犧牲者們也會覺得自己死得不明不白吧。

因此，我就算感到有些內疚也不會說出口。

不過，作為同盟國，我打算盡可能幫助他們。

派蓋多拉來也是此行動的一環，尤姆等人也理解這點。換言之，這個國家的重臣們必須明白，就現實面來說現在一點都不適合和我起衝突。

「少爺，狀況有好轉嗎？」

尤姆代表眾人發問。

「魔王之間雖已想好各種對策，但老實說也只能走一步算一步。光憑這些對策還是不夠保險，所以我才會來回奔走各國。」

我已經請蓋多拉事先說明狀況，因此眾人並未顯得太慌張。不用我提醒，他們就主動帶我到預定設置「傳送魔法陣」的地方。

「關於細部調整和使用方式，你們可以問蓋多拉。」

「包在老夫身上。」

「所以緊急時用這個就能逃走嗎？但要讓哪些人逃也是個問題。」

「也是。就算逃了也不保證安全，魔法陣或許只是設心安的而已。」

「若連少爺的國家都淪陷，那麼逃到哪都沒用了。到時候我們也只能接受命運就是如此。」

尤姆以達觀的態度說完，重臣們也點頭同意。

這個國家的人似乎比想像中還要怕我。同時又認為連我也打不贏的對象，他們做什麼都沒用——這奇妙的想法在眾人之間擴散。

「喂喂，別說這種不負責任的話，要堅持到最後啊。」

「那當然，我女兒才剛出生，我的人生怎能在這種時候結束！還沒聽見她叫我爸爸呢！」

尤姆顯然成了個傻爸爸。

他戳了戳繆蘭懷裡抱著的嬰兒蜜姆，喃喃說道。

「呃，這就不關我的事了……你一直戳她，會把她吵醒喔。」

這樣一來照顧嬰兒的繆蘭可能會生氣，所以我稍微提醒了他一下。這種看似不經意的關心，正是成熟男人的必備條件。應該吧。

「請再多唸他幾句。一碰到和這孩子有關的事，他就會喪失冷靜的判斷力。」

繆蘭似乎也受不了他。

看見尤姆的言行，不難想像他平時的模樣。

「因為啊，有隻臭狼一直說我女兒是他女兒，我怎麼能大意！」

尤姆這樣為自己辯解，我聽得莫名其妙。

「說什麼傻話！在你死後，我就會和繆蘭結婚，那麼繆蘭的女兒當然就是我女兒啊！」

「克魯西斯，你不要太過分！你抱持的前提根本是錯的，要我說幾遍你才懂！」

嗯，也對。

尤姆雖然奇怪，但這隻臭狼——克魯西斯也不太正常。

蜜姆的確很可愛，但克魯西斯到底是怎麼想的，怎麼會說她是自己的女兒呢？

「我也不是不明白尤姆的心情……」

「對不對？看吧，克魯西斯！我就說少爺一定懂我！」

尤姆說自己再怎麼忙都會抽空陪蜜姆玩，因為擔心蜜姆以後不記得自己是她父親。他付出了極大的努力，說什麼都不想被克魯西斯超越。

唉，如今這個世道，活得太認真也不好。就算是一些愚蠢的事蹟，只要能讓人轉換心情，我也很樂意聽。

不過——

「別說這些有的沒的，小心立下死亡旗喔。」

我說完之後，開始為尤姆等人講授各種常見的死亡旗。

我們利用曾是大國的法爾姆斯王國議事堂來開會。

我已熟悉大致流程，因此說明起來很流暢。

我期待尤姆他們做的不是提供戰力，而是引導法爾梅納斯人民避難。剛設好的「傳送魔法陣」沒辦法疏散大批民眾，必須請他們事先決定好誰能使用，並做好調配，以免屆時爆發衝突。

但是避難的地點也不見得安全，因此在這裡設魔法陣有其他目的。比起讓重要人士避難，更重要的是派遣戰力來這裡。

萬一法爾梅納斯王國變成戰場，新設的騎士團就必須應付敵軍。儘管克魯西斯培育了一群新兵，團中也有法爾姆斯的資深騎士，仍算不上可靠的戰力。

所以我們事先講好會從其他國家調派援軍過來。

如果能一開始就把援軍派駐在這兒，就不用那麼辛苦，可惜敵軍不知會從何處進攻，我們必須保持彈性才能臨機應變。

於是，思考了各國的重要程度後，我決定將法爾梅納斯王國的順位往後排。

這裡即使淪陷，日後還可以重建。因此只要讓人身損害降到最低就行了，沒必要勉強對抗敵軍。

我很猶豫要不要把這點告訴尤姆他們，不過他們聽完都表示理解。而我也答應萬一需要重建都市，我國會提供最大的支援。

為了有效利用有限的戰力，必須像這樣事先商量好對策。

「我就知道少爺不會拋下我們。」

「話雖如此，『傳送魔法陣』一次最多只能傳送五十人，人數少到完全無法教人安心。」

「沒關係。自己的國家本來該由自己守護，你卻如此為我們著想，我們也不好意思要求更多了！」

感覺尤姆這番話不是對我說的，而是說給那些想抱怨的大臣們聽的。

拜託幫幫我們、別讓人民犧牲、再多派點戰力過來──我明白大臣們沒說出口的心裡話，可惜我們自己也沒有餘力。

他們既然理解這點，應該能勉強接受我的安排吧。

總之，法爾梅納斯王國的事就這樣順利辦完了。

＊

後來，尤姆帶我參觀了許多地方。

其中最令人矚目的就是興建中的重要設施。

法爾梅納斯王國接收了法爾姆斯的王都，中央的城牆內是貴族區，愈靠近外圍愈貧窮，遊民則會被趕至王都之外。

尤姆他們重新規劃區域，將都市大幅改建，並且在市中心的街道下方開挖地下道。他們打算在王都與郊外的車站之間設置地下鐵。

「真是大刀闊斧的工程。」

「這都要歸功於繆蘭。她用魔法調查過地盤強弱，制定了這些計畫。」

魔法真的很犯規呢。

地盤調查本來是很麻煩的事，不過凡是有點本事的魔法師都能輕易完成。透過魔法，可以輕鬆掌握地下水脈的位置、有無空洞、地盤的鬆軟程度和地質。甚至還能改造土壤。利用土系魔法，可以易如反掌地使土壤變化為土砂、軟岩、硬岩等不同性質。

魔法萬歲。

難怪這裡的科技並不發達。

重視技術的帝國與被當作怪人的吸血鬼族，在這世界反而是異類。但有些重要知識正是這些人發現的，因此絕不能小看他們。

「我從來沒想過可以這麼做。還以為潛盾工法（註：一種建造隧道的方法）在這世界派不上用場，原來只要有了魔法，什麼都能辦到。」

「我不知道你說的那個潛盾是什麼，但繆蘭的魔法應該不輸它吧？」

「那是一種在開鑿地層的同時，對開鑿面進行補強以防崩落的技術。需要用到大型機械，不過優秀的魔法師相較之下絕不會輸，甚至可能更勝一籌。」

我記得自己以前說過希望能讓列車在地底通行，而繆蘭記住了我的話，並實際建造出來，令我佩服不已。

聽說拉贊也有幫忙，共同創造了這項異世界獨有的工法。

就成本而言，這種方式也便宜很多。

不過，這種事沒有勝負之分。我這才意識到，原來將技術融入魔法中的想法可能會掀起一場革命。

「我們現已中止工程，將地下道設置成避難所。天花板已用魔法強化過，就算有大型魔法在上方的都市炸裂開來，也能撐得住。」

「雖然還是要看破壞規模，但這個防空洞應該滿不錯的。只要準備好水和食物，就能長時間躲在裡面。」

「水也能用魔法製造，所以目前只需要搬食物。我們還挖了許多橫向洞穴來當臥室，並在有門的房間下挖出大洞，用來當廁所。」

他說著帶我到一個房間，裡頭真的是廁所，分成許多小隔間，空間寬敞到同時可供上百人使用。這兒裝的是坐式馬桶，和舊式廁所一樣底下有大坑。

「可是這裡是地底，味道不會很重嗎？」

「你也這麼想吧？但這底下鋪滿了木屑，能夠消除臭味。」

啊，莫非運用了堆肥廁所的原理？

細節我也不太清楚，只記得活化過的微生物好像會將固體分解成水和二氧化碳，水分會自然蒸發？

《你的認知大致正確。我確認過了，這個馬桶能夠正常發揮作用，不會有惡臭問題。》

喔喔，太棒了。

一問之下，聽說他們在五個地方設置了這樣的廁所。

這樣即使躲得久一點也沒有問題。

既然已經有可以躲的地方，那我們只要派遣擅長設置「防禦結界」的人才過來就好。如此就能面對長期抗戰。

從王城的地底也能通到這座地下道，一切都準備萬全。我感到安心之餘，也因為見識到這世界的技術而興奮不已。

「都市防衛結界毫無破綻，避難訓練也正密集進行。一旦發現敵人，就能立刻逃進來。」

「難怪大臣們不敢要求太多。」

「是啊，而且我也禁止他們說蠢話。我警告過他們若是只會發牢騷，那就卸下職務滾出王城。」

若只是抱怨，誰都會說。重要的是有建設性的意見。

尤姆說著露出了笑容。

從我們剛認識時直到現在，他的成長幅度真是驚人。

我再度體認到，只要在情勢的逼迫下，任誰都會有所成長。

我們從地底回到地面，接著前往訓練場。

我趁機見識了一下克魯西斯訓練出的，新法爾梅納斯王國騎士團的實力如何。

其中B級以上的騎士有五百名，C級以下的有三千名。

從法爾梅納斯全國可以集結超過四萬名戰力。不過，這次就算召集再多人也沒意義，因此目前派給他們的主要任務是維護治安。

「畢竟若天使大軍攻來，地面上的人什麼都做不了呢。」

「是啊，雖然有對空魔法可用，但我們這兒從事魔法職業的人很少。隆麥爾最後得出的結論是，還是專心用軍團魔法保衛都市才是上策。」

「這點拉贊先生也同意，所以我們以此為方針展開訓練。換言之，騎士團的任務就是在敵軍降落地面時，保護居民免於敵軍傷害。」

尤姆和克魯西斯如此向我說明。

他們並未衝動地想迎戰敵人，這讓我放心不少。

「我本來還有點擔心你們會做些魯莽的事呢。」

「哈哈哈，我比法比歐大人膽小，也清楚自己實力如何，不會亂來的。不過接受過拉贊先生的訓練後，我變得比以前強了。而且這陣子力量還突然增強。我會努力保護大家，才不會愧對團長之名。」

克魯西斯答道。

我不覺得他膽小，反倒認為他具備了指揮官所需的冷靜判斷力。克魯西斯是個很會盤算的人，應該不會錯估敵我之間的戰力差距。

此外，他那句「力量突然增強」令我有些在意。

克魯西斯現在的魔素含量確實和以前的三獸士不相上下，相當於特A級。假如再加上技量，實力可說是變得相當強。

之所以會這樣，肯定是受到卡利翁覺醒的影響。

由此可見，即使和尤姆結為義兄弟，克魯西斯仍十分尊敬卡利翁。而卡利翁也對自己的部下克魯西斯懷抱著同伴情誼。

「卡利翁覺醒、進化了。你似乎也受到了他的影響。」

「卡利翁大人覺醒了嗎！」

「是啊，所以你可別浪費這股力量。」

「那當然！」

「這樣好像在說教，以我的立場不該說這種話呢。」

「哈哈哈，您多慮了。我很高興能得知背後的緣由，而您又是卡利翁大人認可之人，我當然對您心懷感激。」

太好了，他沒有嫌我多管閒事。

「那就好。對了，你在接受拉贊的訓練嗎？」

克魯西斯剛才說自己正在接受拉贊的訓練。過去拉贊曾協助拉麵開發，我對此記憶猶新。不過他應該是魔法師才對。

那拉贊為什麼能教克魯西斯？

「噢，拉贊先生什麼都會。他不但擁有能與繆蘭匹敵的魔法知識——」

「喂，不准直呼我老婆的名字！」

「吵死了，她總有一天會變成我的——」

「開什麼玩笑，混帳！」

「行了行了，別吵了。然後呢？」

我受夠他們倆漫才般的鬥嘴，要求克魯西斯繼續說下去。

克魯西斯的說明，簡言之就是拉贊在奪取「異界訪客」的肉體時，連同他的能力也據為己有。雖然沒有連技量也一起奪走，但拉贊畢竟是個身經百戰的男人，不但是魔導師，還是體術一流的拳士。所以他很擅長打擊和踢擊，便將這些技巧教給了克魯西斯。

「他叫我別依賴與生俱來的體能戰鬥，我一開始還不懂他在說什麼呢。」

克魯西斯說著笑了起來。

「是啊。薩雷的力量在拉贊之上，比腕力卻輸給他，實戰時更不是他的對手。不愧是名震西側諸國的魔人拉贊，我也深感佩服。」

「難怪三獸士過去如此提防他。不過——」

克魯西斯說到一半停了下來，望向我。

接著搖了搖頭。

「我懂，克魯西斯。」

尤姆說著拍了拍克魯西斯的肩膀，也望向我。

我正感到大惑不解時，那兩人對看一眼，深深嘆氣。

「他想說的是一山還有一山高，少爺。」

「沒錯。拉贊先生那麼強，在蓋多拉先生面前卻像小孩一樣被耍著玩。我見到時真是目瞪口呆。」

喔，原來如此……

的確，迪亞布羅也稱拉贊是「完全不構成威脅的小角色」，那種程度的人在我國到處都是。

蓋多拉確實挺強的。

這點無庸置疑，但在我國只能算中等程度吧。

他成為迪亞布羅的眷屬後好像發生了些奇異的進化，現在的排序可能有所改變，然而仍未躋身前段班之列。

聊著聊著，我忽然好奇蓋多拉在做什麼。

「怎麼沒看到拉贊和蓋多拉本人？他們有事要處理嗎？」

聽見我這麼問，尤姆苦笑著回答：

「他們在修行啦。蓋多拉先生雖然有去迎接少爺，也有參加會議討論今後動向，但其他時間都在練習戰鬥。」

「真的嗎？」

「當然！」

連克魯西斯也點頭，可見應該是真的。

原以為蓋多拉是軍師型人物，沒想到他這麼喜歡戰鬥。

該不會是被迪亞布羅帶壞的吧？

我腦中閃過一絲不安，連忙拋開這個想法。

「若是好奇，我帶你去看看吧。」

我接受尤姆的好意，前去旁觀蓋多拉等人的訓練。

＊

我們搭了一小時的馬車，來到一處平原。

那兒建著一座民宿般的簡樸小屋，此外什麼都沒有，放眼望去全是荒地。

尤姆說只有四個人住在這裡。

這四人不用說，就是身為法爾梅納斯王國最高戰力的拉贊、前「三武仙」中的薩雷和格萊哥利，以及蓋多拉。

真是群有趣的組合。當我們抵達時，四人都出來列隊歡迎。

蓋多拉站在最前面擔任代表，讓我覺得有些不可思議。

「您竟親自駕臨這種地方，老夫榮幸之至！」

蓋多拉一說完，其他三人也低下頭。

他們行禮的對象不是尤姆，而是我。

「喂喂，我也在耶？」

「陛下，薩雷和格萊哥利是法爾梅納斯的客人，並未對您宣誓效忠。因此他們是基於自己的意思，向蓋多拉大人的主子利姆路陛下表達敬意。」

「我知道啦。這種事不用說出來，你卻老是愛對我說教。」

聽見尤姆的抱怨，拉贊提醒了他。我這才發現他們的關係比我想像中更親近。

雖然不知拉贊內心的想法，但其身分終究是法爾梅納斯的忠臣。我不認為他會對尤姆忠誠，不過看他的態度應該滿重視尤姆的。

話說回來，蓋多拉和拉贊就算了，為什麼連薩雷和格萊哥利也對我抱有敬意……

「是說，他們為何會自願向我行禮呢？」

我好奇地詢問。

尤姆似乎也不知道背後緣由，一副興致勃勃的樣子。

若他們是想移居我國，倒可以考慮接受。這兩人雖然違背了日向的旨意，但日向並不打算揪出他們，將他們處刑。

「理由很簡單。拉贊師父讓我們體會到自己的不足，蓋多拉尊師也告訴我們利姆路陛下有多偉大。我們深受感動，希望您能將我們收為最底層的部下！」

尊師？

「沒錯。即使蓋多拉大人強得超乎想像，但一問之下才知道與利姆路陛下相比，他簡直望塵莫及。不，更重要的是！利姆路陛下麾下有許多連蓋多拉大人都無法匹敵的強者，我們聽聞之後，也想試試自己的實力——」

格萊哥利激動地說到一半，蘭加忽然從我的影子中跳了出來。

「說得好！你是格萊哥利吧？我就知道你是個人才。若你不介意，由我來協助你測試實力吧！」

「咦、咦——！你是當時的臭狗？」

「唔？」

「呃不……是蘭加閣下對吧？」

格萊哥利流出大量冷汗，不斷顫抖。他曾經被蘭加狠狠教訓過一頓，不知是不是當時留下了陰影？

應該不會吧。

「既然這樣，就由蘭加當你的對手吧？」

「咦！」

「頭目，我很樂意！」

「呃……我……」

「來吧，格萊哥利。我們去遠一點的地方，以免波及頭目他們。」

「啊，等等！」

蘭加叼著格萊哥利的後頸，開心地跑走了。雖然看不見格萊哥利的表情，但他實現了心願，肯定很高興才對。

我冷冷地看著蘭加他們離去。

不只我，在場所有人都是如此。

「呃……我也想測試實力，但知道自己還不夠成熟，還是從低級別的對手逐一往上挑戰好了……」

薩雷尷尬地說道。

「說得也是。蘭加是我的護衛，等級自然比較高。格萊哥利先生還真有勇氣。」

「是啊！那傢伙自從輸給蘭加先生後就開始怕狗，他可能想克服這個毛病吧。」

聽見薩雷這麼說，拉贊抱著頭目瞪口呆。尤姆和蓋多拉不理會他們，和樂融融地聊著天。

「連老夫面對蘭加先生也難望其項背……那傢伙真是太傻了。」

「這就是所謂的粗暴療法吧。太強了，我可學不來啊。」

「尤姆陛下不用學他。您身為國王，沒必要一味追求變強。」

「儘管我想變強，但也清楚自己的能耐。自從認識利姆路少爺他們之後，我才明白實力稍強是沒用的。」

「並非完全沒用。萬一發生什麼事還能苦撐一會兒，等待援軍到來。」

「也對。我為了保護自己心愛的人，當然會盡自己最大的努力。」

「那就好。」

看來尤姆也萌生了身為國王的自覺。

我也不能輸給他。

我不會像格萊哥利那樣亂來，打算一步步完成自己能做的事。

而拉贊如今似乎也認同了尤姆。

「既然尤姆陛下願意為國家盡心盡力，老夫也會全力協助您。但是老夫和繆蘭王妃約定好，將來要收蜜姆公主殿下為徒，因此會優先守護她。」

沒想到拉贊竟然這麼說。

不過，這個人畢竟支撐了法爾姆斯王國好幾百年，尤姆大概也覺得他無比可靠才對。

此時我心中在想另一件事——拉贊明明有著年輕人的外貌，卻還是用這種老人家的口吻，讓我感到很錯亂。

大夥兒聊著聊著，只見蘭加叼著癱軟的格萊哥利走了回來。

「頭目，我才陪這傢伙玩了一下，他就不能動了！」

玩得太過火了！

「你又不是紫苑，應該知道下手輕重吧？」

我狠狠罵了他一頓。

接著為格萊哥利診斷，發現他只是昏過去而已。

「這個人也真是的，幹嘛突然找蘭加單挑？」

我能理解他想報仇的心情，但也該掂掂自己的斤兩。

「不，少爺，我想你搞錯了。」

「咦？」

「格萊哥利反而說一點都不想和蘭加先生戰鬥，不想再見到他……」

「真的假的？」

聽見尤姆和薩雷的反駁，我心想難道是我誤會了嗎？可是薩雷剛才明明不是這麼說的。

其實他再次見到蘭加並不覺得開心，反而很想逃跑——

「——不，沒那種事。他是個勇敢的人，抱著不屈不撓的精神，向打敗過自己的人再次下戰帖。我被他深深感動，於是才答應讓他和蘭加交手。對吧，蘭加？」

一旦認錯，就必須扛下責任。

幸好格萊哥利平安無事，所以我決定裝傻到底。

蘭加也在一旁賣力地幫腔。

「沒錯！我也被他的氣勢震懾，一不小心就下了重手！」

他的嘴上功夫真是了得。

將自己的錯誤撇得一乾二淨。

總覺得蘭加變狡猾了，真不知道他像誰。

在我們一搭一唱下，尤姆他們總算接受這個說法。

「利姆路大人說得沒錯，你們也這麼認為吧？」

「是、是啊，既然少爺這麼說，就是這麼回事吧。」

「老夫沒什麼意見。薩雷啊，是你搞錯了吧？」

「是我的錯！真是的，格萊哥利那傢伙，什麼時候變得這麼有膽量——」

很好。

這樣就沒問題了。

「的確，我都有點尊敬他了，以後就叫他格萊哥利『先生』吧！」

本來決定如此……不過格萊哥利醒來後，鄭重地拒絕了我的提議。

*

就這樣，法爾梅納斯王國的所有事都辦完了。

我和尤姆討論過後，決定讓薩雷和格萊哥利前往我國修行。

雖然擔心戰力會因此減少，但蓋多拉還留在這裡，應該沒問題。此外拉贊也在，只要不是敵軍主力全面侵襲，還能夠拖延時間。

不過萬一發生這種情況，就算薩雷和格萊哥利在，也幫不上忙。所以與其擔心事有萬一，不如先讓他們增強實力以備不時之需。

順帶一提，我比較了拉贊他們的戰力，覺得挺有趣的。

單純論魔素含量，由高到低依序是薩雷、拉贊、格萊哥利、克魯西斯。

尤姆說難聽點不在討論範圍。他接受過白老的地獄級特訓，裝備的性能又好，勉強可以擠進A級，但是短期內無法再變強。

克魯西斯不愧是獸王戰士團菁英，加上有卡利翁的祝福（贈與），現在的能力已經能與前「三武仙」之一的格萊哥利匹敵。

然而，身為騎士團長不能在這時離開自己的國家，他本人也不希望如此，所以我就沒帶他回來了。

他說等一切平息後再來我國玩。

來到我國的其中一人是格萊哥利。

他也是個豪傑，擁有「萬物不動」這項特殊能力。喜歡操縱戰斧槍（Halberd），但也擅長徒手格鬥。

雖然輸給了蘭加，不過好歹也是能與魔王種匹敵的「仙人級」，存在值約為四十萬。

他比我想像中更強，說不定還能再突飛猛進。

來到我國的另一人是薩雷。

薩雷原本是法皇直屬近衛師團首席騎士，因為輸給日向而讓出寶座。後來以「三武仙」身分挑戰迪亞布羅，並留在法爾梅納斯。

唉，他挑錯對手了。

看來薩雷和格萊哥利一樣，運氣都很差。

但他是真的具備實力。

身為「聖人」的薩雷存在值竟然高達一百萬。這樣的話，讓他以實戰形式進入迷宮挑戰應該會挺有趣的。

另外，拉贊的魔素含量雖然只比格萊哥利高一些，實力卻在薩雷之上。

他奪走田口省吾的肉體時，獲得了「狂暴者」與「生存者」這兩項獨有技。

根據希爾大師的說法，獨有技和持有者的關係分成三種：根植於心核上、銘刻於靈魂上，以及附著於星幽體、精神體或物質體上。

有些權能可將敵人的技能奪取過來，但僅限於「附著」型的技能。此外也有附著在靈魂上的技能，這種技能也可能被奪走。

所以若是銘刻在靈魂上的技能，就不容易被奪走嘍？

《也不盡然。不過根植於心核上的技能絕不會被奪走。》

希爾大師自信滿滿地說明。

再說，儘管不會被奪走，仍可以複製，所以才會出現米迦勒那種犯規的行為……

言歸正傳，拉贊獲得那兩項獨有技後，運用得比原主人省吾還要好。

於是便能戰勝魔素含量是自己兩倍的薩雷，實力可說相當地強。

然而，也只有一開始如此。

薩雷擁有獨有技「萬能者」，只要看過一次就能識破並學會對手的技藝。拉贊知道這點後，便將自己所知的一切技能和魔法都傳授給薩雷。

魔法既是技藝，也是由知識衍生而來的技能。儘管要學會魔法並不容易，薩雷仍毫無怨言地向拉贊求教。

這就是為什麼薩雷稱拉贊為師父。

因此薩雷現在已經名副其實地贏過拉贊。

但是他和蓋多拉交手時，卻輸得一場糊塗。

雙方的存在值相較之下——

《顯示蓋多拉的資訊。》

名字：蓋多拉［EP：112萬6666］
種族：高階聖魔靈——金屬惡魔族（Metal Demon）
護佑：黑暗始祖（Noir）的眷屬
稱號：僕人貳號「狗狗」
魔法：「黑暗魔法」「元素魔法」
能力：究極贈與「魔導之書（Grimoire）」
抗性：物理攻擊無效、狀態異常無效、精神攻擊無效、自然影響無效、聖魔攻擊抗性

我看見很多值得吐槽的地方，但一一吐槽很累，就先不管了。和薩雷相較之下，若單純論存在值仍是蓋多拉較強。

老實說，我沒想到他會變這麼強。

因為轉生前的蓋多拉並不強呢。

他雖然擁有過人的魔法知識，技量也令人吃驚，但是僅從戰鬥面來看並不構成威脅。

蓋多拉的行動狡猾而棘手。若與我方為敵，一定要優先擊潰——這是我對他的真實評價。

就這點看來，蓋多拉的行動是正確的。

畢竟他現在依然活著，還成為我的直屬部下。而且直接戰鬥能力也超越了「聖人」薩雷。

即便薩雷的「萬能者」也很棘手，要對付他意外地簡單。只要正面進攻就行了。

不使用技藝和魔法，而是以物理方式打倒他。倘若要用，就必須選在能使用必殺技的時機，以免遭他模仿。

聽說薩雷輸給了日向，其原因可想而知。

日向不會輕敵，因此在戰鬥中肯定沒顯露出自己的絕招。這樣一來薩雷就沒什麼能學的，無法發揮獨有技的優勢。

而這次——

他與蓋多拉之間的決定性差異，在於有無究極贈與。

蓋多拉是個狡猾的人，或許也沒有在薩雷面前使用底牌。不過就算用了，薩雷應該也無法學會。

因為獨有技終究敵不過究極。

這樣想想，我再度體認到像這樣能夠給予部下究極贈與的能力，實在是很犯規的絕技。

順帶一提，關於究極贈與「魔導之書」的權能——從名字就能知道它與阿德曼的「魔導之書（Necronomicon）」屬於同系統，因此功能也十分類似。其中包含「思考加速、萬能感知、魔王霸氣、詠唱排除、解析鑑定、森羅萬象、精神破壞、知識閱覽、概念共有」。而「知識閱覽」似乎是能向希爾大師學習知識的權能。「概念共有」則是能和阿德曼共享觀念的權能。

看來希爾大師將蓋多拉的心願化作了權能，這很符合它的風格。

總之，這下我終於明白蓋多拉為何比薩雷還強。

此外，也大致能掌握薩雷的程度如何。

我記得聖騎士團（Crusaders）經常會來攻略迷宮，現在的戰績應該是到阿畢特那一層吧？

這是阿德曼進化前的事，所以可能沒什麼參考價值……

他們最近才來玩過，當時的資料也被確實記錄下來。阿爾諾和雷納德特別強，存在值將近五十萬。

其他隊長級人物的存在值也在三十萬左右，和一開始相比有長足的進步。

這實力和格萊哥利差不多，讓他們組隊也許會滿有趣的。

至於薩雷，由於他擅長學習技藝，或許可以交給白老指導。

除此之外還可以充當孩子們的訓練對手，希望他們倆來我國這一趟能學到很多。

不過，當然不會讓他們接觸到我國的機密。

於是薩雷和格萊哥利的修行方針就此確定下來。

*

我決定先讓薩雷他們在迷宮內待一陣子熟悉環境。

並且將他們的修行方針告訴紅丸，請紅丸待時機成熟後，再送他們到各自適合的地方修行。

「又要由我照顧他們嗎？」

「拜託你了。突然把他們丟到白老那邊，他們也會不知所措吧？」

「是沒錯，可是我們也是這樣走過來的啊，總覺得您對他們保護過度了。」

紅丸說著露出苦笑。

他說的雖然也有道理，但薩雷他們畢竟是客人。

如果他們要移居我國自然另當別論，以現狀而言，我不希望他們訓練得太過火。

說到修行，我想起一件事。

「對了，卡利翁他們訓練得如何？」

「呵，這方面倒是挺有意思的。」

紅丸剛說完，希爾大師就將資訊展示給我看。

名字：卡利翁〔ＥＰ：２７７萬３５３７〕

種族：獸神。高階聖魔靈──「光靈獸」

名字：芙蕾〔ＥＰ：１９４萬８７３４〕

種族：鳥神。高階聖魔靈──「空靈鳥」

迷宮好可怕。在迷宮內相當於個資的存在值被人看得一清二楚。

卡利翁和芙蕾小姐進化後，各自都帶有神性。芙蕾小姐的存在值雖然不到兩百萬，但似乎已滿足獲得神性的條件。這數字可說是在誤差的範圍內吧。

他們的權能和各種抗性不明，只有詢問本人才知道。

這兩人畢竟已覺醒成為「真魔王」，如今強得沒話說。

我自己覺醒後，魔素含量變為原來的十倍以上，不過卡利翁和芙蕾小姐卻沒有成長那麼多。

應該說，每個人不太一樣。

就我個人的感覺，卡利翁進化前的存在值為七十萬左右，芙蕾小姐則不到四十萬。

如果我的感覺沒錯，那麼卡利翁成長了四倍，芙蕾小姐則成長了五倍。

可能是因為我本來的數值比較低吧？

仔細想想，這也是理所當然。

重點不在於變為原本數值的多少倍，而在於成長幅度。

原本的存在值愈高，覺醒後所獲得的力量就愈強——這點無庸置疑。

好，那我就用這些資訊來分析一下戰力。

卡利翁變身後，體能可以飆升至將近原來的三倍，但是換算成存在值應該不到原來的兩倍。

變身的目的大概在於暫時增強能力。所以我認為變身絕不是萬能的。

甚至可以說，因為變身有時間限制，反倒使人變弱。

不只卡利翁是這樣，對戈畢爾等人而言也是如此。若沒有時間限制，那麼他們大可一直維持在變身狀態，何必變回來？

不過，變身後全身傷口都會痊癒，體力也會完全恢復，還是有很多優點。這是獸人族獨有的特性（優點），我絕不會小看這點。重點還是在於他們如何使用。

話說，卡利翁進化之後，對於自己的能力使用得如何呢？

「他們現在狀態怎麼樣？」

「是，首先是卡利翁先生，由於我想雪恥，就擔任了他的第一個對手。」

「什麼？」

「我之前率領視察團前往猶拉瑟尼亞時，完全敵不過卡利翁先生。因此我決定和覺醒的卡利翁先生切磋，藉此確認自己現在變得多強。」

唔嗯，這樣不就本末倒置了嗎？

本來是想讓卡利翁等人使出全力，測試他們的實力……

怎麼變成紅丸在測試實力——不過仔細想想，好像也沒什麼問題？

認真過招的紅丸，對上全力以赴的卡利翁。在迷宮這種不會死人的環境下，沒有比這更有趣的組合了。

菈米莉絲他們應該有將比賽過程錄下來，我之後再慢慢欣賞。因此我決定先問他比賽結果。

「最後誰贏了？」

「是我險勝。」

「喔喔，太好了！」

儘管嘴上這麼稱讚，但我其實不知該作何反應。

我從來沒想過紅丸會輸，因此聽到險勝時心裡有點慌。

「竟然是險勝。過程中發生了什麼事，怎麼會打得那麼驚險？」

總之我先這麼問他。

紅丸還沒回話，我腦中就先出現了畫面。

《卡利翁似乎一開始就使出了絕招。》

不愧是希爾大師。

它一下子就幫我調到了資料。

就像希爾大師說的那樣，畫面中率先採取行動的是卡利翁。

他舉起武器，將身子如流水般往下沉，接著全身化作一道光。

這不是比喻，他真的化作粒子襲向紅丸。

《卡利翁將這招命名為獸王閃光吼(Burst Roar)。他能夠讓身體化為有意識的粒子，貫穿敵人，可說是一道可以自由擴散與集中的粒子砲。》

有意識的粒子啊。

看來卡利翁覺醒後，也獲得了精神生命體的特性。難怪即使紅丸閃避了，那道光仍追在後頭，將他吞噬。

「比賽開始那瞬間，我立刻感到一陣惡寒，直覺認知到事態不妙，不能再觀望下去，便發動了『陽焰』——」

紅丸的權能「陽焰」可說是「隱形法」的極致。用了這招之後所有攻擊都無法觸碰到他，除了與究極技能搭配發動的攻擊之外，其餘攻擊全都拿他莫可奈何。

不過，如果紅丸沒用這招，很可能第一擊就輸給卡利翁了。

畢竟卡利翁的速度快到能與維爾格琳的超速攻擊匹敵，是音速的數百倍。

紅丸能避開這樣的攻擊確實挺厲害的，但是一般人被追上後，通常就無計可施了。他之所以能撐過那波攻擊，全是因為有究極技能「陽焰之王天照」。

「決勝的關鍵在於你的判斷力和究極技能的有無。」

「是的，真的好險。我原本驕傲地認為自己能夠輕鬆取勝，多虧這場戰鬥讓我能有所警惕。」

「是啊，我也以為你一定會贏，所以聽完心情很複雜。驕傲大意果然容易導致失敗。要察覺到這點很困難，你應該慶幸這發生在正式開戰之前。」

「是。有時儘管已經很小心了，還是會不自覺驕傲起來，導致大意輕敵，真的很可怕。」

「沒錯。」

我們對卡利翁心懷感激，感謝他讓我們再度意識到自己警覺心不足。

＊

我和紅丸一同反省完，悠哉喝著朱菜泡的咖啡歐蕾，繼續聽他報告。

「你和芙蕾小姐交手了嗎？」

「沒有，芙蕾小姐看完我們的比賽，似乎認為自己沒有勝算。您也知道，她不喜歡做沒用的事。」

「原來如此，她的確是這樣。」

我頻頻點頭贊同紅丸的話。芙蕾小姐不是個好戰的人，會有這樣的反應也很正常。

而且我也經常聽蜜莉姆抱怨芙蕾小姐那一板一眼的個性。蜜莉姆好像因此吃了不少苦頭，但因為和我無關，我通常聽聽就算了。

「後來，為了測試他們的實力能發揮到什麼地步，便請他們攻略迷宮。」

「這或許是測試實力最快的方法呢。」

「是的。他們兩人各自從五十一層開始挑戰。」

在紅丸說明的同時，我腦中也播出了影像。

希爾大師做事真是滴水不漏。

首先是卡利翁。

他讓紅丸打得那麼辛苦，果然有兩把刷子，在迷宮內勢如破竹地前進。

第六十層由於蓋多拉不在，卡利翁得以輕鬆破關。不過照這個狀態，即使蓋多拉在現場，想必還是會輸給他。卡利翁就是這麼勢不可當。

阿德曼他們碰巧回來調整「傳送魔法陣」，也和卡利翁比試了一下。

儘管是三對一的戰鬥，卡利翁仍輕易取勝。

這是當然的。卡利翁在戰鬥中不斷使出獸王閃光吼，阿德曼等人自然無暇採取對策。

三人之中，溫蒂負責承受攻擊、艾伯特是游擊手、阿德曼擔任主攻。這個陣形在溫蒂被擊破後就完全亂掉。

接著，卡利翁不理艾伯特，直接攻擊最棘手的阿德曼。那身經百戰的模樣讓人聯想到狩獵的獅子。

《事實上，負責狩獵的大多是母獅──》

我知道啦！

希爾大師的解說雖然方便，但我總覺得自己有時候好像被當成白痴。

從以前，沒錯，從「大賢者」時期開始就是這樣，對吧？

《我會注意的。》

真的，拜託你啦——我不悅地點點頭。

言歸正傳。

卡利翁的獸王閃光吼威力十分驚人。

阿德曼是光屬性，卡利翁也是光屬性。他們在這點上沒有優劣之分，因此決定勝負的是實力差距。

令我在意的是，阿德曼明明擁有究極贈與。

卡利翁應該不具備究極技能，也沒有神話級裝備。

那麼，他為何能贏過阿德曼？

我記得希爾大師曾自信滿滿地宣稱，只有究極能贏過究極……

《我沒有印象。》

咦，是嗎？

總覺得希爾大師在糊弄我，但我對此也沒有信心……

《卡利翁已具備精神生命體的特性，或許是因為意志夠堅定，而能與究極匹敵。》

原來如此，這樣想就合理多了。

換言之，卡利翁的攻擊力足以勝過阿德曼以「魔導之書」補強的「多重結界」。

「下一個與卡利翁先生交手的是九魔羅。是九魔羅主動申請想先上場，我便答應了。」

「也好，畢竟賽奇翁比九魔羅強，我們或許也該重新調整迷宮各階層的守護者。」

「您說得是。至於戰鬥結果，可說是非常精采。」

我腦中再度播出影像。

九魔羅未派出尾獸，打從一開始就火力全開。

她雖然接到了阿德曼等人敗北的消息，但沒有細問戰鬥內容便直接上場。

知道與不知道敵人的招式，在應對上有天壤之別。然而九魔羅刻意選擇堂堂正正地與敵人交手。

以存在值來說是卡利翁較強，不過九魔羅有究極贈與「幻獸之王巴哈姆特」。

卡利翁再度劈頭就使出獸王閃光吼。他這次化作數道閃光，從四面八方襲向九魔羅。

對此，九魔羅飛至空中，發動「重力支配」。超重力使光產生折射，導致卡利翁的攻擊只貫穿了九魔羅的腳而已。

沒被擊中要害並非九魔羅有意迴避，而是她走運。所以她無法立刻反擊，只能先為自己回復。

話說，原來她可以用尾獸的腳代替自己的腳嗎？只要有九魔羅的魔素，尾獸就能復活，因此若是旗鼓相當的對手，很難讓九魔羅失去行動能力。

出師不利的卡利翁也變回了實體。他那堪稱無敵的粒子狀態果然也有時間限制。

而且似乎不能連續發動。

卡利翁沒有繼續攻擊九魔羅，而是與她拉開距離，舉起白虎青龍戟。

九魔羅從空中俯視卡利翁。

卡利翁瞪了回去，思考下一步。

雙方視線交會，下個瞬間傳來劇烈震動。

九魔羅俯衝而下對卡利翁使出九尾穿孔擊。卡利翁則讓魔力集中至白虎青龍戟，放出獸魔粒子咆。

九魔羅擋下了這猛烈的一擊。

粒子砲散去，卡利翁的白虎青龍戟化為粉碎。

「是奴家贏了！」

九魔羅自豪地說完，準備給卡利翁最後一擊。

然而，事情沒有她想的那麼簡單。

「太天真了。」

卡利翁這句低語在九魔羅的心臟遭到破壞後才響起。

他的武器雖然碎裂，但沒有壞。那些碎片在卡利翁的意識支配下，化作粒子從背後貫穿了九魔羅。

勝負已分。

不過卡利翁並未因此大意。儘管九魔羅動也不動，卡利翁仍毫不留情地對她放出獸魔粒子咆，結束這場戰鬥。

「——於是卡利翁先生便贏得勝利。」

「好像是呢。是說，九魔羅明明也變強了，真難相信她竟會這麼輕易敗下陣來。」

「戰鬥就是這麼回事。值得慶幸的是，這並非正式的戰鬥。」

「是啊，這對九魔羅來說或許也是很好的經驗。」

見到卡利翁所向披靡的攻勢後，我們打從心底深深反省——

之前太驕傲自滿了。

「指導卡利翁先生這個想法本身就很傲慢。反倒是他教了我們很多，讓我們學會很多事。」

「的確。難怪有人說，教導別人等於獲得機會，發現自己的不足。」

當對方問起自己不懂的事時，應該立刻去查資料，而非含糊帶過，藉此讓自己有所成長——我想這就是這句話背後的涵義。

這次與卡利翁的實戰演練，讓我們學會了更加謹慎的戰鬥方式。

而卡利翁也是如此，他的戰鬥方式也在訓練過程中變得愈來愈洗鍊成熟。

要是他和阿德曼等人交手前先遇到九魔羅，勝負很可能會逆轉。卡利翁的成長幅度就是如此驚人。

「哎呀，這樣的話賽奇翁也打得很驚險吧？」

我很難想像賽奇翁被打敗的樣子，但照卡利翁這個氣勢看來——

「啊，這點您不用擔心。」

「咦？」

「兩人對峙了一會兒後，由卡利翁先生率先發動攻擊，但——」

我看見了影像。

勝負只在一瞬之間。

在卡利翁化為粒子之前——不，不對。賽奇翁似乎給卡利翁看了幻象，只見賽奇翁臉上浮現笑容，隨後卡利翁全身就被砍得四分五裂。

「——竟然能秒殺卡利翁，賽奇翁到底是什麼神人？」

「老實說，我也覺得自己能贏過他簡直是奇蹟。假如現在交手，我可能沒辦法贏。」

紅丸說著露出苦笑。

其中雖然有些謙虛的成分，但連不服輸的紅丸都說到這個地步了，賽奇翁果然「與眾不同」。

要是連賽奇翁都輸了，我們可真的要徹底審視迷宮的防衛體系。

「畢竟賽奇翁根本沒懈怠。這次經驗讓我們意識到自己警覺心不足，但賽奇翁完全不需要反省。」

「您說得是，那傢伙極度自律。明明已經贏得這麼徹底，卻還說『這樣遠遠不及利姆路大人』，看起來一點都不滿意。」

賽奇翁可能以他想像中的我為目標吧——我無奈地望向遠方。

＊

卡利翁的挑戰到此結束。

那麼，芙蕾小姐又如何呢？

「芙蕾小姐也打贏了阿德曼他們，而且贏得很輕鬆。」

「真的假的？」

這完全在我意料之外。

我還以為阿德曼他們能贏過她。

若是一對一的戰鬥，芙蕾小姐還有勝算；但三對一的話，阿德曼他們應該更有優勢才對……

我看過影像後，終於明白芙蕾小姐獲勝的原因。

「哇，被剋得死死的！」

「是的，似乎如此。芙蕾小姐用『魔力妨礙』封殺了阿德曼的魔法，導致他們的攻擊模式亂掉，完全被芙蕾小姐帶著走，因而敗下陣來。」

紅丸講解得沒錯。

以芙蕾小姐為中心，方圓五十公尺以內都化作能夠妨礙魔素流動的魔法無效領域(Antimagic Area)。而這股干涉波比暴風大妖渦(Charybdis)還強，連阿德曼的「魔導之書」也無法發揮效用。

對了，芙蕾小姐也獲得了神性。

所謂神性，是只有永生的精神生命體才能獲得的特質。因此就算芙蕾小姐能與究極贈與抗衡，也沒什麼好奇怪的。

不僅如此，她甚至有可能已經獲得究極技能。

這時阿德曼將攻擊手段切換成神聖魔法「靈子聖砲(Holy Cannon)」，然而徒勞無功。芙蕾小姐能夠飛行，於是她左閃右閃，躲避掉攻擊。

接著，芙蕾小姐襲向擔任肉盾的溫蒂，用爪子抓住了她。

「芙蕾小姐的爪子很難對付。她的爪子能夠擾亂體內魔素，簡直是魔物的天敵。一旦被抓到就死定了，所有技能和魔法都無用武之地。」

芙蕾小姐的爪子無疑和神話級裝備一樣危險。

「嗚哇，要是我不知道這點就貿然向她挑戰，可能也很危險。」

「哈哈哈，利姆路大人應該沒問題吧？您可以用『分身術』逃跑。不過，連卡利翁先生都說逃也沒用，我可能也不妙。只能在被抓到之前打倒她了。」

紅丸確實可以這麼做。

但阿德曼他們可就辦不到了。

溫蒂從內部被破壞，脫離戰線。而後芙蕾小姐轉換戰鬥方針，改採遠距離攻擊。

阿德曼他們的飛行能力遭到封殺，只能任由芙蕾小姐單方面從空中攻擊。心急的艾伯特跳了起來，試圖攻擊芙蕾小姐，這舉動卻正合她的心意。

「天空女王（Sky Queen）」果然不是浪得虛名，艾伯特也在空中被擊潰。

這下只剩阿德曼一人，沒有半點勝算。無奈最後還是輸給芙蕾小姐。

「芙蕾小姐也在迷宮中持續前進，與九魔羅交戰。」

「結果如何？」

兩人實力相當，但九魔羅不具備神性。

而且從剛才的應戰方式看來，芙蕾小姐的戰鬥經驗相當充足。即便她自稱是十大魔王中最弱的，可能是她太謙虛了。

狡猾慧黠的芙蕾小姐，對上經驗不足的九魔羅。

我心想她們打起來應該很精采，結果真的是這樣。

「簡直精采絕倫。她們大戰了整整三天，雙方都用盡全力。我雖然希望能打成平手，不過還是由芙蕾小姐勝出。」

「喔喔，真是驚人的戰鬥。我之後再來好好研究她們交手的影像。」

「是的，我們旁觀的人也學到很多。不屈不撓的求勝精神固然重要，但是智謀才是決勝關鍵。在雙方實力不相上下的情況下，重要的是讓對方誤判自己的實力。九魔羅敗就敗在誤判對手剩餘的力量。」

原來如此，真期待看到她們決戰的影像。

這段影像長達三天，看來我得用思考加速，快轉幾倍來看。

「那麼芙蕾小姐有和賽奇翁單挑嗎？」

既然和九魔羅實力相當，那麼和賽奇翁打一定會輸。

芙蕾小姐選擇不和紅丸交手，像這種結果顯而易見的比賽，她想必也不會參與。

「她不是和賽奇翁，而是和阿畢特交手。」

「咦，阿畢特？」

「是的，或許是出於翱翔天際之人的自負心理吧。」

「噢，原來是這樣……」

她乍看是個理性的人，沒想到意外地好強。

「她們也打得很精采，可惜因為本身實力的差距，還是由芙蕾小姐獲勝。」

我想也是。

不過既然是場精采的比賽，就該為阿畢特的奮戰喝采。

總之，這下我明白了芙蕾小姐的實力，也察覺到夥伴們應該反省之處。

阿德曼他們趁著工作的空檔回國，卻慘吞連敗，大概備受打擊，但是希望他們慶幸這不是正式上場，並將此次經驗應用在今後的戰鬥中。

此外，我等於賣了卡利翁和芙蕾小姐一個人情。其實這也多虧菈米莉絲的幫忙，我之後再請他們向菈米莉絲道謝。

我也再度向菈米莉絲表達感激之意。

接下來的問題是——

「那麼，薩雷他們也交給你了。」

「了解。不過他們的實力大概和阿德曼等人差不多，能不能打贏還很難說。」

「我也這麼認為。說不定艾伯特一個人就能應付。對了，可別讓阿德曼他們滯留太久喔！」

剛剛才發誓過不會掉以輕心，所以就算這個預測被打破我也不意外。可是薩雷連蓋多拉都打不贏。因此，我想他們應該很難擊潰阿德曼等人。

過了一陣子後。

事實證明我的預測正確。由於阿德曼等人還要回去工作，便由阿畢特來當薩雷他們的訓練對手。

＊

將薩雷他們交給紅丸後，我便前往布爾蒙王國，摩邁爾在那裡等我。

我們約好在那裡會合，再一同前往英格拉西亞王國。

我來玩過很多次，對布爾蒙王國十分熟悉。這次我沒有要進入城鎮，所以不必穿越「結界」。我抱著觀光的心情來到王都郊外。

這裡是某個大事業的中心地帶。

「世界中央車站（World Station）」正在建設當中，有許多從周邊各國來的勞工聚集於此。我們「四國通商聯盟」的總部就蓋在附近的精華地段，才剛落成。

哎呀，看了真教人心情愉悅。

那是棟三十多公尺高的十層樓建築，在這世界相當罕見。

儘管遠不及蜜莉姆那兒興建中的巨大城堡，但在這世界已經算頂級建築。

設計上也十分講究，並且毫不吝惜地使用珍貴的玻璃。而且是「魔化」製的強化玻璃，即使遇到颱風、地震或攻擊魔法依然紋絲不動。

此外我還在其中加入了很多個人興趣，所以對這棟大樓很有感情。

我和摩邁爾今天約在這裡見面，他稍晚還會在此舉辦酒會，順便慶祝大樓落成。我雖是大樓實際上的主人，他仍將我當作客人款待。

於是，現在我來到了大樓前。

之前竣工時我也想來參觀，可惜最近實在忙翻天，沒這個時間。因此大樓的職員招募等手續，全都交由摩邁爾一手包辦。

我雖然辛苦，但摩邁爾應該也挺勞累的。要是沒有摩邁爾，我可能不會有現在這番成就。

我原本就知道他很能幹，沒想到他的人望也不錯。

「四國通商聯盟」的負責人雖是摩邁爾，但這棟大樓的總經理另有其人。聽說最近晉升為子爵的貝葉特，竟然成了摩邁爾的部下。另外我也接到報告說他當上了總經理。

貝葉特願意協助我們，我感到很開心、也很信賴他。我可沒忘記他欺騙我的高明手段，因此很期待他今後的表現。

摩邁爾說除此之外他還找到幾位不錯的人才。

他會在今天的酒會上向我介紹這些人，我滿懷期待。

蘭加一如既往躲在我的影子裡，蒼影則站在我身旁。

我們今天穿的是正式的西裝。

我穿的是三件式，蒼影則是兩件式。

至於西裝顏色，我和蒼影分別是灰色和黑色。材料用的是現在已成為名牌的地獄蛾（Hell Moth）絲線，由朱菜縫製而成。

這是市面上見不到的訂製品，明眼人應該能看出我們的「身分」不同一般。

酒會辦在晚上，現在人還很少。

不過我們卻很受路人矚目，可能是因為我太有魅力了吧？

「快看，那個人好帥！」

「他們是兄弟嗎？他感覺很保護弟弟呢。」

「弟弟也好可愛，真期待他長大後的樣子！」

「好酷喔。最近經常有外國人造訪，但很少看到這麼帥的～」

……嗯？

路人的反應和我想的不太一樣。

好像不是受我的魅力吸引，而是對蒼影感興趣。

我意識到自己太過自戀，覺得有些難為情。

「好了，我們趕緊進去，先和裡頭的人打聲招呼吧。」

我這麼說以掩飾自己的羞赧。

接著，我們穿過大門，走向櫃台。這兒的一樓是個宛如飯店大廳般的寬敞空間，分成等候區和櫃台兩個區域。

我很清楚這兒的內部結構，因此毫不猶豫地往前走。

「摩邁爾老弟在嗎～」

我對漂亮的櫃台小姐說完，有個身穿時髦西裝、叼著雪茄的高傲男人從裡頭的房間走出來，以狐疑的眼神瞪著我。

「你是誰？」

「啊，我是利姆路。可以告訴摩邁爾老弟說我來了嗎？」

我心想他乍看像個紳士，沒想到這麼目中無人。但我仍面帶笑容回覆他。

櫃台小姐聽見我的名字後臉色一變，將手伸向水晶球。那也是魔道具，能和成對的水晶球通話。缺點在於只有近距離才能使用，但很適合應用在建築物內。

我滿意地看著那訓練有素的反應……高傲的男人卻突然制止了櫃台小姐。

「呃……卡瓦納大人，這位是——」

「別擔心，交給我來應付。」

「不，可是——」

「有些人為了見摩邁爾大人就信口開河。不請自來想參加酒會的愚蠢之人也很多，唉，名人還真辛苦。摩邁爾大人不太會處理這種事，需要像我這樣的優秀部下代勞。你真倒楣，要是沒遇到我，你說不定就能蒙混過關了。」

「喔，是喔……」

除此之外我不知道該說什麼。

櫃台小姐知道我的名字，然而這位紳士——卡瓦納似乎完全沒聽說過我這個人。

不，他可能聽說過，只是不知道我長什麼樣子。

從這狀況看來，他應該不是櫃台人員。

我猜他根本只是個色大叔，想在漂亮的櫃台小姐面前耍帥而已。

「利姆路大人，就由我來教訓這傢伙吧。」

蒼影靜靜地燃起怒火，目不轉睛地瞪著卡瓦納。

「等一下、等一下！他是摩邁爾老弟特別培育的人才，這點小誤會，我們睜一隻眼閉一隻眼吧！」

大人不計小人過嘛。

而且這都要怪我認為摩邁爾很忙，叫他不用來迎接我們。

卡瓦納高高在上的態度雖然不妥，但他可能見過很多不請自來的客人，會有這樣的反應也不奇怪。

正當我在安撫生氣的蒼影時，櫃台小姐忽然大聲說道：

「卡瓦納大人！這位就是利姆路陛下本人！他長得和摩邁爾大人房裡掛著的那幅肖像畫一模一樣，不會有錯！」

咦，摩邁爾有我的肖像畫？

我拜訪他家時發現他有偷藏，沒想到這裡也有，而且還光明正大掛出來，摩邁爾真是個怪人。

也是啦，畢竟我的外表是以美麗的靜小姐為原型嘛。

我能理解為何有人看到入迷，但我看起來只是個小學生——不，仔細想想好像長大了一點。

我現在身高將近一百六十公分，相當於女高中生的平均身高。

雖然沒有胸部，但畫成肖像應該挺美的。

不過，我沒辦法一直待著不動，所以當模特兒時可能要請希爾大師來代替我了。

──不對，我一點都不想當繪畫模特兒啊。

正當我腦袋飛速運轉時，卡瓦納詫異的聲音傳入我耳中。

「妳、妳說什麼？這個小鬼──不對，這位少爺竟是利姆路陛下本人？」

「是的，沒錯。」

「不不，這太奇怪了！利姆路陛下是魔王耶？統治大片疆域的魔王只帶著一名護衛出巡，太不合常理了吧──！」

唔嗯，他說得有道理。

我以前去德瓦崗時也被朱菜提醒過這件事，看來有必要採取與身分相應的行為。

這次時間不夠，我便省略那些繁瑣手續，惹得朱菜很不滿。今後訪問他國時還是正式一點，免得再發生這種事。

「可是妳想想啊，魔王怎麼會突然晃到櫃台來問：『摩邁爾老弟在嗎～』不會吧？對吧？」

「是沒錯，但事實就是事實！」

卡瓦納眼眶含淚，拚命辯解。

他要是承認這個事實，等於承認自己想趕走魔王。因此就他的立場而言當然要極力否認。

這下他的紳士面具蕩然無存，露出真面目了。嗯……總覺得對他有點不好意思。

「抱歉啦，但我總不能現在叫部下們過來──」

「如果您需要，我可以暗中叫他們過來。」

「我不需要！這次就當卡瓦納先生沒做錯任何事，不予追究。可以幫我請摩邁爾老弟過來嗎？」

卡瓦納聽見我的提議，表情瞬間開朗起來。

「這、這樣好嗎？」

「這樣對我們彼此都有利吧？」

我一說完，卡瓦納的淚水便奪眶而出。

他似乎誤會了什麼，用閃亮的眼神望著我說道：「感謝！您的大恩大德，小的沒齒難忘！」

其實我只是想順帶掩飾自己的過錯而已，因此聽到他這麼說有些尷尬。

＊

就在卡瓦納對我說著過分感激的話語時，櫃台小姐為我聯絡了摩邁爾。

我們在低著頭的卡瓦納與櫃台小姐的目送下，前往摩邁爾的辦公室。

那是個位於頂樓的寬敞房間，採光良好，景觀優美。

我坐在頂級沙發上眺望窗外景致，喝著摩邁爾準備的果汁。

「利姆路大人，剛才有發生什麼事嗎？」

「沒有啊，什麼事都沒有喔。」

「那就好。我擔心卡瓦納那傢伙做出失禮的舉動——」

「沒事沒事，你多慮了！」

我安撫著憂心的摩邁爾，若無其事地轉換話題。

「對了，摩邁爾老弟，我聽說你房裡有我的肖像畫，這是怎麼回事？」

我目不轉睛盯著牆上的一點，以平靜的口吻問道。

「嗚呃！這、這個嘛……」

「這幅畫應該是從黑市買來的。然而來源和畫家皆不明。」

「咦？」

「此外還有史萊姆狀態的肖像畫，可見畫家大概認識利姆路大人，但就連我們的密探都無法查明其身分，對方手段想必十分高明。」

咦，等一下？

這何止手段高明，根本很不妙吧？

「換言之，蒼影你調查過之後，還是查不出來源嗎？」

「是的，很遺憾。」

「不會吧……」

「由於現在處於戰爭狀態，我判斷這件事的重要性較低，因此無法派太多人手調查，這可能也是無法查明的原因之一。」

原來還有這個理由。

可是被不明人士畫成肖像，感覺好不舒服。

「不過，各國記者也見過利姆路大人，說不定其中也有擅長作畫的人，這沒什麼好奇怪的吧？」

「是嗎……？」

這樣的話，怎麼會連蒼影他們都查不出來呢？

算了，再怎麼想也沒用。

「總之，這幅畫我沒收了。」

「是——呃……咦咦？」

摩邁爾顯得既震驚又不情願，我試圖說服他。

應該說，我心意已決。

「我怎麼可能同意讓人把我的畫掛在牆上，當然不行啊！」

「怎、怎麼這樣！您未免太霸道。古往今來東西方的暴君都不會做這種事！」

「太誇張了！是說，你為什麼抗拒成這樣？買畫的錢我會付給你，這個我就收走了。」

我堅定地說完，取下牆上的畫。

畢竟這張畫已經被美化到不像我本人。

說白了，根本就是靜小姐。

完美地描繪出美麗與柔弱感。

「本來想說把利姆路大人的畫掛在這裡，看了會更有幹勁……」

摩邁爾唉聲嘆氣地說完，蒼影拍了拍他的肩。

「呵，真拿您沒辦法。這個就送給摩邁爾閣下吧。」

「咦？」

「這、這是……」

摩邁爾大吃一驚。

我和摩邁爾看見那幅畫後，都露出複雜的神情。

上頭畫的是史萊姆。
「呃……」
「太、太好了，摩邁爾老弟。你就靠這幅畫提起幹勁吧。」
「不不不，該怎麼說呢，總覺得不太一樣……」
當然不一樣嘍。
看著史萊姆外觀的我，怎麼可能提得起幹勁嘛。
「話說回來，蒼影你怎麼會有這幅畫？」
「這是調查時的扣押品。此外還有幾幅畫流通出去，現已全數收回。」
「畫的都是史萊姆嗎？」
「……是的。」
他怎麼停頓了一下？
「不……其實迪亞布羅搶走了一幅……」
什麼，那個混蛋！
「儘管我拚死抵抗，仍打不贏他。非常抱歉。」
「這樣啊，我知道了。我會把迪亞布羅手上的畫沒收，並叫他別再給你添麻煩。」
迪亞布羅真教人頭疼。
那傢伙總愛把我美化過頭。
我的外表源自於靜小姐，所以說我好看，我也無法否認。不過正因如此，我更不能讓他持有不明人士繪製的畫作。

蒼影聽到我的保證似乎放下心來，面露笑容。

摩邁爾嘟囔道：「不，可是……畫作一直放在蒼影閣下那裡沒問題嗎？」我認為他多慮了。

「蒼影那麼受歡迎，放在他那裡很令人放心吧？」

聽見我這麼說，摩邁爾露出複雜的表情點了點頭。

於是，我要蒼影徹底追查畫作來源，並結束這個話題。

＊

離晚上只剩一點時間，我們趕緊進入正題。

「看樣子計畫進行得很順利，你今後有什麼打算？」

「我正想和您討論。此外也想了解一下現況。」

「那由我先開始說明嗎？」

「不不，由於各方人士不斷向我洽詢現今情勢，我便邀請他們來參加今日的酒會，預定於明日召開會議討論這些事。」

「喔喔！不愧是摩邁爾老弟。做事滴水不漏、按部就班呢。」

「哇哈哈！這是當然的！」

現在的情勢我已經說明過很多遍，覺得有點膩了。這樣一來我只要說一次就行了，真感謝摩邁爾。

既然這樣，我便開始聽取摩邁爾的報告。

計畫順利進行。

我們將黑社會組織一一納入旗下，現在已幾乎找不到敢反抗「三賢醉」的人。

檯面上的事業也深受大眾信賴，各國貴族接二連三前來洽詢，表示想加入我們的組織。

「太好了，順利到令人有點害怕。」

「確實如此。這都要歸功於貝葉特先生高明的手腕，他用了我想不到的方式來擴大勢力。老實說，他比我還優秀呢。」

「放心吧，我也曾敗在貝葉特先生手上。你會覺得自己不如他也很正常。」

「雖然不想承認，但他真的強得像怪物一樣。不但能看穿我的想法，還能將話題引導至他想要的結果。說不定他比我更適合擔任領導者呢。」

真是如此嗎？

他的確是個優秀人才，但是能否勝任組織領袖可就另當別論。

「我不這麼認為喔。」

「……？」

「不是因為我和你關係比較好才說這種話，而是因為上司有必要體貼部下的辛勞。若上司本身太過優秀，可能無法正確評價其他人的功績。」

「嗯，我明白您想說什麼，可是……」

摩邁爾似乎還是不太能接受。

那我繼續向他說明吧。即使也可以一笑置之，但這種不安還是儘早化解比較好。

「由於每個人生來不一樣，能力當然也不盡相同。所以上司的職責就是將適合的工作分配給部下。然而辦事能力強的人往往不想依賴他人，自己把工作全部做完。」

「是……」

「而這種人當了領導者，很容易認為『自己最棒、最正確』。」

也就是所謂的獨裁型老闆。

他們雖然優秀，有些人想法卻很極端，認為部下工作做得好是理所當然，做不好就是無能。

即使失敗的原因在於上司塞了太多工作，那些覺得自己最正確的上司也會認為一切都是部下的錯。

這種人一旦當上老闆可就糟了。

員工們都害怕被裁員，沒有人敢指出問題，就算有人指出了問題，老闆可能也不會聽。

不過，摩邁爾沒這個問題。

儘管他有些獨裁，但很有人情味，心胸也很寬大，能夠將部下的失敗當作自己的失敗，負起全責。

另一方面，貝葉特則傾向將無能的人統統拋棄。

不，這麼說好像太誇張了。

我不是說他冷血，而是說他不會善待那些組織不需要的人，是個「只看數字說話」的類型。

這種人當領導者確實能對組織發展較有貢獻，但這不是我所追求的組織。我希望隸屬於這個組織的人們，都能體會到助人的喜悅。

「四國通商聯盟」既然已發展得如此完善，便沒必要急著擴大組織。我想打造一個夥伴之間能互相信任的組織，就算擴大得慢一點也沒關係。

成長得太快，容易導致有些人跟不上而黯然離去。要是貝葉特擔任領袖，恐怕會發生這種狀況。

我以懇切真摯的態度向摩邁爾這麼說明。

「……原來利姆路大人是這麼想的。」

「或許只是我多慮了。總之並不是說貝葉特先生不好，但我認為像他那樣能幹的人，很容易過於注重效率。」

「嗯，這點不可否認。所以我必須適度介入，讓貝葉特先生底下的人工作起來更順利，是嗎？」

「理解得真快。領導者只要當花瓶就行了，但是不能虛有其表，而是要成為大家願意追隨吹捧的對象，這樣大部分的事都會一帆風順！」

這個法則未必正確，還是要依情況而定，不過我相信這一次由摩邁爾來當領袖絕不會錯。

而且摩邁爾是我國的財務大臣，我不希望他在「四國通商聯盟」代表的職務上投入過多心力。

他只要坐在領導者的位子，將工作分配給能幹的部下即可。而貝葉特比起自己當領袖，更適合在其他人底下做事。

因此我敢打包票，摩邁爾是最適合代表一職的人，沒想到摩邁爾聽到後卻開始大笑。

「哇哈哈！不愧是利姆路大人，您還真謙虛啊！」

……？

——唔！

「混帳！我不是在說我自己，而是在說你！」

儘管我吼了回去，摩邁爾還是笑了好一陣子。

＊

聽完摩邁爾的報告，酒會差不多也要開始了。

「今日各國貴族都會出席，利姆路大人想必會備受矚目，想找您的人肯定絡繹不絕，可能連休息的時間都沒有，您打算怎麼做？」

嗯，這個嘛……

「總不能威嚇來找我的賓客吧。」

不用說這當然是下下策，但我又怕麻煩。

縱然不參加酒會就能省去這些麻煩，然而必須得參加，因為蓋札、尤姆，以及此地布爾蒙王國的德拉姆國王都會到場。

既然摩邁爾是四國代表，就意味著我們魔國聯邦是最大的金主，所以我非露面不可。

「不如由我來趕走他們吧？」

蒼影一臉認真地這麼說道。

我的直覺告訴我，若是交給他肯定會演變成一場血案。

「不、不用了，我會用高超的交際手腕打發掉他們。」

「是嗎……我明白了。那我待在稍遠處保護您。」

「嗯，麻煩你了。」

好，這樣就可以放心了。

這次來的都是些達官貴人，絕不能使用暴力。

雖然不是達官貴人的場合也不能使用暴力，不過一旦變成國際問題，就不只是我們的問題了。

「頭目，我也在喔，請您放心！」

蘭加從影子中探出頭，強調自己的存在。

「嗯嗯，就靠你嘍！」

這傢伙真可愛。

蘭加的舉止療癒了我，緩和了我的緊張。

於是我趁勢邁步前往會場（戰場）。

樓下是九樓，空間十分寬敞。

這裡是設計來給多人開會，或讓員工集合辦活動，可供多種用途。

而現在這個空間布置成酒會場地，擺放著許多自助吧形式的桌子。

順帶一提，八樓是員工餐廳，可以邊欣賞風景邊用餐。除了用餐時段外的時間也提供咖啡和紅茶，供人商談或討論事情。

酒會上提供的料理，自然是員工餐廳的廚師用心準備的。

這裡有醃漬物拼盤、各種湯品、生火腿、高級牛排、肉丸、烤牛肉、各種義大利麵、章魚燒、炒麵、大阪燒、咖哩飯與漢堡排……咦？

幸好沒有出現拉麵，不過裡頭還是有幾道不適合酒會的料理。

「摩、摩邁爾老弟？」

「怎麼了？」

「今晚選的料理是不是怪怪的？」

「會嗎？這些都是魔國餐廳評價最好、最受歡迎的菜色呢。」

「呃……是沒錯，可是……咦？」

我要冷靜點。

本來是該端出更有貴族風格的菜色，但似乎也不必囿於過往的習慣。

我們既然有心要為這世界帶來新風潮，那麼選這些菜色或許才是正確的。

「畢竟我們在開國祭時，也端出了不同尋常的菜色。或許有些賓客甚至還期待這樣的菜色呢。」

「說得也是，那就沒問題了。」

「不過，就算有問題，他們也不敢抱怨啦！」

沒錯！摩邁爾老弟這種大而化之的地方真討人喜歡，看來是我想太多了。我稍微反省了一下後，再度環顧四周，確認有無其他問題。

這時，我和指揮會場布置的男人四目相交。

是貝葉特。

「哎呀，利姆路陛下！噢不，以我現在的立場，或許該稱呼您利姆路大人才對？」

他笑盈盈地向我打招呼，我也不禁點了點頭。

這話沒什麼問題，但他的笑容勾起我不好的回憶，我自然會下意識提防。

看來我也沒資格笑摩邁爾。

話說，布爾蒙王國竟能以溫和的手段改變國家體制，還真是奇特。

在前世的世界根本無法想像有這種事，就算在君主專制的國家，想要不流一滴血達到此變革，仍是痴人說夢。然而德拉姆國王卻做到了，可見他果然不是等閒之輩。

竟敢以自己的國家為賭注，這人真是個徹徹底底的賭徒。

老實說，我沒他這種膽量，因此對他抱持尊敬的態度。

貝葉特是德拉姆國王的心腹，能力也不容小覷。

「今天的酒會準備得無可挑剔，看來貝葉特先生辦事讓人放心。希望你今後能繼續協助摩邁爾。」

「那當然。對了，請叫我貝葉特就好。我老家雖是侯爵家，目前由父親當家，但我不打算回去繼承地位。」

「咦，是嗎？」

可以想見貴族的地位將會受影響，但那僅限低階貴族。伯爵還很難說，不過侯爵以上的高階貴族無論遇到什麼狀況，地位想必都穩如泰山。

「我國貴族已改名為華族，權力遲早有一天會被奪走。重點是，想出這個計畫，並向德拉姆國王提出建言的就是我本人。」

竟然是你啊！

我努力把這句話吞了回去，真該稱讚我自己。

「哈哈哈，這是時代潮流。儘管現在政治是由貴族主導，但民智大開後，民眾應該會對現狀感到不滿。所以我們必須事先將權力一點一點放出去，避免屆時平民與貴族敵對。」

「話雖如此，但平民至今從未接觸過政治，突然要他們管理國家也太強人所難了吧。」

聽見我這麼說，貝葉特賊賊地笑了。

「所以我才要趁現在降為平民，以便接收貴族放出來的權力。」

喔，原來是這樣……

這不只狡猾，根本就已經立於不敗之地了嘛。

可是，我能理解這樣的作法十分合理。

採取這種方式的確能讓貴族的不滿降至最低。
不過，這個人做事究竟想得有多遠呢？
就我所知，他的聰明才智即使和人類以外的存在相比也毫不遜色。由於他實在太厲害，我還真不太敢直呼他的名字。
摩邁爾聽完也傻眼地搖頭。
看吧，跟我說的一樣吧——他的眼神像在這麼說，我也深有同感，不禁大力點頭。

*

酒會順利展開。
最初由聯盟代表摩邁爾致詞，接著德拉姆國王也上台說句話，並引領眾人乾杯。
而後眾人便可不拘禮節，開懷暢飲。
此時的一大重點是，不能真的做出失禮的行為。
不用說也知道，在這種有王族的場合，當然不能無禮放肆。
然而，不論走到哪兒都還是會有不懂察言觀色的人，因此一進入賓客交流環節，我的周圍立刻出現一圈人牆。
我高超的交際手腕也是有極限的！
若只是一、兩個人倒還好，被十幾個人圍住真的很傷腦筋。
「利姆路陛下！請聽我說！」

「我國也想派遣外交官至貴國！」

「請與我國通商！並且鋪設連接兩國的道路——」

「夠了，小國閃邊去！請看看我，我國就在貴國附近——」

「踐什麼踐，不懂得先來後到的人沒資格當外交官！」

「我是王太子。若要講順序，應該以地位優先。」

「不要將自己國家的權威施加在外國人身上！」

「你想挑起和我國之間的紛爭嗎？」

場面真是極度混亂。

他們每句話都讓人想說「誰理你啊」，而且感覺快吵起來了，連我也開始感到頭痛。雖然不能把他們趕走，但要和他們交流又很麻煩。

比想像中還麻煩。

之所以如此，一方面是因為我這個人的重要性增加，另一方面也是因為我太過大意。像蓋札身邊就沒這麼多人。

連尤姆也大大方方地——不對，是因為繆蘭用笑容將周圍的人擋了下來。

真羨慕。

不過，或許也是因為尤姆是個眼神銳利的習武之人，那些優雅的貴族自然不想靠近他。

啊啊，原來大人物出席社交場合這麼容易引發騷動，難怪艾爾很少露面。

艾爾說想見她的人必須辦理正式手續，還必須按順序一個一個來，沒預約就見不到。我之後也這麼做好了。

不過，現在得先處理眼前的狀況。

正當我思考該怎麼辦時，有個意想不到的人對我伸出了援手。

「各位能不能冷靜點？」

這個以嚇人的低沉嗓音說話的人，正是初次見面就找我麻煩的卡瓦納。

「利姆路陛下是偉大的霸權國家『朱拉．坦派斯特聯邦國』的魔王陛下，也是我們聯盟最大的出資者。我明白各位急切的心情，但請擇日再談！」

這場酒會是為了慶祝新組織的成立，想要商談請另找機會——卡瓦納話中有話地警告並瞪著那些人。

剛才還在我面前哭泣的男人，現在卻變得如此可靠。

至於賓客們的反應——

「哎、哎呀，是卡瓦納先生啊！耳聞您成了『聯盟』幹部，看到您這麼有精神真是太好了……」

「是、是啊，我們太心急了。今天能向利姆路陛下問安就已是萬幸了，我這就退下——」

「我也失陪了。希望日後透過正式管道，與利姆路陛下會談。」

說完這些話再走的人還算好的，大部分的人都落荒而逃。這樣的態度實在不可取，但我還是別挑他們的毛病好了。

而且我的時間有限，會面的事本來就交由利格魯德負責。唯有他嚴格篩選的人才能與我會面，實際上能見到我的人已經很少了。

今後我打算向艾爾看齊，讓會面制度更加嚴格，以免見到一些麻煩人物。

所以我和現場這些人可能不會再見了。這樣想想，對於他們無禮的行為也沒什麼好在意的。

話說回來，卡瓦納真令我刮目相看。

他站在離我稍遠處，替我注意周圍的人。多虧有他，我終於能安心享受這場酒會。

＊

好，既然可以自由行動，我便環顧現場的賓客。

我和蓋札以及尤姆已經晤談過，因此不必特地過去打招呼。明天的會議他們也會出席，若有要緊的事應該會在會議上討論。

今天只要專心增廣見聞就行了。

因此我打算和在意的人談笑風生。

我東張西望尋找那人的身影——找到了！

她是個任誰都會回頭一看的美女。

究竟是誰呢？

沒錯，就是日向！

日向穿著一件完全露出背部的晚禮服。

禮服漆黑得有如夜空，上頭鑲著星子般的寶石。

不過值得一提的不是那件禮服，而是日向本身的性感魅力。

日向留著短髮，因此從後頸到腰部的肌膚全都一覽無遺。脖子上雖然打了個蝴蝶結，但反而是很好的陪襯，襯托出日向的嫵媚。

黑色禮服配上白皙肌膚真是耀眼。

不，簡直耀眼過了頭！

這種服裝好像叫露背禮服。不知是誰想出來的，設計得真完美。

我要存進腦內。

不，還是請希爾大師把現在的影像記錄下來——

《查無此功能。》

不對啊，應該有吧？

當我想查看迷宮內的資訊時，你不就顯示了清晰的畫面嗎？

《這裡並非迷宮內部，無法取得錄製好的影像。》

騙人的吧，喂！

絕對可以做到吧！

我和魔物的戰鬥紀錄你明明就有保留下來，以便我日後回顧。只要用同樣的方式，稍微記一下——

《不。沒這個必要。》

為什麼要用那麼機械式的語氣回答我？

可惡！我的搭檔在重要時刻偏偏靠不住，氣死我了。

沒辦法，只好靠我的史萊姆細胞自己記了，我邊這麼想邊笑盈盈地向日向搭話：

「嗨，日向小姐，妳今天也很美呢。那件禮服好適合妳！」

日向原本在喝紅酒，聽見我的聲音後將酒杯放在桌上，回過頭來。她露出狐疑的眼神，開口說道：

「什麼？你也會說客套話了啊。」

「才不是！我超認真的。我這個人不會說客套話！」

我不會以違心之論稱讚他人，所以這句話有一半是出自真心。

然而日向卻哼笑了聲，不把我的話當一回事。

絕不能讓對話斷在這裡。

我內心這麼想，拚命將話題延續下去。

「而且這樣真的很大膽耶。這麼說可能有些失禮，但我真沒想到日向會穿這種惹眼的禮──」

被瞪了。

我將後面的話語硬生生吞了回去。

糟糕，她對我的好感度似乎不斷下降。

「既然知道失禮，就不該說出口吧？」

「我很抱歉，您說得是！」

這種時候不能違抗她，只能一味地道歉。

日向露出鄙視眼神。

我心急如焚。

這時，我感受到一陣紅酒香氣。

嘆著氣的日向顯得無比豔麗。

她的背影雖然也散發出滿滿的性感魅力，但正面更是讓人鼻血直流。

那件禮服的領口較高，在鎖骨處，不過無袖的設計讓白皙肩膀完全展露。更重要的是，從側面露出的——

「看什麼看——喂，小心我殺了你喔。」

「對不起。」

大失策。

我忘記自己現在是人型，不小心目不轉睛盯著她。

這樣她當然會感受到我的視線。

幸好這副身體不會流鼻血。

「都是魯米納斯吵著叫我一定要穿這件衣服。」

日向這麼說。幹得好，魯米納斯！

真想當面大力讚揚她一番。

魯米納斯聽了肯定會得意洋洋，不過我仍對她抱持尊敬之意。

儘管在心裡雀躍地稱讚魯米納斯，我表面上仍維持冷靜的表情。

「噢，是這樣啊。魯米納斯眼光真不錯，妳今天真的很美。」

我一本正經地這麼說道。

這是我的肺腑之言，所以就算被日向瞪我也不害怕。

——不，才沒有。其實我內心超緊張。

「你又說這種——」

日向傻眼地說到一半，便被我用唇堵住——若能這麼做就太完美了，然而一個不小心很可能超出性騷擾範圍，變成真的性犯罪者，像我這麼謹慎（膽小）的人，才沒勇氣做這種事。

所以我只能用話語認真回道：「是真的！」

接著，日向聽了臉頰泛起紅暈。

這招有效！

今天的我果然——

《應該只是喝醉而已。》

——嗯？

我望向日向剛才喝的紅酒。

「咦？妳喝的酒是不是太烈了點？」

「會嗎？可是很好喝啊。」

難不成日向的酒量意外地差嗎？

看起來不像啊，可是希爾大師又這麼說……

我平常都只關注日向的美貌，如今突然想了解一下這方面的事。

我豎起三根手指，問她：
「妳看得出這是幾嗎？」
「你是在取笑我嗎？」
「不不不，當然不是——」
我連忙否認，此時日向深深嘆了口氣。
「我說啊，我好歹也是『聖人』。此外還有和克蘿耶一同旅行的經驗，復活後魯米納斯也教了我很多，只要我有意，隨時都能讓酒精失去效力！」
希爾大師，你騙我！
既然是這樣，那她當然不會醉。
後來我費了好大一番工夫才讓日向息怒。
所以——我根本沒空詢問日向為什麼會臉紅，時間就這麼悄悄流逝。

＊

酒會隔天。
午休結束後，便展開會議。
參加者有——
首先是資助「四國」的各國國王與王妃——我、蓋札、尤姆和繆蘭，以及德拉姆國王等五人。
我們幾個人之間已有一定的共識，所以待會只要形式上表示同意就行了。

再來是除了繆蘭之外，我們四個人所推舉出的代表摩邁爾，以及代表西方聖教會出席的日向。

至於西方諸國評議會，則由議長本人出席。他好像叫雷斯塔，一如往常留著毛茸茸的白色鬍鬚。

此外，還有嚴格篩選出的各國議員，共約三十人齊聚在會議室中。

貝葉特也以書記身分參加。

接著，負責主持會議的席恩走到眾人面前。

「由衷感謝各位於百忙之中齊聚在此。那麼讓我們直接進入正題。首先，我會為各位說明即將發生的危機——」

於是席恩開始說明。

今天這場會議為的就是向眾人說明昨天摩邁爾想問的問題。

也就是敵人的身分與其目的。

此外還會討論戰火可能造成的影響，以及確認該如何應對。

之所以嚴格篩選參加者，是為了避免他們因太過恐懼而陷入恐慌。

即使大哭大鬧也無法改變現狀，只能盡量採取最適當的行動。因此，身為領袖絕不能慌張——話雖如此，要做到這點十分困難。

所以才需要像這樣事先開會討論。

同樣的事我已經說明過很多次，因而很感謝摩邁爾為我安排這樣的場合。

席恩說明完畢。

「……也就是說，儘管魔王利姆路大人已戰勝帝國，卻出現名叫米迦勒的新敵人，是嗎？」

雷斯塔議長低語完，各國議員接著說道：

「而且米迦勒還率領著天使族的大軍？」

「這就是所謂的『天魔大戰』吧？沒想到這五百年一次的災難，竟會在我有生之年發生……」

聽見他們的發言，我決定補充說明，以免產生誤會。

我舉手說道：

「那個……如同剛才的說明，敵人的目的是讓維爾達納瓦復活。方法只是我們推測出來的，並沒有實質上的證據。而最重要的是，敵人行動的時間未定。我想應該會在近期行動，但米迦勒壽命很長，有可能就在明天，也有可能拖到數年甚至數十年之後。」

最麻煩的就是這一點。

無法預測他們何時會行動。

不過敵方若有任何動作，我都能透過迪諾每天早上的匯報得知，另外也能請蜜莉姆向歐貝拉確認該情報的真實性。

米迦勒現在仍按兵不動。

內心雖然忐忑，但又不能由我們先出兵，只能置之不理了。

既然這樣，持續防範不知何時來襲的敵人固然重要，然而還是必須顧及日常生活……

日本也是如此。縱使十年之內發生海溝型大地震的機率有百分之六十，三十年內則高達百分之九十九，我們仍照常生活。

大家仍會預做準備，以備不時之需。做好該做的事後，更重要的是珍惜眼前的日子。

其實火山爆發比地震更可怕，不過人類對此完全無計可施。

萬一阿蘇山巨大的破火山口發生噴發，便會帶來毀滅性的災害。破火山口噴發又稱「破局噴火」，據說全日本無處可逃。

北海道的部分區域或許能逃過一劫，但日本肯定會滅亡。

假設——

政府預測阿蘇山一年內會爆發，並公布此事……

會不會真的發生還很難說，即使相信政府的話，想逃也沒地方逃。

畢竟沒有國家會願意收容日本全體國民，也不確定眾人能否分批逃往不同國家。

如果火山百分之百會爆發，政府應該會盡量採取對策——但政治形態不同的國家還是不可能接受日本國民，到頭來只有握有管道的人才能逃出去。

我內心對此也抱持著「到時候再說」的想法。與其膽戰心驚地生活，不如享受每一天，這樣才是最幸福的。

而且避難的地方也不一定安全，面對天災想再多也沒用，所以才叫天災。

俗話說「盡人事，聽天命」，還是盡力做現在自己能做的事，才能以最有人類尊嚴的方式活著。

「——因此，我們得做好準備，以防米迦勒隨時進攻，同時也要讓民眾過好日常生活。所以這件事只要讓領導階層知道就好。希望各位抱持這樣的想法協助我們。」

我最後做了這樣的總結。

聽完我的發言，全場陷入沉默。

還有人發出思考的低吟聲。

所有人不發一語，過了數十秒之後，日向打破沉默。

「西方聖教會願意提供全面支持。」

日向說完，雷斯塔議長接話道：

「原來如此，這樣我明白了。西側諸國之所以加緊執行開發計畫，也是在為此預做準備吧？」

席恩聞言點了點頭。

「是的，一切都遵照利姆路大人的旨意進行。」

在「魔導列車」軌道鋪設工程進行的同時，車站也在建設當中。我請各國擴張車站用地，順帶建造周圍居民能夠使用的避難場所。

平常則可作為體育館或講堂使用，有各種用途。

今日聚集在此，我想趁機請各國領袖利用這些空間，來進行當地居民的避難訓練。不過在我這麼說之前，雷斯塔議長就先開口發言：

「您說重要的是事前準備，這點十分有道理。我明白了。我個人雖然無權干涉各國的政策，但可以提出避難訓練的建議。請務必讓我提供協助。」

「沒錯。我在評議會中只是一名議員，但在我國是侯爵。我會向國王進言，讓國民展開訓練。」

「真有道理，我也願意提供協助！」

議員們也紛紛表示同意。

事情進展得比想像中還順利。

或許是因為與會人員都經過嚴格篩選，沒人蠢到在這種場合大肆抱怨。

話說，當初摩邁爾就是為了達到這個目的，才提議由少數人開會即可。他說如此重要的決議，若太多人參與可能會得不到結論。因此打算先說服少數掌握權力之人，再由他們一一說服剩下的議員。

摩邁爾的計畫成功了。

不過仍不確定評議會的決議將會如何，關於這點——

「呵呵呵。利姆路陛下似乎很擔心評議會的決定，您大可放心。因為評議會中沒人敢違抗戴絲特蘿莎小姐。」

哦？

「哈哈哈，沒錯。比起利益，他們更重視自己的性命。關乎本國存亡的議題暫且不論，若只是要訓練人民避難，這種程度的事只要戴絲特蘿莎小姐登高一呼，他們都會遵從的。」

「的確，這並非重大議題，沒必要堅持己見到為此戰鬥的地步。」

「嗯，這麼做對我們也有好處，屆時應該會一致通過才對。」

議員們的反應與我和摩邁爾想像的不同。

我們為求慎重才召開這場說明會，但看來沒這個必要。

「哎呀，看來我的認知不夠全面。我尚未見過那位戴絲特蘿莎小姐，想必是位豪傑。」

貝葉特敬佩地說道。

議員們則以冷淡的目光望著貝葉特。

不知是同情還是羨慕……

「呵，各位也太掉以輕心了吧？別看我這樣，我也是戴絲特蘿莎大人忠實的僕人。請別忘記我還得向她報告這次會議的內容。」

席恩插嘴說完，議員們個個顯得驚慌失措。

「這是誤會！請您相信我們！」

「我們剛才那麼說絕對沒有惡意，只是在稱讚那位大人的指導能力——」

「老夫只是陳述事——啊！咳哼！願榮光歸於戴絲特蘿莎大人！」
最後這個人已經有點語無倫次，不過還是能感受到他想拚命解釋的心情。我沒想到大家這麼怕戴絲特蘿莎，見狀也嚇了一跳。
「席恩，別再恐嚇他們了。」
我告誡面帶笑容的席恩。
而貝葉特光是聽完這段對話，似乎明白了戴絲特蘿莎有多可怕。
「我雖然想見戴絲特蘿莎小姐，但她好像很忙，還是算了。那麼今天的會議就到此結束，如何？」
貝葉特適時抽身，避免踏入危機四伏的境地。
這種預知危險的能力真值得我學習，我又再一次見識到他的優秀之處。

＊

會議告一段落，但我想起另一件要告知眾人的事。
「啊，對了對了，戴絲特蘿莎通知我，剛登基成為帝國皇帝的正幸想和西側諸國建立合作關係。此外他也想加入西方諸國評議會，你們認為呢？」
戴絲特蘿莎在我來這兒之前，用「思念網」這麼向我報告。
我一派輕鬆地說完，大部分的人卻都詫異地停下動作。
「「「——什麼？」」」
他們全都目瞪口呆地望著我。

未顯露驚訝的，只有事先聽說過這件事的蓋札、尤姆、摩邁爾和席恩。

我還沒告訴德拉姆國王，所以貝葉特也一樣錯愕。看見他罕見地露出驚訝表情，我感到有點滿足，不過這是祕密。

我的發言似乎投下了一枚超乎想像的震撼彈。

「我怎麼沒聽說！」

「因為我現在才說啊。」

「蓋札王您知道嗎？」

「嗯，他們找我商量過，但詳細情況我並不清楚。我也是第一次聽說事情發展到這個地步。」

咦，蓋札應該知道吧？

《不，你只對他說過正幸希望如此，並未告訴他具體時程與內容。》

好像是呢。

雖然只有短短的時間差，但我們之間有「手機」可以溝通，早知道就跟他說一聲了。

我原先心想反正今天會見面，到時候再說明就好。結果一直找不到時機，拖到現在變成順帶公布這件事。

「所以說尤姆也不知道嘍？」

「對，你沒告訴我。」

「那你為什麼看起來不驚訝？」

「噢，因為如果對少爺做的每件事都感到驚訝，我的心力吃不消。」

總覺得他在光明正大地消遣我。

在一旁聽我們對話的繆蘭用手扶著額頭，什麼都沒說，可見她的想法大概和尤姆一樣。

我忽然覺得眾人的視線有些扎人呢。

「真是服了你。這麼重要的事，你為什麼每次都說得好像無關緊要一樣？」

日向的目光刺得我好痛。

「雖、雖然您這麼說……」

我不禁對她用了敬語，但這真的是我的錯嗎？

畢竟我滿腦子都在想與米迦勒的決戰，所以一直認為帝國採合作路線是很正常的事。

而且為了讓帝國和我們步調一致，我國也提供了不少協助。我認為理當會有這樣的結果，沒想到大家會這麼驚訝。

「看來你根本沒在反省呢。」

嗚呃！

「請等一下啊，日向小姐！妳應該知道我國和帝國剛打完仗吧？我國獲得了勝利，便運用戰勝國權利，要求帝國與我們締結合作關係。因此帝國當然會和西側諸國展開合作嘛！」

我不假思索地開始為自己辯解。

但日向還是用輕蔑的眼神看著我。

也是啦。

這番主張有其道理，但沒將資訊轉達給眾人完全是我的錯。

又不是沒有溝通管道，這種情況沒辦法用「我很忙」當藉口。

這樣想想，果然是我的問題。

我正想向眾人道歉——這時貝葉特卻深深點頭，替我解圍。

「說得真是太有道理了。我們不該責怪利姆路陛下，而該怪自己沒有請託他這麼做。」

你懂我，你太懂我了，貝葉特老弟！

果然是個聰明人，沒有比他更可靠的同伴了。

日向和貝葉特怒目相視。

敗下陣來的是日向。

「說得也是。稍微想想就知道，利姆路肯定會盡可能追求最好的結果。不過——」

「不過？」

「就西側經濟圈居民的常識來說，帝國是我們自古以來的仇敵，我們很難相信帝國會採取這樣的政策。這個刻板印象太過強烈，導致我們沒想到有這個可能性……」

日向顯得很不甘心。

我明白她的意思。

一直與己方敵對的大國，如今竟提出要和解。

這時應該先質疑對方的動機，然而傳達這則消息的卻是身為勝利者的我，他們當然不知所措。

如果只是要建立合作關係，或許沒什麼風險，而且在大戰即將開打之際，沒有比人類之間互相戰爭更愚蠢的事了。

「利姆路陛下，有事想請教——」

「什麼事？」

雷斯塔議長這麼詢問，我催促他說下去。

「我們應該在何處與帝國進行會談呢？另一點是，您剛才稱呼帝國皇帝為『正幸』，莫非那個人是『閃光』正幸先生？」

雷斯塔議長顯得很激動。

比起第一個問題，第二個問題顯然更重要，引發了全場騷動。見到其他人也跟著興奮起來，我才意識到自己沒說清楚。

「呃……會談將辦在英格拉西亞王國。對方希望盡快進行，最好在下次召開評議會時就能加入。再來關於第二個問題，雷斯塔先生猜得沒錯，我的友人『勇者』正幸前些日子已即位成為帝國皇帝。」

我一說完，會議室便響起滿堂喝采。

「太厲害了！不愧是正幸大人！」

「真是太好了！這樣就能避免戰爭了！」

「雖然不知事情為何會發展成這樣，但正幸大人無所不能啊！」

「沒錯！就連邪惡的帝國也不是正幸大人的對手！」

眾人七嘴八舌。

「我有接到新皇帝即位的消息，沒想到那個人竟然是正幸先生……」

連雷斯塔議長也熱淚盈眶這麼說道，這反應真是超乎我想像。

總覺得有點對不起正幸……

什麼「勇者」打倒帝國，哪有可能發生這種酷似某部太空歌劇的事！

正常來說，個人根本不可能推翻國家。這些人卻很自然地認為正幸立下了此功績，還深信不疑，可見他們對正幸的信賴有多深。

既然他們這麼認為，我也沒辦法再解釋什麼。

「就是這麼回事。詳細情況我也不清楚，你們之後再問他吧。」

我面不改色地說道，將麻煩事全都推給一無所知的正幸。

於是，我們在這天的會議上推動了各國的避難訓練實施計畫，並確定帝國新皇帝將參與下一次的評議會。

＊

——五個月就這樣過去。

儘管中間出了點小錯誤，準備工作仍穩步進行。

下次評議會將在兩週後於英格拉西亞舉行，正幸等人與評議會幹部們也已達成共識。照這樣看來，帝國加入評議會的提案應該能順利通過。

這件事交給戴絲特蘿莎處理令我很放心。

人類就此達到了表面上的意見統一。

魔王們也已準備萬全。

再來只能祈求敵方戰力不會強大到超乎想像了……

正當我思考著這些事時，迪諾突然聯絡我。

『呃，我是迪諾，聽得見嗎？』

『當然啦。他們有動作了嗎？』

迪諾在早晨匯報以外的時間聯絡我，可見一定出了什麼事。

『嗯，硬要說的話確實有動作，所以我姑且通知你一聲。不過事情太多，總覺得好麻煩，不知該從何說起……』

哦？

雖然他說得不清不楚，但仍可確定出了什麼事。

難得的和平生活，就在迪諾聯絡我的同時宣告終結。

第三章

小丑們的追憶

Regarding Reincarnated to Slime

時間倒轉。

被菲德維帶離戰場的卡嘉麗，在近藤中尉戰死的同時恢復了意識。

這代表她已從近藤的支配中解脫。

然而此處是她毫無印象的異界。

（怎麼回事？）

卡嘉麗努力想理解現況。

這時她發現一張熟悉的面孔。

「迪諾……」

「嗨！妳醒啦，卡札利姆。所以那個叫近藤的男人應該死嘍？」

「你發現我是……這樣啊，是聽老大說的嗎？」

迪諾用她已捨棄的名字稱呼她，令她嚇了一跳，視線來回游移著，接著看見了優樹。

優樹悠哉地坐在椅子上，但面無表情。

看來他和卡嘉麗一樣遭到某人支配。因此卡嘉麗瞬間明白，或許是優樹透露了她的真實身分。

「是啊，我不知道妳過去發生了什麼，但老實說妳現在的模樣更令人在意。」

看著與魔王卡札利姆判若兩人的卡嘉麗，迪諾說出自己的感想。

（他仍舊是個我行我素，不會察言觀色的男人呢。）

卡嘉麗放鬆了緊張的心情，這麼心想。

說實在的，卡嘉麗現在的戰鬥能力並不足夠。儘管她有A級以上的實力，但在那些真正的怪物眼中，她不過是個小嘍囉。

雖然不知迪諾實力如何，但可以確定卡嘉麗絕對敵不過他。

因此卡嘉麗決定採取當下最適合的行動。

也就是蒐集情報。

「對了，這是什麼地方？」

卡嘉麗問完，迪諾一臉嫌麻煩地回道：

「妳應該察覺到這是異界了吧？這是個特別的地方，既和所有世界接壤又與世隔絕的起始之地——『天星宮』。」

卡嘉麗對這個名字不甚熟悉。

但迪諾提到了一個關鍵字。

（起始之地……這裡難道是「星王龍」維爾達納瓦的誕生地——？）

據推測，起始之地早在所有世界誕生前就已存在。那只出現在代代相傳的神話之中。人們普遍認為這個地方確實存在，然而誰都沒見過。

「我們是怎麼……」

「有一扇通往這裡的門，需要『鑰匙』才能通過。我原本也不知道所謂的鑰匙是什麼，被帶來這裡後總算明白了。不過我不打算告訴妳。」

卡嘉麗有些不爽，但忽然想起迪諾這個人最討厭做沒用的事。既然他說不打算透露，那麼無論卡嘉麗做什麼，他都不會說吧。

她只好改問其他事。

「我不會勉強你回答，希望你把能說的事都告訴我。」

「——好麻煩啊。」

「念在我們是舊識的分上，你就告訴我吧。」

「嘖，這麼做對我又沒好處。」

「我以前可是替你做了很多工作——」

卡嘉麗還沒說完，迪諾立刻挺直背脊。

「妳想問什麼？問完之後，以前的事就能一筆勾銷了吧？」

「那當然。」

卡嘉麗嫣然一笑。

迪諾一點都沒變——儘管身處這種莫名其妙的狀況，這點仍讓卡嘉麗感到安心。

「我們的老大——坐在那兒的神樂坂優樹，為何還處在被支配的狀態？你剛剛說近藤已經死了——難道……？」

「妳腦袋轉得真快。妳的猜測應該是對的，我沒必要再多說什麼，但姑且還是說一下。支配妳的是近藤，但支配優樹的，則是將權能借給近藤的人。」

「果然……」

竟然有人能出借支配他人的權能，真令人難以置信。

可是，迪諾不會撒這種謊。他這個人若真的不想說就不會說，因此他既然說了，反倒讓情報更加真實可信。

優樹遭人支配——他明明擁有能讓所有技能無效的超特異體質，如今卻有權能突破了這點，教人不寒而慄。

為了逃離這裡，必須讓優樹恢復原狀，但卡嘉麗完全不知該怎麼做。既然這樣——

「我可愛的孩子們在哪裡？」

「妳說的是站在妳身後那幾個人嗎？」

卡嘉麗聞言連忙回頭。她完全沒察覺到那裡有人，不過這也很正常。

（看來他們變成了只會聽命於我的戰鬥人偶（Killing Mode）。）

她自以為冷靜，但還是驚慌了一下，因而稍加反省。接著解除命令，讓蒂亞和福特曼恢復原狀。

順帶一提，兩人身旁佇立著九個面生的妖死族，卡嘉麗不知道他們是從哪來的。

卡嘉麗對於被支配時發生的事依稀有點印象。

她記得自己奉命使用禁忌咒法「妖死冥產」，這些妖死族應該是那時候創造出來的吧。然而這並非出自卡嘉麗自身意志，因此她對這些妖死族一點感情都沒有。

「啊，會長！還好妳平安無事！人家好擔心妳！」

「呵——呵呵呵。蒂亞說得沒錯。會長，是老大救了我們嗎？」

「不是。就算瞞著你們也沒用，我就直說了，現在的狀況糟糕透頂。」

卡嘉麗說完，開始向兩人說明現況。

迪諾被晾在一邊，但他並不介意，自顧自地睡著了。

「原來是這樣，都怪咱們太不中用了。」

「沒這回事喔，蒂亞。連老大都被支配了，就算我們再怎麼掙扎可能也無濟於事。」

「那我們該怎麼辦？要順勢聽命於他們嗎？」

「這裡沒人把守，應該能逃出去吧？」

面對福特曼的問題，蒂亞說出自己的想法。

卡嘉麗則以陰鬱的表情回答：

「這就是問題所在。我當然也很想逃，但這裡是位於異界的『天星宮』，無法用魔法逃脫。」

其實卡嘉麗早已試過元素魔法「據點移動（Warp Portal）」。原本打算一旦有機會成功，就帶著蒂亞、福特曼和優樹一起逃出去。

然而她不知道這裡的座標，魔法也就無法發動。

（我雖然幸運地脫離了支配，但敵方肯定知道我即使恢復自由也不能做什麼……）

儘管不甘心，但事實應該就是如此。

這裡確實無人把守，不過敵方想必是認為卡嘉麗等人無法逃脫，才會這麼做。

「迪諾。」

「什、什麼？幹嘛在我想舒服地睡午覺時把我吵醒？妳還想問什麼？」

「你可能沒辦法回答，但我還是想問，有沒有什麼逃離這裡的好方法？」

「妳認為有嗎？」

「……沒有。」

「對吧？我很欣賞妳這種乾脆的個性。既然這樣就別白費力氣，乖乖待著吧。」

卡嘉麗早已猜到結果如此，這樣一來她真的沒轍了。

「天星宮」是個微小的平面世界。它位於一個球體之內，下半部是大地，上半部是天空。

在這個不到一百平方公里的平面世界中，只有四季如春的溫暖氣候，以及一座美麗的白色城堡。

但光是這樣就已足夠。

這裡的花不會枯，果實不會爛，水不會被汙染，大地充滿生機。因此有著一直盛開的花田，零星分布的繁茂樹木上結著香甜的果實。

在這個彷彿時間靜止的世界，完全感受不到變化。

卡嘉麗等人被安置在庭園的涼亭待命。即使在這裡也能一覽城堡的全貌，還能看見城堡對面位於世界盡頭的大門。

城裡沒有半個人走出來。

不過既然大門緊閉，他們一行人看來是不可能逃出這世界了。

因此卡嘉麗聽見迪諾的回答並沒有氣餒，而打算冷靜地思考對策。然而她的思緒卻被城裡走出來的人打斷。

＊

那個男人有著肌肉結實的體格，以及精悍的面容。

他全身上下散發出一股懾人氣勢，可見實力不同凡響。

「迪諾大人，這可不行啊。像您這般尊貴之人，怎麼能對他們那種人如此親切呢？」

男人極其自然地流露出對卡嘉麗等人的輕蔑。

這傢伙是怎樣——卡嘉麗感到不悅，但決定先忍耐。她是個謹慎的人。

「你是古諾姆吧？看來你成功獲得了肉身。」

「是的！這個叫威格的男人肉體是很好的媒介。他再生能力很強，照這樣看來，達利斯大人和其他人也能成功獲得肉身。」

「那真是可喜可賀。」

迪諾絲毫不感興趣地回道。

不明白狀況的卡嘉麗默默聆聽他們的對話。

他說的威格，想必就是「三巨頭（Cerberus）」的頭目（Boss）之一，代表「力量」的威格。卡嘉麗記憶中隱約殘留著和威格一同來到此地的印象。

（威格是媒介？應該不是依附用的肉身吧？不，確實有這個可能。那男人繼承了羅素研究成果之一的「魔法審問官」血統。他兼具魔物和人類的特性，只要有食物，不管受到多重的傷都能復活，堪稱怪物。）

也就是說，他的手臂即使被砍斷還能再長回來。甚至有實驗證明，就算他只留下一顆頭仍能復活。更可怕的是，就連他被砍下的部位也能化作沒有自我意識的人形怪物。

因此優樹嚴格命令威格，萬一手腳被砍斷時一定要撿回來。

然而——

這個叫古諾姆的男人似乎正是利用威格的特性，取得了空洞的肉身。

（說起來，這傢伙為什麼需要肉身？他的真實身分是什麼？需要依附用的肉身，可見是惡魔族？不對，從這股神聖氛圍感覺起來，應該是天使族。那麼的確需要比人類或魔物更強韌的肉身——）

卡嘉麗的腦袋高速運轉。

儘管失去大部分的戰鬥能力，她仍有一顆靈光的腦袋。

接著，她大致得出結論。

這個男人，古諾姆的身分是天使族——或者與之相近的精神生命體，為了對地面進攻而取得肉身。

而威格則被拿來當作產生肉體的媒介。他大概還活著，但無法行動自如。

除了古諾姆其實是妖魔族這點之外，她的推論大致正確。

由魔素構成的暫時性肉身和威格的細胞結合後，變得更加強韌。在此基礎上古諾姆等人又攝取了物質，成功獲得肉身。

他們攝取的是從地面蒐集來的蛋白質和碳水化合物。換言之，只要進食就能延續生命。方法和妖死族不太一樣，但對於身為半精神生命體的古諾姆等人而言，這樣反而比較方便。

順帶一提，古諾姆是札拉利歐其中一名部下。他奉命留守陣地，並未參與攻略菈米莉絲迷宮一戰。

後來菲德維帶著威格等人回來，命令古諾姆依附至肉身上。札拉利歐等人剛好也在這時歸返，和迪諾等人打到照面。

身為白老鼠的古諾姆成功後，其他人也開始獲取肉身。因此，古諾姆才會一個人先出來。

古諾姆以前是座天使（Throne），現在則是高級中的低階「將官」級妖魔族。成功獲得肉身後，能發揮超越魔王種的實力。

在古諾姆眼中，實力和人類相差無幾的卡嘉麗渺小得如同草芥。

因此他自然瞧不起卡嘉麗等人。

「妳叫卡嘉麗是吧？你們不過是我等用以增強戰力的道具。近藤原本也是挺好用的道具，他死後，你們雖然恢復了自我意識，但可別得意忘形。這位迪諾大人的『地位』和你們差多了！」

「喂，適可而止。」

「不行，迪諾大人！您是偉大的『始源七天使』之一，怎麼能隨意和這種人說話？您為人也太寬厚了！」

「可是我和卡札利姆從以前就認識了。」

「我現在叫卡嘉麗，以後請這樣稱呼我。」

「縱使重新記名字很麻煩，但名字變短了還不錯。知道了，卡嘉麗。」

有別於過去的男性外貌，現在的卡嘉麗是個美女，就算換一個名字也不奇怪，因此迪諾很自然地就接受了。

迪諾和卡嘉麗就這樣無視古諾姆，熱絡地對話……這讓古諾姆很不爽。

古諾姆的上司名叫達利斯，過去曾是智天使（Cherub）。他是個戰鬥力極強、氣質高尚的男人，擔任札拉利歐的副官。

就連達利斯也無法與至高無上的「始源」匹敵。

他們不像古諾姆等人這樣，直到最近才獲得名字。

他們是維爾達納瓦神親自創造並命名的使徒，一群自從創世以來負責消滅妖魔鬼怪的偉大熾天使（Seraphim）。

就古諾姆看來，他們如神一般，因此古諾姆無法容忍卡嘉麗的態度。

就算迪諾本人允許，但若放任這種情況，說不定連札拉利歐的「地位」也會受影響。古諾姆內心這麼想，便忍不住動粗了。

「就說不要得意忘形！」

古諾姆朝坐在椅子上的卡嘉麗放出由靈氣聚合而成的天光彈。

迪諾沒有動。
因為沒這個必要。
「呵——呵呵呵。嘮叨完了嗎？明明是你先侮辱我們會長！」
「對對，沒錯！上吧，福特曼！」
卡嘉麗重要的夥伴，忠誠的小丑們蓄勢待發地迎戰古諾姆——

＊

這場戰鬥可謂單方面的凌虐。
古諾姆本來就是札拉利歐麾下不斷與蟲魔族交戰的重要戰力。
儘管剛獲得肉身，但這副肉身用起來一點異樣感都沒有，他的戰鬥力甚至還變得更強。
他的存在值換算起來超過一百萬。此外，為了填滿空洞的肉身，他的魔素量亦持續上升中。
與狀態絕佳的古諾姆對戰的，是戰鬥力比克雷曼還強的福特曼。
福特曼智能雖低，力量卻強大無比。其存在值高達一百三十萬，如今戰鬥限制解除，能夠發揮遠超越與蓋德交手時的力量。
「咚——！」
福特曼大叫一聲，揍向古諾姆。
「唔啊——？」
古諾姆的臉大幅凹陷，被揍飛出去。

「呵呵呵，我就不客氣嘍！」

福特曼完全不把古諾姆放在眼裡，乘勝追擊，給了他一拳又一拳。

他抓起古諾姆的腳甩了幾圈後拋至高空，自己也縱身一躍。蓄力之後速度愈發驚人，整個人宛如砲彈般射向古諾姆的背。

「喔噗——」

接著順勢抓起古諾姆，將他砸向地面。福特曼運用身體重量，力道大到像要粉碎大地一般。

福特曼智能雖低，戰鬥直覺卻不錯。古諾姆既然獲得了威格的細胞，那麼如果只是扯斷他手腳或弄傷他，他仍會再生。福特曼本能上明白這類攻擊沒有意義，因而決定累積傷害、消耗他的精力。

古諾姆發現福特曼比想像中更強，也感到不知所措。

（怎、怎麼可能？我是妖魔族將領，豈會輸給這種無名小卒！）

他獲得肉身後戰鬥力大增，然而卻被對手壓著打。

這個狀況令古諾姆困惑不已。

「你、你到底是什麼人啊——？」

「我？我叫福特曼，是中庸小丑幫中的『憤怒小丑（Angry Pierrot）』，請多多指教！」

福特曼故作殷勤地行了一禮，親切地報上名號。

那從容的態度狠狠觸怒古諾姆。

蒂亞也接著對他窮追猛打。

「人家也要自我介紹！人家叫蒂亞，是中庸小丑幫中的『淚眼小丑（Teardrop）』！你和福特曼打完，就和人家玩玩吧！」

她的口吻很可愛，卻顯露出邪惡意圖。
蒂亞的實力雖然不及福特曼，但也挺強的。其存在值約一百萬出頭，此外她的獨有技更是堪稱凶惡的殺手鐧。
她現在按兵不動。萬一福特曼敗北時，就輪到她出場了。
蒂亞期待著那一刻到來，繼續旁觀福特曼的戰鬥。
福特曼的猛烈攻勢再度展開。
他又揍、又踹、又砸，像貓玩弄老鼠般，將古諾姆逼到絕境。
古諾姆心急如焚。
福特曼和蒂亞面帶冷笑。
在一旁觀戰的卡嘉麗極其冷靜地分析局勢。
（糟糕透頂，這樣下去我們毫無指望。就算我方在這場戰鬥中勝出，這個叫古諾姆的也不過只是個小嘍囉。縱使我方有蒂亞，可能也無計可施。）
卡嘉麗瞄了優樹一眼。
（連優樹大人都打不過的對象，蒂亞不可能贏得了……）
而且要在物理上消滅天使或惡魔本來就不可能。如果有特殊權能當然另當別論，但就算在此殺了古諾姆，他也會復活。
從他獲得威格的細胞那一刻起，他連在物理上也很難死亡。更何況他死亡後也有極高機率復活，這麼說起來，這場戰鬥實在沒有意義。
到頭來卡嘉麗等人無論如何都會輸。僅僅理解到這點，卡嘉麗便感到一陣空虛。

「好了，福特曼。遊戲到此結束。」

「哦？這樣就夠了嗎，會長？」

「夠了，反正我們也逃不出去。若能破壞那座大門再好不過，但看來不太可能。」

根據迪諾的說法，這裡是名為「天星宮」的封閉世界。要有「鑰匙」才能通過大門，卡嘉麗等人沒辦法取得那東西。

一籌莫展了。

古諾姆見到卡嘉麗的愁容，大笑起來。

「哈、哈哈哈哈哈！沒有錯。既然妳理解這點，那就好談了。妳只要作為道具拚命工作就行了。這樣我也會將妳當作能幹的部下，好好珍惜。」

見福特曼停下動作，古諾姆立刻理解狀況。他沒想到自己會輸給福特曼，不過看樣子福特曼的主子倒挺聰明的。

只要收服了他們的主子，福特曼和蒂亞就只是人偶。那麼古諾姆就能維持高高在上的地位。

古諾姆心裡這麼盤算，恢復了自信，下個瞬間卻整個人籠罩在一股強烈的死亡預感之中，因而恐懼不已。

「太難看了，古諾姆啊。看來真不該賜予你『名字』。」

大門不知何時已然敞開，出現三道人影。

其中一人有著宛如閃亮星空般的漆黑長髮，以及出眾的美貌，他正是「三妖帥」之首的札拉利歐。

札拉利歐歸來後，隱去氣息默默觀察古諾姆的言行。而古諾姆那狼狽的樣子令他既傻眼又失望。

迪諾的同伴，皮可與卡拉夏離開札拉利歐身邊，走向迪諾。

望向古諾姆。

「嗨，辛苦啦。」

「哈囉。我們辛苦外出工作，你們卻在這邊打架？」

「喂喂，發生什麼事了？」

兩人壓低聲音詢問，迪諾只聳了聳肩說：「就像妳們看到的這樣。」她們意識到迪諾無意說明，便

「札、札拉利歐大人？」

「不准喊我的名字，這樣會玷汙我。」

「怎、怎麼會！請等一下，這是誤會——」

「誤會的人是你。我說的話就是正義，不可能有誤會。」

「您、您說的……」

若迎合他，等於承認自己的過錯；若否定他，等於要與之敵對。

古諾姆一下子陷入兩難，想不到該如何脫身。

「和你比起來，不，連比較都嫌失禮。總之對我來說，這個菲德維撿回來的傢伙更有利用價值。」

札拉利歐語氣平淡，沒有任何情緒起伏。但是古諾姆卻從中感受到不祥的徵兆，拚命大喊道：

「請等——」

然而，一切都已經太遲了。

高潔的札拉利歐最討厭愚蠢之人。

「你的罪行就是誤判自身的價值。考慮到你侍奉我多年，這次網開一面，只消滅你的『人格』。」

札拉利歐冷酷地說道。

（消滅他的「人格」——？）

卡嘉麗大驚失色。

「不要！拜託……拜託別這麼做。饒了我……饒了我吧，札——」

札拉利歐無法容忍古諾姆喊自己的名字。

「天罰轟雷（Jupiter）。」

他的指尖冒出一道閃光。

神之雷灼燒著古諾姆。

其身體毫髮無傷，然而心核卻湧入毀滅性的大量資訊，彷彿格式化般被寫入新的「人格」。

這力量實在太誇張。

札拉利歐在菈米莉絲的迷宮裡並沒有拿出真本事。

卡嘉麗見識到這股力量後，更明白自己所處的狀況有多絕望。

（沒救了，根本沒辦法和這種人打。迪諾雖然也很強，但這傢伙……是金和蜜莉姆那個等級……）

簡直不同次元。

所以卡嘉麗決定放棄一切抵抗。

「那麼，我們會怎麼樣？」

卡嘉麗無懼地問道。

她心想就算被處理掉也無所謂，但直到最後還是要保持尊嚴。

「不會怎麼樣。古諾姆好像給妳添了麻煩，但我不打算道歉。」

「咦？」

札拉利歐輕描淡寫地帶過，反倒讓卡嘉麗感到困惑。

不過札拉利歐覺得自己只是實話實說罷了。

撿到卡嘉麗的雖然是近藤中尉，但那是出於菲德維的旨意。他利用米迦勒授予的權能，讓卡嘉麗創造出他們用以依附的肉身。

而這個目的順利達成，儘管只創造出九具，但都非常完美。

札拉利歐等人是至高的存在，依附用的肉身必須經過挑選。若和現在用的暫時性肉身一樣，使用普通人類或魔物的肉身，可能會無法承受他們的力量而崩毀。

始祖們之所以互相競爭依附用肉身，也是這個道理。

正因無法輕易在物質世界現身，所以才沒辦法隨心所欲展開侵略計畫。

這時卡嘉麗恰巧出現，他們便想到可以利用妖死族的肉身。縱使必須實際試過，但結果可謂非常令人滿意。

另一個方案是利用威格的身體，試過後卻發現古諾姆失控暴走。見古諾姆性情大變，札拉利歐便判斷這麼做是失敗的。

相較之下，妖死族並沒有自由意志。而福特曼也證明了妖死族的力量足夠強大，札拉利歐因而認為他們應該是合格的肉身。

「但還是別用威格的身體。古諾姆本來是個謹慎的人，威格的身體似乎對他造成了不良影響。」

聽見札拉利歐喃喃自語，卡嘉麗暗自思索。想著想著，一不小心就回應了札拉利歐。

「威格是個貪婪的人。他和『力量』這個稱號十分相稱，吸納各種欲望，讓自己不斷變強。」

「哦？」

卡嘉麗心想糟糕，但為時已晚。

札拉利歐默默施壓，要她說下去，她只好繼續陳述自己的推論。

「威格很單純。服從強者，吞食弱者。性格雖卑劣，但仍有自己的信念。所以才會這麼強。」

就算輸了也不以為恥，沒有勝算時就忍辱求全。只要能夠活下來等待下次機會，就是勝利。

所以威格從來不認為自己輸過。他將那些放過自己的人視為傻子，認為將來有勝算時再復仇就好。

這就是卡嘉麗對威格的評價。

（不過若論貪婪，他還比不上優樹大人。）

優樹能掌握威格的個性，並加以有效運用。他強韌的精神連卡嘉麗也敬佩不已。

「原來如此。所以妳的意思是，威格那貪婪的特性，可能已滲透至他每個細胞之中了嗎？」

卡嘉麗原以為自己說明得還不夠清楚，札拉利歐卻正確說出結論，她聞言點了點頭。

「沒錯。老實說我並不建議你們讓他的細胞增殖，利用他的身體。」

「我會參考妳說的。」

札拉利歐說著將目光移向城堡。

「原來如此……看來他派不上用場了。妳也跟我來。」

「咦？」

卡嘉麗反問，但札拉利歐已邁開腳步走向城堡。存在感變得薄弱的古諾姆也自動跟在他身後。

她猶豫了一下該怎麼做，最後判斷違抗他不是個好主意。

「你們也跟我來。」

「明白了。」

「好的～！」

卡嘉麗領著福特曼與蒂亞，追在札拉利歐後頭。優樹也以一副理所當然的樣子跟隨卡嘉麗。

現場只剩迪諾等三人。

「怎麼辦？」

「反正不關我們的事，不用想太多。」

「也是呢。」

「我就知道你們會有這種反應。皮可也別對迪諾太言聽計從。如果連妳都變廢，我就傷腦筋了。」

「好～」

「喂喂，說得好像我很廢一樣？」

「你本來就很廢。」

「你就是個懶惰天使，簡稱墮天使！」

「白痴啊！這笑話聽了很煩，一點都不好笑！」

他們在沒有其他人的涼亭，說著這樣的對話。

＊

卡嘉麗進到城內，被那股莊嚴之感深深打動。

讓渡給克雷曼的那座城堡已極盡奢華，但來到這裡之後她才知道還差得遠。就連她許久以前住的王城也相形失色。

「真壯觀呢。」

「當然，這座城堡可是維爾達納瓦大人的居所。」

她沒想到札拉利歐會回話，對他有些改觀。

札拉利歐意外地好溝通。

卡嘉麗想著這些事，並抵達目的地。

那個房間設有兩個大型培養槽。

看起來像一間實驗室。

房內有五名男女，圍著其中一座培養槽。

裡頭浮著人形般的物體。

仔細一看，那東西和威格非常像。

那些人察覺札拉利歐到來，便轉過身低下頭。

其中一個男人代表眾人向他問安。

「札拉利歐大人，歡迎回來。」

男人名叫達利斯。

嚴格來說，妖魔族沒有性別，但他過去還是智天使時就以男性外表服侍札拉利歐，堪稱札拉利歐的心腹。

札拉利歐微微點頭，對他下令。

「計畫中止。」

「遵命。」

達利斯沒有過問原因。他認為札拉利歐無論說什麼都是正確的，底下的人只要遵從就好。這就是為什麼人們說天使自我意識薄弱。或許正因如此，古諾姆才會輕易被威格侵蝕。

「難得給了你們名字，這下可能沒意義了。」

「不好意思，請問我們做錯什麼了嗎？」

「不，你們沒做錯。是我期待過頭。」

札拉利歐盡全力解決問題，但並不奢望一切都能有完美的結果。他要求自己正確地評價實驗成果，以便今後可以運用。

因此無論結果如何，他的心情都不會受影響。

達利斯很怕讓札拉利歐失望。

所以他儘管感到不甘，仍遵從札拉利歐的指示。

他命令部下古諾姆和培隆讓培養槽停止運轉。

與達利斯地位相當的妮絲也無異議，命令自己的部下貝姆和桑過去幫忙。

順帶一提，達利斯是男性，妮絲則是女性。

其他人和古諾姆一樣曾是座天使，沒有明確的性別。不過，如札拉利歐所言，他們最近剛獲得「名字」，人格產生了特色，因此開始有自己的個性，但還在發展階段。

與札拉利歐同為「三妖帥」的柯洛努有個部下在入侵其他世界時，依附在當地人身上，反而被奪走主導權。三妖帥認為可能是因為自我太過薄弱所致，便決定授予曾是天使的幹部們名字作為對策。

可是，幾十年過去，變化微乎其微，札拉利歐判斷他們不會再成長。

所以才開始尋找適合依附的肉身。

（——原以為培養威格肉體的方案可行，沒想到他連細胞都充滿邪念。這下只能利用剛創造出的妖死族了……）

數量有九具。

足夠現今在這裡的高階人員使用。

然而，菲德維希望戰力能再增強，因此打算叫米迦勒使出「天使大軍」。屆時不會召喚無數天使，而是集中能量創造出數名熾天使。

因此才需要妖死族。

札拉利歐的部下們就連心腹達利斯都只是高級第二階。為了創造不可動搖的強大戰力，妖死族應該留給熾天使使用。

（算了，也不曉得到時候能召喚出幾個，沒必要窮緊張。之後再和菲德維討論這件事。）

札拉利歐心裡這麼想，準備離開實驗室。

這時卻傳來玻璃碎裂的聲音。

培養槽被人破壞。

「等等。不可原諒，竟敢把本大爺的手臂扯斷！就是你吧？快點還來！」

裝置停止導致威格清醒，動了起來。

他的目標正是與自己細胞融合的古諾姆。

「唔噗、唔唔唔——唔喔！」

誰都沒能來得及阻止，威格的手臂就抓住了古諾姆，逕自開始融合，最後古諾姆便被威格吸收。

「喔喔，真好吃！力量、力量不斷湧現啊！」

威格欣喜若狂。

古諾姆體內蘊含大量魔素，威格吸收後感覺到那些魔素讓自己實力大增。

「呼哈哈哈哈！不錯不錯。現在的本大爺無論遇到什麼敵人——唔！」

沾沾自喜的他和札拉利歐對上眼後立刻安靜下來。

「我聽說過你。看要乖乖當我們的同伴，還是在這裡和我打一架，你自己選擇。」

聽見札拉利歐這麼問，威格想都不想就回答：

「嘿嘿，抱歉啦，不小心得意忘形了。當然是聽你的。」

為了活下去低聲下氣到這個地步，著實令人驚訝。

不過這個反應在札拉利歐意料之內，所以他並未感到傻眼，只覺得「果然如此」。

失去古諾姆固然可惜，這卻讓威格變得更強。

接下來的戰事中需要的不是人數，而是個人的實力，因此實力強大的夥伴愈多愈好。

而且古諾姆才剛失去自我，不是個好利用的棋子。趁現在拿來增強威格的實力反而比較好。

儘管這樣對長久侍奉自己的部下過於冷酷無情，但這就是札拉利歐真實的想法。

既然札拉利歐都同意了，其他人自然沒有意見。

他們就這樣原諒威格的暴行，將他當作自己的同伴。

在旁看著這一切的卡嘉麗感到目瞪口呆。

威格的態度雖然也有問題，但她更搞不懂札拉利歐在想什麼，為何能輕易原諒威格。

而且他的反應和優樹又不一樣，卡嘉麗完全摸不透他的心思。

優樹深知威格的危險性，加以巧妙利用。然而札拉利歐——

（他根本不覺得威格危險。所以他的實力遠勝威格嘍？）

卡嘉麗僅從狀況推斷出這點，她的推斷是正確的。

即使是現在的威格，札拉利歐也不放在眼裡。連自己的部下，他都只當成還算堪用的道具。

但這不是傲慢。

因為札拉利歐的認知正確無誤。

能夠精準掌握各種資訊的他，和傲慢這個詞八竿子打不著邊。可是卡嘉麗不知道這一點，因而困惑不已。

「哦，這不是卡嘉麗嗎？優樹也在啊。咱們畢竟是舊識，好好相處吧。」

威格認出卡嘉麗，向她搭話。

現在的卡嘉麗打不過威格。而且，就算蒂亞和福特曼一起上，大概仍與威格不相上下。優樹的自由意志也遭人剝奪，還是暫時與威格和平共處才是上策。

「是啊。我們的立場跟之前變化很大，今後好好相處吧。」

「好啊。話說這是什麼地方？」

「好像叫『天星宮』。不可能逃出去，只能聽他們的。」

「這樣啊。不過也沒必要逃，反正他們需要本大爺的力量，乾脆享受這個狀況吧。」

卡嘉麗真羨慕威格這麼單純。

雖然札拉利歐沒有惡意，但支配優樹那些人的意圖不明。

禁忌咒法「妖死冥產」應該能作為卡嘉麗等人的王牌，不過她對此不太有把握。

畢竟該儀式需要好幾萬具屍體，不容易執行。

（必須設法讓對方認為我們是有用的。就算得竭盡全力巴結對方，也要活下去。）

卡嘉麗心裡這麼想。

他們已走到這步，不可能放棄自己的野心。她決定將這一刻當作蟄伏階段，暫時將自尊拋在一邊。

接著，這份決心很快就遭遇考驗。

米迦勒和菲德維回來了。

＊

城堡中央有個謁見廳。

王位上沒有坐人，長久以來一直空著。

大廳裡擺著許多椅子，所有人各自就座。

米迦勒坐在最靠近王位的位置，菲德維則站在他旁邊，睥睨在場所有人。

除了札拉利歐等人之外，卡嘉麗一行人也在。

迪諾他們也沒有偷懶，乖乖報到。

剛被創造出的妖死族也被帶到現場。

不只如此。

原本待在「妖異宮」的歐貝拉和她的心腹也突然被叫來。

歐貝拉的心腹只有一人，名叫歐瑪。

其他人全在與幻獸族交戰時喪命。從這點也可看出，歐貝拉被分派到的是最為嚴峻的戰場。

歐瑪成為妖魔時失去雙眼，相對地獲得了一隻能看穿一切的獨眼。嘴巴上也留著縫合痕跡，因此是透過「念力」而非語言與人溝通。

儘管長相嚇人，歐瑪過去曾是智天使，長久以來跟在歐貝拉身邊，是個身經百戰的戰士。

菲德維帶來的不只歐貝拉等人。

此外還有蟲魔族。雙方曾經歷過天荒地老般的漫長戰鬥，如今已結為同盟關係。

蟲魔王塞拉努斯率領心腹十二蟲將一同前來。

不過十二蟲將現在只剩八人。

缺席的其中一人是西方守護神蘭斯洛。兩千多年前在塞拉努斯命令下入侵基軸世界，卻背叛塞拉努斯，和「勇者」格蘭貝爾結為盟友。他正是被紫苑和蘭加打倒的蟲型魔人。

另一人是美納莎。皇帝魯德拉答應將世界的一半讓給塞拉努斯，塞拉努斯因此派她協助魯德拉。而她碰巧也敗給了紫苑。

剩下兩人是剛出生、準備接替前任的幼體，因故逃亡。其中一人還是塞拉努斯的直系，他因而命人暗中搜索……現在仍下落不明。

而在場八人和蘭斯洛、美納莎一樣，個個都具備能與覺醒魔王匹敵的戰鬥能力。

其中蟲將之首——塞斯為塞拉努斯的直系，實力遠超越其他同伴。他是札拉利歐的勁敵，兩人曾拚盡全力展開殊死搏鬥。

剩下七人的實力都在伯仲之間。

具備蜜蜂和蝗蟲特徵的彼特霍普。

猶如蜈蚣擬人化的姆吉卡。

螳螂般的提斯霍恩。

有著蜻蜓翅膀的金龜子——托倫。

背上長著蜘蛛腳的阿巴特。

毒蠍薩里爾。

宛如蟻蛉般美麗的比利歐德。

這些別具特色的強者們全都不發一語地佇立著。

他們散發出的壓迫感，使寬敞的會場感覺變得狹窄。

卡嘉麗儘管害怕，仍決定順應形勢的發展。

全員到齊後，與米迦勒的會面正式展開。

「各位，魯德拉的消失讓米迦勒大人得以成為自由之身。我們也成功放逐維爾格琳，踏出復活維爾達納瓦大人的第一步。這樣一來計畫——」

這時，札拉利歐上前發言。他本來不該打斷上司菲德維的談話，但這次事態緊急。

「菲德維大人，請等一下。您的認知似乎和事實有些出入。」

札拉利歐這句話讓原本心情愉悅的菲德維臉上失去笑意。

「——什麼出入？」

菲德維有些不耐煩地問道。

「維爾格琳還活著，而且消滅了柯洛努。」

「「「──唔！」」」

聽到這個發言，連塞拉努斯也微微嚇了一跳。

菲德維不悅地皺起眉頭。

魔王利姆路這個新冒出來的攪局者雖然礙眼，計畫仍順利進行。金．克林姆茲與利姆路．坦派斯特或許會構成阻礙，但復活維爾達納瓦一事指日可待。

殘存在人間的三名「龍種」中，維爾格琳的因子已經到手。菲德維等人也擬好計畫，準備奪取剩下兩名的因子。

然而，若札拉利歐所言屬實，意味著他們的計畫已徹底被打亂。

像在為這段話背書般，柯洛努的氣息果真消失了。無論在此處「天星宮」或在異界的「妖異宮」都感受不到柯洛努的存在。

「你確定嗎？」

「是真的。柯洛努的消失導致計畫失敗，我們不得不撤退。我沒想過你的計畫會失敗，但問題或許還是出在你太過輕敵。」

迪諾代替札拉利歐回話。他趁機將計畫失敗的責任推到菲德維身上，腦子動得比札拉利歐還快。

札拉利歐也默認了。

他並不完全贊同迪諾的意見，但認為沒必要出聲反對。札拉利歐雖是個公正無私、嚴以律己的人，不過也懂得變通。

菲德維看見他們的反應，只好相信這是真的。

……………

……

出乎意料的狀況讓菲德維惱怒起來。

不過他頭腦清晰，很快就開始思考對策。

首先最重要的就是取得「龍種」。

維爾達納瓦需要「龍之因子」才能復活，因此這件事當然比什麼都重要。

幸好他們已取得維爾格琳的因子。

雖未想到她會回到這世界，但這並非最糟的狀況。不過仍可說是一次嚴重失誤。

（我大意了。原以為她會消失，便收回她的權能，結果連「支配迴路」也跟著消失。將她放逐到其他時空就是為了防止她復活後與我們為敵，這下反倒多了個棘手的敵人……）

當時的維爾格琳已失去大部分力量，「龍之因子」也被奪走，眼看隨時會消失。

所以米迦勒便收回「救贖之王拉貴爾」，他們萬萬沒想到這麼做竟間接導致柯洛努被消滅。

（算了。只要維爾達納瓦大人能復活，其他一切都不重要。別管維爾格琳了，先讓維爾薩澤加入我們吧。）

這次要小心別讓維爾薩澤消失，並讓她保有一定程度的自由意志，將她收為同伴。這樣既能對付維爾格琳，又對捕捉維爾德拉有所助益。

將維爾薩澤納入陣營後，下一步該怎麼做？

原定立刻去追捕維爾德拉，但似乎有必要再想想。

（現在連維爾格琳也與我們為敵，我方勢必得重整戰力。即使單憑我和米迦勒或許能應付過去，但還是大意不得。）

迪諾才剛責備他太過輕敵。

因此菲德維決定大幅變更原始的作戰計畫。

…………

…………

……

「如此一來，我們也得盡快採取行動。先將維爾薩澤搶過來吧。這次別將她放逐到其他時空，而是留下來當作同伴好好利用。」

「也只能這麼做了。為保險起見，我們要盡力消除不確定因素，取得三名『龍種』後就著手進行最終儀式。」

米迦勒聽菲德維這麼說，也點頭同意。

維爾薩澤擁有維爾達納瓦贈與的究極技能「忍耐之王加百列」。換言之，「支配迴路」對她有效，應該能順利將她收為同伴。

問題是之後該怎麼做。

米迦勒打量在場所有人。

「雖然不一定有其必要，但所有人都該取得肉身。這樣才有辦法應對任何可能的狀況。」

「說得也是。還是暫緩追捕維爾德拉，先做好萬全的準備再說。」

菲德維和米迦勒自己討論起來，並得出結論。

札拉利歐預料到這個結論，便提出報告。

「關於這點，我有一件事要稟報。」

「什麼事？」

「我們嘗試利用站在那邊的威格製作依附用的肉身，最後失敗了。看來附身在妖死族身上才是最可行的。」

「嗯，這樣一來只有九具。要讓誰附身還是個問題呢……」

菲德維陷入沉思。

這時塞拉努斯說話了。

「那什麼妖死族就隨你們用吧，我們不需要。」

蟲魔族必要時能讓魔素凝固，創造肉體，因此在任何世界都能來去自如。有妖死族的肉身更方便，沒有也不成問題。

事實上，美納莎就是這樣。

她藉由吸取另一個世界的物質獲得肉體，她召喚來的蟲型魔獸也具備同樣的性質。

因此要跨越世界十分困難，然而一旦成功跨越到不同世界，就能百分之百發揮那強大無比的力量。

這次的「橫渡世界」問題已經解決。

塞拉努斯當然會選擇讓步。

既然不必顧慮同盟對象，那麼只要從妖魔族中挑選即可。

正確的作法是從強者，與派得上用場的人之中做挑選。

「『三妖帥』中的札拉利歐和歐貝拉是固定人選。剩下七個名額就由幹部們填補吧？」

「關於這點，我也有些意見。」

「你可以自由發言。」

「感謝您。」

迪諾心想：「就這點看來，札拉利歐還真認真，跟我不一樣呢。」

札拉利歐得到許可後，娓娓道來：

「智天使以下的妖魔族們意志薄弱，和我們『始源』不同。在異界還能以蠻力戰鬥，但在接下來的戰爭中，恐怕無法成為合格的戰力。」

「嗯，那你認為該怎麼辦？」

「是的，不如交由自然決定他們的優勝劣敗吧。」

札拉利歐對部下們不抱期待。

柯洛努的部下在侵略異世界時，反被自己依附的人類所掌控，喪失自我。

而這次古諾姆也受到區區威格的細胞影響，導致情緒失控。就算將珍貴的肉身交給這些人，他們也無法在今後的戰爭中有所貢獻。

「會來攪局的人還有很多。除了維爾格琳和維爾德拉外，魔王們也還活著。那些討人厭的惡魔們也可能來搗亂。因此只會聽從命令的道具——」

「毫無價值，是嗎？」

「是的。」

菲德維點頭認同札拉利歐的發言。他內心也有同樣的擔憂。

（沒錯，強韌的意志才是重點。倘若他們沒有強烈的願望，就算給了他們究極技能也沒意義。相反地——）

即便對方的自我再怎麼強，只要給了他究極賦予「代行權利(Alternative)」，就不用擔心他會背叛。

菲德維望向米迦勒，恰巧和他四目相接。看來他有不同意見。

「您有什麼想法？」

「寡人認為還是用『天使大軍』召喚熾天使，讓他們附在妖死族身上最保險。」

「這樣也行，但是能召喚幾位、召喚來的天使具備怎樣的意志，仍是未知數。」

「最多需要七名。然而熾天使是否具備意志，要等召喚來了才知道。」

若讓熾天使附在妖死族身上，戰力應該能超越覺醒魔王。但令人擔憂的是他們意志力的強弱。

確立自我需要經年累月的時間，菲德維等人也是如此。

為了應急創造出的戰力沒有意義——這就是菲德維的結論。

這時塞拉努斯又說話了。

「有趣。要是有多出來的熾天使，就由我和我的孩子吃掉吧？」

「嗯……」

菲德維思考他的提議。

雙方現在雖然是合作關係，但只是因為利害一致。若任何一方達到目的，很可能立刻變回敵人。

他不太願意讓這樣的對象變強，但若要讓世界毀滅，這是個好方法。

「現在無法做決定，到時候再說。」

「好吧，不勉強。」

熾天使的事容後再議，回到該讓誰擁有肉身的話題上。

「那麼這些肉身還是讓札拉利歐他們用吧？」

「沒問題。我贊同菲德維的意見，應該先消除不確定因素。」

「沒有異議。」

於是雙方陣營達成共識。

「確定採用札拉利歐的提議。你們也沒意見吧？」

菲德維詢問自家陣營的人們。

雖是問句，但事情已定。若在這時提出異議可能會被視為怯懦，因此達利斯等人當然不會反對。

就這樣，眾人決定讓札拉利歐他們附在妖死族身上，並解放其肉身內原有的意識。

*

方針確定之後，附身儀式便開始執行。

這次獲得肉身的有札拉利歐和五名部下，還有歐貝拉與歐瑪。

負責讓妖死族產生自我意識的，則是卡嘉麗。

（這樣會多一具妖死族，他們打算怎麼做？）

卡嘉麗想著這問題時，碰巧和菲德維對上眼。

「話說妳叫卡嘉麗是吧？近藤死後，妳也從支配中解放。今後有什麼打算？」

來了——卡嘉麗繃緊神經。

「你們能放我走嗎？」

卡嘉麗不確定對方允許她發言到什麼程度，因而小心翼翼地詢問，卻得到一個意外的答覆。

「這場儀式結束後，妳想走就可以走。」

「其實創造出依附用的妖死族時，妳的任務就已經完成了。妳立下很大的功勞，讓妳如願回到人間沒有問題。」

「咦？」

騙人的吧——卡嘉麗困惑不已。

原以為最起碼會被監禁，最糟甚至可能被處決。

然而對方卻說可以放她走。

菲德維應該沒有說謊。他不必用這種迂迴的方式與人交涉。

雙方實力差距顯著，卡嘉麗又毫無利用價值，對方沒理由欺騙她，因此她判斷菲德維所言不假。

既然這樣，卡嘉麗便抱著如履薄冰般的心情提出另一個請求。

「那麼可以解除優樹大人的支配，讓他和我們一同離開嗎？」

米迦勒回答了她的問題。

「這就沒辦法了。因為神樂坂優樹的究極技能『貪婪之王瑪門』對寡人來說很有用。」

米迦勒掌控著優樹，對他而言，優樹個人的戰鬥能力不是重點，但其權能的利用價值很高，因而拒絕釋放優樹。

卡嘉麗明白這點，所以沒再央求下去。

（怎麼辦？逃跑是正確的嗎？）

她還在思考時，菲德維繼續說道：

「我可以將妳和後方那兩人送回人間。但是基軸世界很快就會陷入混亂。我憎恨地面上所有人。為了達成目的，雖然不必犧牲所有生靈，但與攪局者們展開的大戰勢必會讓人間陷入火海。不過這是他們罪有應得。維爾達納瓦大人所愛的人們辜負了祂的愛，當然要被制裁。」

菲德維語氣平淡，卡嘉麗卻聽得背脊發涼。

所謂人間陷入火海，大概意味著戰火會蔓延至全世界。那麼就算逃出去也未必安全。優樹仍受控制，倘若在場這些無敵強者大鬧起來，地面上肯定沒有安全的地方。

更重要的是──卡嘉麗思索著。

（我們希望創建一個大夥兒愉快生活的國家。在此情況下懷抱這個心願，未免太不切實際。事到如今，更重要的是生存下去。因此必須擁有力量──）

這或許不是個明智的判斷。

然而此時的卡嘉麗認定這是唯一的正確答案。

因此──她提出請求。

「請賜予我一具妖死族的肉身。此外如果可以，希望能讓熾天使依附在我身上──」

卡嘉麗許下心願。

她要捨棄現在這副脆弱身體，成為妖死族。還要將熾天使納入體內，獲得強大力量。

她需要力量。

有了力量，就不會再被奪走任何事物。

卡嘉麗這番話沒有任何說服力，不過也沒人反對她。

迪諾露出傻眼的表情，但什麼話都沒說。

札拉利歐和歐貝拉一切聽從米迦勒的決定。

而蟲魔族一副事不關己的樣子。他們對弱者不感興趣。

這時米迦勒點了點頭。

「好啊，挺有趣的。不過妳絕不能背叛。若妳願意接受寡人的究極賦予，寡人就實現妳的心願。」

「我發誓絕不背叛，並且願意受您支配。」

契約成交。

……………

…………

……

要讓妖死族萌生自我意識，就要喚醒其肉身中的人格。

有時是最強的意識勝出，有時會由幾種意識混合成新的自我。

卡嘉麗也不知道結果會如何。看蒂亞和福特曼就知道，要召喚出特定人格十分困難。

因此這對卡嘉麗而言也是場賭博，無法確定自己的人格能否勝出。

但她已做好心理準備，即使如此也要獲取力量。

她先讓八具妖死族的自我覺醒，再讓自己依附的那具覺醒。接著脫離人造人(Homunculus)的身體，轉移至妖死族身上。

儀式就這樣結束。

結果究竟如何——

…………

…………

……

札拉利歐甦醒過來。

他感覺自己多了一層肉身鎧甲，連在基軸世界也能發揮強大力量。

歐貝拉甦醒過來。

她知道自己的崇高意志不會輸給任何人，便懷著自傲，證明了這一點。

達利斯正想醒來時，發現自己體內有另一個人格。他叫東尼奧德，是個上進心很強的男人。達利斯感覺到他的戰士技能融為自己的一部分，自己的存在感也變得更為強烈。

妮絲醒來。

她依照命令變得更強，其他什麼都沒變。仍有一個穩固的自我。

歐瑪醒來。

不屈的意志仍在，並將一個與自己性格類似的存在涵納其中。那人似乎叫傑洛，如今已成了歐瑪的血肉。

她們，奧露卡・艾莉亞醒來。

一副肉體中同時具備艾莉亞的魔法師知識，以及奧露卡的戰士力量。兩個人格共存，並轉變為魔法戰士。而札拉利歐的部下，桑的人格一點都沒留下來。

阿里歐斯醒過來。仍然保有獨有技「殺人者」。他無法放下被達姆拉德殺害的仇恨，為了變得更強而復活。

古城舞衣醒來。

她不能死。她病弱的弟弟還留在另一個世界，她本來生活的世界。所以她發誓一定要回去。

到此一共八人醒來。
還剩下一個人。
然而「她」仍處於深深的睡夢中……

*

卡嘉麗作了個夢。
一個令她非常懷念的夢。
是她身為魔王卡札利姆時的夢嗎？
不是。
是更久更久以前，她還是少女時的夢。
如今已想不起當時的名字，只記得自己是個幸福的公主。
他們的國家建立在純血人類（High Human）開創的文明遺址上。那裡有大河、繁茂的森林和土壤肥沃的平原，利用天然要塞與古代超魔導帝國的遺跡，打造出一座長耳族（精靈）樂園——超魔導大國，生活極盡奢華。
然而——她的父王卻突然瘋了。
卡嘉麗記憶中的他個性溫和而沉穩。
沒想到——
原本被美譽為英明風精人君王的他，有天突然變了個人，自己改名換姓，開始自稱魔導大帝「傑西爾」。

後來的事卡嘉麗記不太清楚。

只知道傑西爾無比殘暴。

他壓榨人民，一味追求自身的榮華富貴。

不斷重複愚蠢的實驗，創造出各種惡夢般的產物。

卡嘉麗也是其中一名受害者。

身為風精人的她被奪去了力量。

而後慘遭殺害，作為妖死族重生。

並且被迫獲得醜陋的外表與「卡札利姆」這個名字。

美麗的容貌蕩然無存，變成一副宛如被詛咒的模樣。

她全身的骨頭被腐肉包覆。或許因為經過乾燥，身上並沒有腐臭味，這可能是唯一值得慶幸之處。

很少人知道這個祕密。

卡嘉麗難過不已，開始用面具遮掩自己的外貌。

「您為什麼要做這種事——？」

「嘿嘿嘿嘿！因為好玩啊。妳該高興才對。老夫殺了好幾萬人才讓妳活過來呢！嘿嘿嘿嘿！」

簡直是場惡夢。

她不懂溫柔的父親為何會變成這樣的魔鬼。但既然現實已是如此，再怎麼難過也沒用。

「父王！您要怎麼對我都無所謂。但請像以前一樣體恤人民——」

「閉嘴！連妳也要愚弄老夫？女兒果然不中用。老夫可不能和那位大人犯同樣的錯。雖然在妳體內植入了對老夫忠誠的心，還是不可信！卡札利姆啊，從今天起你就以男人身分活下去。聽懂了嗎？」

那是不容質疑的命令。

傑西爾對卡嘉麗的話置若罔聞，單方面結束對話。

沒被殺已經算不錯了——不，傑西爾已經殺過她一次，使她轉變為忠誠的傀儡，正因她是有用的道具，所以才沒把她扔掉。

卡嘉麗便在那時與自己心中的父親訣別。

後來每天都宛若惡夢。

原以為傲慢的魔導大帝傑西爾的奢華生活會無止境地持續下去，但結束的一天還是來了。

他犯了個愚蠢的錯誤，為了將龍皇女蜜莉姆當作傀儡而激怒她。

超魔導大國的首都「索瑪」一夕之間變成廢墟。

傑西爾生死不明。

他不可能在那陣爆炸中存活，卡嘉麗因而推斷他死了。因此比起一個死去的男人，她決定優先考量那些自己重視的人。

總是溫柔地陪在她身邊的侍女們。

在她成為戰士後，追隨她的騎士們。

原本過著幸福生活的那些親愛的子民們。

她想著自己所愛的人們，發動禁忌的法術。

禁忌咒法「妖死冥產」——她曾當過實驗對象，因而學會這套理論。

法術完成後，成功創造出蒂亞、福特曼和克雷曼。

他們是卡嘉麗最最疼愛的孩子們，由她親自命名。

同時，她也得知了一個殘酷的事實。

由妖死冥產創造出的妖死族其實並不醜陋。是傑西爾刻意讓卡嘉麗一個人變醜的。

那個令她憎恨的父王傑西爾，僅僅是為了折磨她而奪走她的美貌。

即使知道這個事實，如今也不能改變什麼。

卡嘉麗的外貌是詛咒所為，沒辦法恢復。

不過，她創造出的孩子們不想讓她感到孤單。他們也戴起面具，分擔她的痛苦。

我不是孤身一人——卡嘉麗心中萌生了活下去的希望。

於是，各地倖存的長耳族集結至卡嘉麗一行四人跟前。

——我要復興自己的國家，打造出一個任誰都能歡笑度日的國度——

卡嘉麗暗自這麼下定決心。

然而這終究是虛無飄渺的夢想。

由於混沌龍（Chaos Dragon）來襲，當地遭受汙染，使那些仰慕卡嘉麗的人們全都因為詛咒變成了黑妖長耳族（暗黑精靈）。

卡嘉麗當時也假裝受到詛咒。事實上，卡嘉麗和蒂亞他們是妖死族，能夠抵抗詛咒……她再次認知到自己已和其他人不同，並感到難過。

還好她戴著面具，沒人發現真相，但這反而讓她更加悲傷。

值得慶幸的是她身邊仍有蒂亞他們。

後來，卡嘉麗等人捨棄故鄉，逃到遠方。儘管依依不捨，她仍帶著大夥兒一同遠行。

他們流浪了一陣子，終於找到下一個可以安身的地方。

大夥兒生活穩定下來後，卡嘉麗決定回故鄉看看。

她得回去取走留在那裡的財寶，更重要的是想再看看那片土地。

故鄉的都市雖已毀滅，但仍在她的記憶中閃閃發光。她想斬斷心中留戀，讓這份回憶成為繼續前進的養分。

卡嘉麗就此啟程，並在故土遇見了一個男人。

「你素怎樣……既然在旁邊看，怎麼不來幫窩？」

「別傻了，像我這種人怎麼敵得過那條邪龍？」

「太謙虛了。就窩看來，你也挺難對付滴……好痛——」

男人名叫薩里昂．格利姆瓦多——是將混沌龍趕出此地的「勇者」。

遺憾的是，與混沌龍的生死決鬥令他性命垂危。

「不要勉強，我這就幫你施予回復魔法——」

「不用了，沒用滴。窩中了混沌龍的詛咒攻擊，傷勢無法痊癒。窩試過幾種回復方式，還素這副慘樣哩。」

事實上薩里昂胸部以下的部位已然噴飛消失，讓人疑惑他怎麼還活著。但他仍能露出笑容，可見精神力十分強大。

「幫窩傳個話，說窩在此地戰勝了混沌龍，不愧『勇者』之名，光榮死去——」

「呵，還說什麼『勇者』。在你死前，我有個提議。我的禁忌法術或許能讓你活下去，不過可能會失去記憶，還可能變成這樣，你願意試試嗎？」

卡嘉麗說完拿下面具。

醜陋容貌隨即顯露出來。然而薩里昂見到後卻自信一笑。

「哦？你這人還不錯嘛。要是窩死在這裡，希爾維婭肯定會殺了窩。這樣想想，這提議對窩來說求之不得哩！」

「這樣好嗎？我是被詛咒之人。今後為了避免被迫害，就算幹壞事也在所不惜。既然你是『勇者』，我也做好成為魔王並守護大家的心理準備。而且這個禁忌法術一旦成功，你就會變成我的傀儡。」

「沒關係、沒關係，這樣也很有趣。窩素愛好自由的人，不會那麼容易被支配滴。而且不是說『勇者』和『魔王』之間有奇妙的因果循環嗎？這或許就是窩們之間的緣分。」

「呵，到了這種時候還在說笑，你真有趣。那就乖乖成為我的傀儡吧！」

交涉成立。

卡嘉麗以為薩里昂在開玩笑，但他說的是真的。於是在這心血來潮的決定下，薩里昂變成妖死族，繼續活下去。

「咒術王」卡札利姆和「享樂小丑(Wander Pierrot)」拉普拉斯就在這一刻誕生。

後來又發生了許多事。

他們取得了自己的領土。儘管與人類和亞人(Demi-human)的戰鬥極其慘烈，卡嘉麗最終還是撐過迫害，以「咒術王」卡札利姆之名崛起。

卡札利姆也被認定為魔王之一，穩定擴張勢力。

她推薦「獅子王（Beast Master）」卡利翁和「天空女王」芙蕾成為魔王，並與他們建立穩固的同盟關係。

一切是那麼地順利。

因此，她在不知不覺間產生了傲慢心理——

卡嘉麗下個目標是名叫雷昂的新銳。那男人在邊陲地帶自稱魔王，卡嘉麗打算挫挫他的銳氣，再將他納入麾下。

一看見雷昂，她便妒火中燒。

因為那個自稱魔王的男人實在太過俊美。

而她卻被魔鬼般的父王變得如此醜陋，連原有的性別也被奪走，為了生存苦苦掙扎——見到身為男性卻比女性還美的雷昂，她的腦袋不由得變得遲鈍，因而犯下了誤判對方實力的大錯。

卡嘉麗在雷昂的一擊下失去肉身，成了遊蕩的精神體（Spiritual Body）。

沒有消失已堪稱奇蹟。

她心懷怨恨。

但更多的是希望。

因此她想盡辦法求生。

她用殘存的「咒術王」之力，耗時許久為自身的復活做準備。

而後憑藉模糊的意識進行最後一次召喚——但是奪舍失敗。

計畫破滅，沒能得到肉身。

再來只能等待毀滅——

「——救救我，拜託救救我。我不想再被奪走任何東西。我只是想跟同伴過快樂的日子，為什麼會遇到這種事，為什麼偏偏是我——」

她感嘆自身的不幸遭遇，大聲呼救，然而無人回應。

卡嘉麗並非孤身一人，但沒有人伸出援手。

一路走來充滿苦難。

理想還很遙遠，她的職責就是率領眾人。

不能說任何喪氣話，必須隨時保持樂觀心態。

因此卡嘉麗不知從何時起，便不再相信自己能被拯救。

能夠信任的只有自己和心愛的同伴。她抱著這樣的想法而活。

然而，那名少年——神樂坂優樹卻——

「好啊。我看你好像累了，暫時在我體內休息吧。」

「——唔？」

卡嘉麗原本想殺了他，他卻對無人願意拯救的卡嘉麗伸出了援手。

多年過去——

她一面在優樹體內休息，一面陪他商量事情，並給他建議。

所幸她的獨有技「企劃者」在靈魂狀態下也能使用，不過難以應付的對象還是很多。

尤其是那個叫瑪莉安貝爾．羅素的女孩，令人頭痛到極點。

優樹是足智多謀的天才，卡嘉麗也對自身才智頗有自信。即使他們倆合力構思計策，要勝過瑪莉安貝爾仍無比困難。

他們在資金、人才等方面都輸給對方。儘管得到能享有自由的組織，決定他們是否自由的權力卻掌握在瑪莉安貝爾手中。

「一定要殺了那傢伙。要是不解決掉她，我們的計畫總有一天會受挫。」

「沒錯。那個披著女孩外皮的魔鬼已成為我們最大的阻礙。」

經濟圈的戰爭無法只靠戰鬥能力分出勝負。

瑪莉安貝爾年紀還小就已經這麼強。要是她長大成人，他們肯定在各方面都無法與之匹敵。

兩人下定決心後過了幾年，轉折的時刻來臨。

這裡指的並不是那可疑的史萊姆，魔王利姆路的誕生。

而是優樹體內的卡嘉麗終於獲得了人造人肉身。

優樹信守了承諾。

而且——

（這是我本來的模樣——）

優樹的體貼令她開心到想哭，但她還是維持著冷淡表情。原本想繼續使用男性口吻，卻被拉普拉斯阻止。拉普拉斯假裝揶揄她，實際上是在為她著想。

「感謝你，老大。」

卡嘉麗由衷地向他道謝。

得到肉身後，享受美食和點心成了卡嘉麗的一大樂事。

泡芙尤其美味絕倫。
她和同伴們度過了一段充滿歡笑的時光，何等幸福。
然而，這份幸福並不長久。
克雷曼死了。
再次失去重要的夥伴，讓卡嘉麗——還有夥伴們重新認知到一件事。
為了自身的幸福，非征服世界不可。
他們必須成為世界的支配者，讓世界步上正軌。
（愚蠢、傲慢又可愛的克雷曼，辛苦了。今後好好休息，默默守護我們吧。我一定會實現野心。）
卡嘉麗等人並非正義之士，但也不邪惡。
他們代表的是中庸。
正因如此，才能創建一個任誰都能幸福生活的世界。
她懷著這份信念繼續前行。
先後經歷打倒瑪莉安貝爾、被魔王利姆路揭穿身分、逃亡至帝國、被近藤中尉支配等事件。
後來連優樹也被支配。
儘管快被擊垮，卡嘉麗仍不願在此放棄。
「我發誓絕不背叛，並且願意受您支配。」
她必須履行承諾，回報恩情。
因此無論什麼手段她都願意嘗試。

於是卡嘉麗也醒了——

她捨棄脆弱的人造人身體，找回比魔王卡札利姆時代更強韌、更美麗的妖死族肉身。

九名妖死族於焉誕生。

但這不過是第一步。

最後甦醒的卡嘉麗看見菲德維等人將維爾薩澤帶回來。

米迦勒得到維爾薩澤的「龍之因子」，準備進一步進化。而在那之前，他先發動了「天使大軍」，好讓天使附在卡嘉麗等人身上。

她感覺到一股不容妥協的強烈意志。

成功被召喚來的熾天使有七名。

他們從原本的天使以外的人中挑了幾名能讓天使依附之人。

卡嘉麗當然也是其中一人。

此外還有蒂亞、福特曼、威格、奧露卡·艾莉亞、阿里歐斯和古城舞衣。

強大的力量在體內互相角力，重組出新的肉體。

於是威格以外的六個人就這樣重生成「妖天」。

不知不覺間，卡嘉麗來「天星宮」已快滿五個月——

＊

宏偉的天上之城。

在豎立著一根根白柱的謁見廳。

空間內充滿聖潔的神靈之氣。

擁有純白羽翼的天使們占滿整座大廳。

他們仍不具備肉身，但已迫不及待想要侵略人間。

沒有意志的天使們紋絲不動，宛如雕像般井然有序，使謁見廳散發出一股莊嚴氛圍。

最前面擺著許多椅子，與其他人迥異的一群人圍成一圈坐在那兒。

那是重生後的卡嘉麗等人。

他們獲得遠超越過去的「力量」，散發出的存在感也大幅增加。

今日是因為米迦勒甦醒而被召集過來。

卡嘉麗讓熾天使附身後再次甦醒時，米迦勒仍在沉睡。

而他現在也還沒現身，可見計畫推遲了些。

百無聊賴的卡嘉麗望向在場的天使們。

一次能召喚出的天使數量沒有限制，但能量的總量有限。這項權能通常能召喚出百萬大軍，這次因為召喚了七名熾天使的關係，數量沒那麼多。

可是，素質都很好。

這次的天使大軍沒有不足為道的下級天使，僅由中級以上的天使構成。

大致數量為主天使（Dominion）一千名、力天使（Virtue）三千名與能天使（Power）六千名。

未獲得肉身的天使無法完全發揮實力。即使如此，就連能天使的戰鬥能力都超過A級。儘管只能活動七天，要將人間變為焦土綽綽有餘。

（——不過魔王們應該能應付。）

卡嘉麗如此心想。

「感覺不夠呢。才這麼點人，要擊垮任何一股勢力都很難。」

她的呢喃在寂靜的大廳中響起。

原本不期待有人回應，卻意外得到答覆。

「是啊。我自己沒有部下，但其他魔王的部下實力堅強。老實說，這樣連要打敗八星中任何一個勢力都有困難。」

卡嘉麗望向說話者。

「沒想到會跟你意見相同。話說回來，迪諾，我都不知道你是菲德維大人的部下。」

卡嘉麗悄聲說道。

迪諾淡淡地回應：

「這種事我怎麼能說？我是『監視者』，必須隱瞞身分、低調行事。另外我要糾正一點，我是菲德維的前同伴，不是他的部下。」

迪諾隱身在八星魔王之中，克盡「監視者」的職責。目的是監視人間。

迪諾、皮可、卡拉夏等三名墮天使肩負特殊任務，被派至人間進行調查。維爾達納瓦要他們監視人間，防止人類滅亡。

以金為首的魔王們負責在人類過度擴張時給予教訓。「勇者」的存在則是為了與魔王抗衡，以防他們做得太過火。

而迪諾等人的工作，就是調查魔王和勇者之間的因果關係是否正常運作。

迪諾負責在檯面上擔任魔王引開眾人注意，而皮可和卡拉夏則在檯面下進行調查。迪諾必須湮滅證據，並掩蓋事實以利她們倆行動，這也是迪諾的祕密任務之一。

然而，維爾達納瓦至今並未復活，迪諾等人也不必再回報成果。因此迪諾便享受著自由自在的魔王生活。

他毫不隱瞞地告訴卡嘉麗這些事。

卡嘉麗不禁心想：「那他現在為什麼在這裡？」她的疑惑全寫在臉上，卡拉夏見狀笑著回答：

「這傢伙啊，欠了菲德維很多人情，沒辦法拒絕菲德維的請託。」

皮可也附和道：

「不過事到如今也沒辦法再回到魔王利姆路身邊，只好聽命於米迦勒大人嘍。」

卡嘉麗露出不可置信的表情。

「嗯，差不多就是這樣。」

迪諾也點了點頭。

沒想到迪諾竟然因為這種理由聽命於米迦勒，由於實在太蠢，卡嘉麗反倒覺得這很有迪諾的風格，接受了這個事實。

她試著轉換心情。

「那魔王利姆路狀態如何？我對他殺死克雷曼的事懷恨在心，很想找機會報仇呢。」

這是謊話。

她其實並不恨魔王利姆路。

雙方確實有很深的糾葛。不過利姆路才剛與優樹締結同盟關係，儘管現在變回敵人，卡嘉麗還是很在意他。

至於克雷曼被殺一事，該恨的是操控他的近藤中尉，以及連近藤都操控的米迦勒才對。

卡嘉麗冷靜地解讀這些事，但她不會傻傻地將想法說出口。

迪諾沒有過問太多，只針對她的問題回答：

「連他的部下都很難對付喔，尤其是那個叫賽奇翁的。」

據說在上次的戰事中，迪諾負責的工作正是讓迷宮戰力失效。而具體的任務內容是綁架或除掉菈米莉絲。

迪諾得意地說自己差點就成功，然而實際上還是失敗了。其背後的原因就是因為有賽奇翁這個無比強大的魔人攪局。

「他有這麼強嗎？」

「何止強，那真的不是在開玩笑。聽說他是迷宮十傑裡最強的，反正比我強就對了。」

迪諾如此斷言。

他當時因為連續戰鬥而略感疲憊，還有些小看對方，這些也是造成敗北的原因。不過，賽奇翁和迪諾交手時未拿出全力就將他玩弄於股掌之間。

迪諾不想嘴硬說些不服輸的話語，這就是他真正的想法。

「說什麼喪氣話？遇到那種傢伙，除掉就行了！不用擔心，就由本大爺來痛扁他一頓！」

威格誇下海口。

（傻乎乎的真好……）

迪諾內心這麼想，但沒有說出口。
畢竟說了也沒用。
（威格一點都沒變呢。這樣即使獲得力量，大概也無法有效運用……）
卡嘉麗也傻眼地嘆了口氣。
對自己的實力有自信是好事。但若缺乏戰鬥中最重要的判斷力，就無話可說了。
所謂的判斷力，就是掌握敵我實力差距的能力。和自己贏不了的對手單挑只會導致戰力白白耗損。
皮可和卡拉夏也明白這點，不悅地皺起眉頭。
或許是因為和威格不熟，再加上知道就算給他忠告他也不會聽，所以她們什麼都沒說。
原以為這個話題到此為止——
「總之，你們若在迷宮內遇見蟲型魔人也要小心點喔。甲蟲型的叫賽奇翁，另一個蜜蜂型的阿畢特也很強呢。」
迪諾原想以此作結，不經意的一句話卻引起塞拉努斯的興趣。
「甲蟲型和蜜蜂型？再說詳細點。」
塞拉努斯的驚人氣勢使迪諾為之震懾。雖然不怎麼詳細，他還是將知道的一切全都告訴對方。
「好、好喔。呃……我聽說利姆路成為魔王前就收留了他們——」
塞拉努斯聽了不發一語。
迪諾說完之後，現場陷入尷尬的沉默。
（倒是給點反應啊！）
儘管迪諾心裡這麼想，但塞拉努斯威氣逼人，迪諾不想向他搭話，不得已只好換個話題緩和氣氛。

「——總而言之，菈米莉絲的迷宮讓防守方占盡優勢。裡頭有以賽奇翁為首的多名強者，要攻陷那裡難到極點！」

迪諾說完這句便結束對話。

＊

現場再度被沉默占據，眾人各自沉浸在自己的思緒中。

卡嘉麗有許多必須思考的問題。

迪諾說的那些固然重要，但當務之急是了解自身變化。

她一面打聽情報，一面確認自身變化，並感覺到體內湧出無窮的力量。

熾天使是號稱能與覺醒魔王匹敵的最高階天使。卡嘉麗取得該力量，成為了「妖天」，強到甚至覺得魔王時代的自己有點滑稽。

此外，她發現除了自己的獨有技「企劃者」外，靈魂內還被植入一項新的權能。

究極賦予「支配之王麥基洗德」——那是從米迦勒的「支配」權能中分離出來的能力，能夠瞬間分析所有權能，使其落入自己掌控中，功能強得嚇人。

不過，卡嘉麗自己也在該權能的支配下，因此無法背叛米迦勒。

（真可怕呢。一群擁有這種能力的人互相廝殺，那情景肯定遠超越我的想像……）

想是這麼想，但是戰爭一旦開打，她的身體便會不由自主地開始殘殺敵人吧。她透過本能理解到這點，對自己的變化深感畏懼。

可是——因此，她忍不住想——

真想測試看看這股剛獲得的強大力量。

她知道自己不能多想，但不知為何還是抱有期待。

而且——

她有預感，測試實力的機會很快就會到來。

她的復仇之心應該消失了才對。

然而——如今卻對殺害自己的雷昂，與殺害克雷曼的利姆路心生憎惡。

甚至覺得現在的自己打得贏他們……儘管知道這麼想沒有意義，內心還是不斷冒出這類欲望。

現在的自己真的比迪諾弱嗎？

不，她可不這麼認為。

事實上，成為「妖天」後的卡嘉麗確實與迪諾地位相當。

（呵，迪諾真沒用呢。從魔王時代起，我就沒見他親自戰鬥過，所以他肯定很弱——）

卡嘉麗心中不停湧現愉悅情緒，她要花很大的力氣才能壓抑下來。

面對這樣的對手絕不能大意。

然而，即使如此——

她還是不由得覺得自己能贏過將迪諾玩弄於股掌的對手。

畢竟她的實力凌駕於覺醒魔王。

現在的卡嘉麗就算與資深魔王魯米納斯或迪諾交手也不會輸。

那麼，魔王雷昂應該也不是她的對手。

（給我等著，雷昂。這次換你哭了！）

卡嘉麗壓抑著這股灰暗的愉悅情緒，持續思考著。她並未意識到，權能的支配讓自己的思想愈來愈偏激……

威格什麼都沒想。

只是靜靜地等候命令。

他獲得了力量。

無數次的死亡經驗，讓他得以窺見世上更深的深淵。

他吞噬格拉帝姆，並吸收由其武器變化而成的青龍槍——神話級裝備。甚至貪婪吞噬熾天使，將其力量占為己有。

那瞬間，他感覺到至今獲得的技能碎片融合並強化。

數不清的失敗給了他力量。

失控的力量化身。

這就是威格。

威格經過優樹的改造，吸收並融合各種技能，相互補強之後，成了終極的戰鬥生物。

而他的獨有技「惡噬者」也終於進化成究極技能「邪龍之王阿茲達哈卡」。

其中含有能戰勝各種既有技能的破壞力。

讓不懂控制力量的威格獲得這項權能，對世界而言簡直是場災難。

不，應該倒過來說——

或許正因為他什麼都不想，便將力量發揮到極致，才能獲得這項權能。

話說回來。

威格正靜靜等待。

等待上司對他下令。

他要做的，只是將擋在面前的人全部殲滅並吞噬而已。

迪諾低著頭，思考現在的狀況。

事情怎麼會變成這樣？

無論他自問自答多少次，仍舊想不通。

他在很久以前奉維爾達納瓦之命降臨人間。

當時還沒有自我意識，後來在不知不覺間開始能夠自己思考事情。

他問過同僚皮可和卡拉夏，她們幾乎也是在同一時期產生自我。

迪諾等人因為某些緣故成了墮天使。

主人消失後，遵從主人的命令仍是他們唯一的生存目的，迪諾也因為這點而當上魔王。

他盡責地持續監視。

就連金和魯德拉的對決，他原本也打算靜觀到最後。

他對維爾達納瓦的忠誠之心不曾動搖。

因為迪諾相信總有一天——在漫長歲月的盡頭，維爾達納瓦終將歸來。

後來他遇到了那個人。

那個可疑的史萊姆。

一眼就能看出其靈魂的光輝。

與維爾達納瓦完全不同，卻讓迪諾莫名懷念。

愉快的生活就此展開。

迪諾明明討厭工作，卻甘願被人類使喚。他對這樣的自己感到不可置信，不知為何卻又有股心滿意足的感覺。

因為身邊有共事的夥伴們。

（然而，我卻背叛了菈米莉絲啊……）

迪諾對五個月前的菈米莉絲襲擊事件懊悔不已。

他在菲德維命令下背叛利姆路他們，讓敵人進入迷宮，還企圖綁架最重要的目標——菈米莉絲。

菲德維說若綁架不成就處理掉她，但迪諾不想這麼做。他原本想用「永久睡眠(Deep Hypno)」將菈米莉絲封印起來，蒙混過關。

不知幸或不幸，這個計畫以失敗告終。

如今，他開始困惑自己為何做出那種事。

（不過，這點更證實了那傢伙說的是真的。）

迪諾心想。

他不想為背叛菈米莉絲找藉口，但可以確定自己是受到米迦勒的支配才會那麼做。

（也就是說，只要我還擁有「至天之王阿斯塔蒂」，就無法違抗米迦勒和菲德維。真的是別開玩笑啊……）

即使已了解現況，迪諾仍想不到有什麼妙計可以突破難關。

還好利姆路仍願意相信迪諾。

（那傢伙有時候很奸詐，卻又是個濫好人。好像很容易被騙，實際上依舊不容小覷。）

迪諾望向烙在右臂上的藍色蝴蝶瘀青（標記）。

原以為賽奇翁放了自己一馬，這個瘀青卻成為連接雙方心靈的迴廊。於是利姆路便以此與迪諾取得聯繫。

（那傢伙真的很賊呢。）

利姆路雖是直接用心靈和迪諾溝通，卻能滴水不漏地獲取情報。

還理直氣壯地叫他當間諜。

迪諾內心沒有太多不滿，反倒莫名有股暢快感。

沒想到受利姆路信賴是這麼令人高興的事。

他還說「再見」呢。

迪諾發現自己久違地打從心底感到愉快。

另一方面又苦惱地心想大事不妙。

迪諾絲毫不想背叛造物主維爾達納瓦。

既然米迦勒和菲德維的目的是復活維爾達納瓦，那麼迪諾也該幫忙才對。

可是……

這下麻煩了——這就是迪諾現在的真心話。

（算了啦，反正我也派不上什麼用場，而且愈認真做事反而愈弱。這也無可奈何。我不拿出真本事對雙方都好，對我來說也求之不得！）

能夠迅速放下煩惱正是迪諾的優點之一。

他的想法積極，在偷懶方面總是不落人後，因而樂觀地得出這樣的結論。

這份樂觀也是迪諾令人畏懼之處。

迪諾想通之後，以一副豁然開朗的表情等待菲德維等人的到來。

阿里歐斯暗自思考。

他聽見上司卡嘉麗等人在說話，但完全不懂他們在說什麼。

以阿里歐斯的脾氣，本來應該會抱怨個一、兩句，不過直覺告訴他這不是個好主意。

這是當然的。

因為阿里歐斯受到卡嘉麗控制。即使經歷過妖死族階段，如今成為了「妖天」，「咒言」的效力依然存在。

若是自行覺醒，狀況或許會不同，但因為是人為操控下的進化，原本的支配力勢必會變得更強。

阿里歐斯沒有多餘的心力對此感到不悅，他已掌握自身的狀況。

體內充滿令人難以置信的強大力量，這股無所不能的感覺使他情緒亢奮。

最明顯的變化莫過於他的獨有技「殺人者」進化成了究極賦予「刑罰之王聖德芬」。

這當然不是他自行取得的。

米迦勒將自己從近藤那裡收回的「斷罪之王聖德芬」給了阿里歐斯。「殺人者」因而被消耗掉，憑阿里歐斯的意志無法反抗。
不過，阿里歐斯並未感到不滿。
他很高興能獲得力量，等待著自己出場的那一刻。

奧露卡．艾莉亞混亂不已。
她無暇聆聽周圍的對話，在心裡自問自答起來。
『我是誰？是艾莉亞，還是奧露卡？』
『不知道。我既是艾莉亞，也是奧露卡。』
儘管感到混亂，兩人的意識卻也逐漸整合。
過程中並未感到不快，反而有股快感。
『我是「奧露莉亞」——』
就在她心中得出這個答案的瞬間——
才剛誕生的奧露莉亞，已經能純熟使用一流戰士和魔法師的技能。
而且剛獲得的究極賦予「代行權利」，也在奧露莉亞體內自行發展為最佳狀態，變成究極賦予「武創之王（Multiple Weapon）」。
於是奧露莉亞便能利用肉體內累積的經驗，創造各式各樣的武器。一次能創造出的武器數量有限，但等級都相當於神話級。
奧露莉亞用多種武器武裝自己，毫不懼怕與敵人交戰。

古城舞衣深感絕望。

原以為自己死了，卻又重新活過來。

這沒什麼問題。

問題在於，即使獲得了如此強大的力量，仍無法如願回到日本。

（——我不會放棄的。憑我的獨有技「旅行者」雖然回不去，但優樹說仍有一絲希望。既然技能由願望所生，那麼一定有能實現我願望的力量——）

空洞的心中產生此想法的瞬間——

被熾天使附身時從米迦勒那裡得到的究極賦予「代行權利」便被消耗掉，讓她的「旅行者」得以進化。

變成究極賦予「地形之王（World Map）」。

這項強大的權能不但能在腦中看見世上任何地方，還能掌握當地的現況。更令人驚奇的是，甚至能夠沒有時差，「瞬間移動」至想去的地方。

對空間系能力者而言，這絕對是強到難以置信的權能。

然而——舞衣的願望仍未實現。

「地形之王」所記錄的座標，僅限於這世界。

換言之，她仍舊無法打破次元的界線。

舞衣不用嘗試就明白這點。

這讓她深感絕望，但不管怎麼說，現在的她並不是自由之身。

一切都得聽命於米迦勒。

因此舞衣決定封閉自己的心繼續聽從命令，直到恢復自由，回到心愛的弟弟身邊那天為止。

＊

試圖理解現況的不只轉生成「妖天」的那些人。

札拉利歐和歐貝拉也各自思索著自己的事。

首先是札拉利歐，他很感激能獲得肉身。他雖然擁有強大實力，卻只能在異界施展。換作在基軸世界，施展愈大的力量只會消耗愈多能量而已。

唯有獲取肉身才能防止這點，但像札拉利歐這樣的強者，要找一具能承受其力量的容器十分困難。

如今他已克服這點，可以使出全力侵略人間──卻冒出一個大問題。

（真令人頭痛，因為力量增強的關係，我獲得了天使系的「審判之王伊斯拉菲爾」……）

沒錯，這就是問題所在。

札拉利歐獲得肉身的同時，得到究極技能「審判之王伊斯拉菲爾」。

（這樣就不能違抗米迦勒的意思了。不過若拋棄技能，可能會被懷疑有意叛變。）

菲德維對札拉利歐而言只是同僚。即使札拉利歐認同他當上司，但不打算完全聽命於他。

而且，札拉利歐對米迦勒持懷疑態度。

菲德維很信任米迦勒，但札拉利歐可不是如此。他沒辦法輕易相信對方是從權能中誕生的意識。

札拉利歐現在接受且贊同他的目的，但不確定是否會持續下去。若有一天終將分道揚鑣，還是別擁有天使系技能比較保險。

然而他卻得到了「審判之王伊斯拉菲爾」。

既然不是究極賦予，那就不是米迦勒所為，而是自然獲得的權能，因此更不該拋棄掉。

（那麼，不知道米迦勒對天使系掌握到什麼程度？）

他控制了維爾格琳和維爾薩澤，可見確實能支配天使系擁有者。但仍不確定他對天使系擁有者掌握到什麼程度，札拉利歐打算確認過之後再見機行事。

（我的意識為自己所有。不能讓人在不知不覺間替換掉我的想法。）

札拉利歐是個講求理性思考的人。

他以計畫的成功率為重，所以沒有阻止他們支配「龍種」姊妹，但老實說他很不喜歡這個計畫。

如今他也落入同樣的境地。

（這下真的傷腦筋了……）

都怪自己最初沒有反對，現在的狀況可說是自作自受。札拉利歐認清了這點，進而思考該怎麼應付米迦勒。

然後，歐貝拉也是。

她和札拉利歐一樣獲得了天使系的究極技能。而且和札拉利歐一樣，認為這點非她所願。

歐貝拉獲得的是究極技能「救濟之王亞茲拉爾」。

儘管那是一項無比強大的權能，對她而言卻毫無用處。

因為他們是始源，無須依靠技能，本身就具備管理者權限。

他們能在瞬間發動任何魔法並活用此能力，不必仰賴技能。而且用起來更靈活，可說是無所不能。

對於存在本身相當於究極等級的歐貝拉等人而言，有無究極技能並沒有太大差別。所以她並不想擁有技能，卻在這時不經意獲得。而且還是天使系權能……

（糟糕，這下我打算叛變的事可能會被發現。）

歐貝拉早已決定倒戈，因此她面對的狀況比札拉利歐更加棘手。

於是她開始思考該怎麼做。

無須擔心想法被人看穿。

因為她可以輕易將表層意識完全消除。

但是，若在不知不覺間被人操控，可就沒辦法做到這點，因此她必須事先想好對策。

（先下些自我暗示好了。）

歐貝拉下定決心。

倘若內在出現矛盾，她會毫不猶豫毀掉「救濟之王亞茲拉爾」。

他們是究極精神生命體，連這種超乎常識的事都能辦到。

不過那樣的狀況意味著必須和菲德維訣別。

說不定就算是歐貝拉也無法全身而退。

即使如此，她仍願意奮不顧身地侍奉維爾達納瓦的遺孤蜜莉姆。

（像我們這種人竟敢揣測造物主的想法，真是大不敬。維爾達納瓦大人說不定是自己決定不要復活的，菲德維太自作主張了。）

這就是她的真心話。

因此她相信，蜜莉姆才是維爾達納瓦的正統繼承人。

＊

悅耳的鐘聲響起。

那聲音既莊嚴又通透，扣人心弦。

接著大門敞開。

米迦勒、菲德維和維爾薩澤悠然走來。

僅僅三人就散發出強烈的霸氣，吹散大廳中的神聖氣息。

待米迦勒就座後，菲德維和維爾薩澤也跟著坐下。

「那麼讓我們開始吧。」

作戰會議就此展開。

舞衣奉命起身，在圓桌中央映出基軸世界的立體全貌。

那就像顆地球儀。

以上帝視角俯瞰魔王們的據點。

「這就是吾等的敵人，八星魔王的領地與軍事要衝。一共有六個——」

金在北極點，達格里爾在極西之地，魯米納斯在中央偏西，利姆路在森林，蜜莉姆在東南方，雷昂在小型大陸上。

米迦勒一說完，舞衣便點亮這六個位置。

「我想問問各位覺得該如何攻打這些地方。」

菲德維雖然說「各位」，但他只望向特定幾個人。

他的心腹札拉利歐和歐貝拉，以及優樹和卡嘉麗。

迪諾等三人不擅長想計畫，威格則從一開始就不受期待，其他人的地位更在他們之下，因此不具發言權。

札拉利歐和歐貝拉緘默不語，似乎想靜觀其變。卡嘉麗察覺到這股氣氛，主動開口說道：

「現在這個情況對進攻方較有利，應該集中戰力進攻一處。」

「我贊成，但要攻打哪裡倒是個問題。」

防守方肯定會分散戰力，卡嘉麗和優樹都認為不必配合敵方。

聽完之後首先回話的竟是迪諾。

「容我提醒一下，千萬別選菈米莉絲的迷宮。順帶一提，魔國聯邦的首都『利姆路』在戰爭時會被隔離在迷宮內，無法輕易攻陷，所以還是留到最後比較好。」

這項情報所有人都知道，因此無人反對。畢竟若在迷宮內花費太多時間，可能會被他國趕來的援軍包圍殲滅。

「那裡留到最後再說。先攻打其他地方吧，說不定反而能引出躲在迷宮內的人。」

若打起迷宮防衛戰，菈米莉絲會變得非常難應付。考慮到這點，必須制定詳細計畫才能攻打那裡。

「『白冰宮』一個人都不剩了呢。完全感覺不到人的氣息。」

維爾薩澤突然這麼說道。

她目光銳利地盯著雷昂的大陸。

「看來敵方也想好對策了。魔王們聚集在一起，就能避免分散戰力。」

「——強大的戰力確實都集中在五個地方。」

舞衣將北極點的亮光消除，加強其餘五處的亮度。

儘管少了一個選項，難度卻大幅提昇。不過即使如此，仍未推翻進攻方的優勢。

那麼，該攻打哪裡呢？

這時札拉利歐說話了。

「菲德維大人，有一事想請教。」

「什麼事？」

「米迦勒大人能對天使系發動絕對支配，那麼能否感知到天使系擁有者在什麼地方呢？」

他趁機問出對自己至關重要的問題。

歐貝拉也加入這個話題。

「這點確實令人在意。要是知道的話，就能先將那些人吸納進我方陣營了。」

米迦勒點了點頭。

「寡人以前感知不到，現在掌握得很清楚。比方說你們倆擁有『審判之王伊斯拉菲爾』和『救濟之王亞茲拉爾』，迪諾他們擁有『至天之王阿斯塔蒂』、『榮光之王漢尼爾』、『嚴格之王吉卜利爾』。剩下的『支配之王麥基洗德』則歸卡嘉麗所有，『刑罰之王聖德芬』歸阿里歐斯所有。再來是與寡人『地位相當』的高階天使系——」

說到這裡，米迦勒皺起眉頭。

「——數量不對。」

這句話讓在場眾人緊張起來。

「您這話是什麼意思？」

菲德維問道。

米迦勒平靜地回答他的問題。

「首先是維爾格琳的『救贖之王拉貴爾』，寡人收回後給了適合的人。」

在場沒有人有反應。

經過一陣詭異的沉默後，米迦勒毫不在意地說下去。

「再來是『忍耐之王加百列』。寡人沒有收回，繼續由維爾薩澤持有。」

那冰霜般的美麗臉龐上毫無表情。為了維持「天使長支配」，他當然必須這麼做。

「以上是能夠確定擁有者身分的權能。剩下四個裡面，有三個有問題。」

米迦勒繼續說明。

他將維爾格琳的力量據為己有，又吸納維爾薩澤的因子，因此力量大增，能夠感知到受自己掌控的天使系擁有者。

然而，他找到的卻只有「純潔之王梅塔特隆」。

「什麼？究極技能『希望之王薩利爾』不是在『勇者』克羅諾亞那邊嗎？」

「但它沒有反應。不知是寡人的監視無法深入菈米莉絲的迷宮內部，還是有其他原因。」

「嗯，菈米莉絲果然不容小覷。看不見迷宮內的情況或許也不奇怪呢。那麼『誓約之王烏列爾』和『知識之王拉斐爾』的擁有者可能也在同一處吧？」

「雖不確定，但這麼想應該不會錯。畢竟寡人的權能無法感知到的地方，除此之外沒有別的了。」

維爾達納瓦創造的權能無法辦到這點，唯一可能辦到的只有菈米莉絲的固有技「迷宮創造（小世界）」了。

因此米迦勒認定剩下三項權能都在同一處。

這個判斷是正確的。

只不過，有些權能已然消失，甚至連本質都已改變……

不知情的米迦勒認為這個問題已經解決。

而菲德維等人也一樣。

「那就沒問題了。反正迷宮裡有維爾德拉，我們早晚都要去攻打。到時候再把人找出來，讓他加入我們就行了。」

「所以相當於敵方之中有我們的間諜嗎？」

「沒錯。屆時只要看一眼就能認出來，這件事容後再議吧。現在該思考的是首先要攻打哪裡——」

「答案很明顯吧？既然知道其中一個擁有者在哪，不就該先把他納入我方陣營嗎？」

如此斷言的是優樹。

儘管自由意志被奪走，他依舊深謀遠慮。

「『純潔之王梅塔特隆』的擁有者，就在這裡——」

眾人注視米迦勒指的地方。

他指出的是雷昂的領土——其首都黃金鄉埃爾德拉。

「是過去殺害我的魔王雷昂。」

卡嘉麗喃喃自語。

她意識到燒毀自己的那道閃光正是由「純潔之王梅塔特隆」造成的。

「就這麼定了。那麼要由誰進攻呢？」
優樹笑著詢問。
「就由本大爺去吧。雖然不知道魔王雷昂是誰，但把他吃掉應該也無所謂吧？」
「你剛剛都沒在聽嗎？雷昂可能會成為我們的同伴啊。」
「嘖，那就沒辦法了。只好勉為其難吞掉其他人吧。」
才剛決定攻擊目標，優樹和威格隨口鬥起嘴來。
沒人出言阻止，方針就這麼確定了。

*

這場戰爭的目的是為了讓維爾達納瓦復活，因此無須發表開戰宣言。
米迦勒和菲德維如此斷定。
換言之，勢必得以突襲的方式展開戰爭。
不需要保留戰力——不過菲德維對此有些自己的想法。
「我們的目的是將『純潔之王梅塔特隆』的擁有者納為同伴，能夠順便除掉一些攪局者自然再好不過，但要是自身戰力受損可就不好了。因此嘍囉們就留下來吧。」
意思是僅由強者進攻即可。
米迦勒的「天使長支配」即使能夠絕對支配天使系擁有者，但要發動還是有其條件，就是必須與該對象四目相接。

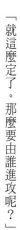

順帶說明，「王權發動」的發動條件更加複雜。

米迦勒借給近藤中尉的「支配的咒彈（Dominion Bullet）」只能支配一個人，而且必須在對方鬆懈的情況下發動，否則成功率很低。與之相比，「王權發動」的支配人數會隨著支配對象的存在值而有所變化。重點是遇到實力相當的對象時，成功率會下降，若不給對方一頓痛擊，很可能會失敗。

至少得讓對方的狀態變得比自己差才能成功，因此相當難用。

現在米迦勒的存在值高達九千萬，但還必須扣掉優樹約兩百萬的存在值，因此想支配存在值超過八千八百萬的維爾德拉，幾乎不可能。

米迦勒不知道背後這些機制，不過他仍知道自己無法順利支配維爾德拉。所以才認為在攻打菈米莉絲的迷宮前必須先集結戰力。

正因如此，他們便打算在不消耗己方戰力的情況下，將目標對象納入己方陣營。

於是出戰人選就此確定。

「我留下來吧。」

迪諾主動選擇留守。

「我和我的大軍該怎麼做？」

「你們先做好出動的準備。等這場仗結束，就要開始正式入侵了。」

「知道了。」

塞拉努斯率領的蟲魔族和妖魔族大軍一樣先為戰事做準備。

札拉利歐的軍隊由達利斯與妮絲指揮。

歐貝拉的軍隊還鎮守在異界的據點，因此歐貝拉得回去一趟，讓歐瑪接替她的位置。

此外所有幹部都將出擊。

這次只有幹部出動，因此僅靠舞衣的「瞬間移動」就能立即抵達目的地。而歐貝拉可以用「氣息感知」的能力輕鬆定位座標，接著再用「空間轉移」和同伴們會合。

米迦勒等人在此判斷下，一步步展開突襲計畫。

第四章

粉碎的野心

Regarding Reincarnated to Slime

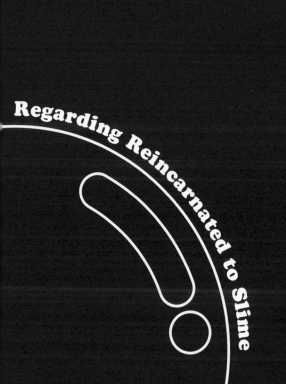

我接獲迪諾的報告，內容實在令人震驚。

不知道該不該說「不出所料」，米迦勒行動了。

這跟我想的一樣，所以沒差。

驚人的是歐貝拉的行動。

她竟然帶著自己的軍隊脫離米迦勒陣營。

這讓我瞠目結舌。

『咦，不會吧？』

『是真的，我也嚇了一跳。順帶一提，連米迦勒都還不知道這件事。我待會才要向他報告。』

我聽了之後更加確定這傢伙是個混蛋。

這哪能用「事情太多」概括，而且也不是嫌麻煩的時候。重點是，將情報洩漏給敵方之前，應該先向自己的上司報告才對吧？

算了。

迪諾這樣的個性對我們來說反倒有利。

不過我有點同情米迦勒和菲德維就是了。

哎呀，在感到傻眼之前要先問一件重要的事。

『所以，他們打算進攻哪裡？』

『噢，雷昂那裡。就像剛剛說的，歐貝拉叛變，我留守，其餘幹部全員出動。皮可和卡拉夏也心不甘情不願地被帶走了。萬一打起來的話，記得對她們手下留情喔。』

『誰管你啊！好啦，我注意一下。』

『拜託啦。啊，此外還想再拜託你一件事。』

『長話短說，我很忙。』

我一邊準備出動，一邊聽迪諾說話。

『我還是覺得和培斯塔先生還有菈米莉絲他們一起工作比較好玩，待在這兒好無聊。所以拜託了，利姆路先生，快點打倒米迦勒，讓我自由吧！』

……

我啞口無言。

『我說，你腦袋真的沒問題嗎？你知道不該隨便對敵人說這種話吧？』

『好過分！我們不是朋友嗎？別那麼冷淡嘛！對了，我又想到一件事，你有幫我跟菈米莉絲道歉吧？這樣我們之後才能和好。』

『開什麼玩笑！就叫你自己跟她說了！』

『請、請等一下啊，利姆路先生！』

『總而言之──』

沒錯，總而言之。

最大的問題在於他並非出於自己意願，而是在他人操縱下做出這種事。

『你自己也要加油，早點脫離人家的支配。不然有損魔王的名譽！』

『哈哈哈，我會努力的。我知道你很可靠，而且沒有人比我更擅長依賴別人，所以當然要好好利用你一番呀。』

真想叫他別開玩笑了。

不過又覺得這樣很有他的風格。

『最後再給你一個忠告。菲德維那傢伙和蟲魔族聯手了。』

『我知道。感覺很不妙。』

『豈止不妙，我雖然是第一次見到他們，但那個叫塞拉努斯的蟲魔王感覺比金還強。儘管沒有實際交手過，不過我就算全力以赴大概也贏不了他。他們正在待命，這次還不會參戰，可是不知何時會出動，你千萬不能大意喔。』

我很想抱怨他多管閒事，但這確實是極為重要又令人生厭的情報。

光是聽到那人的實力在金之上，我的憂鬱程度就達到最高點。

可是，既然有這麼一個危險人物率領軍團正在待命，我應該事先想好對策以便隨時應對。

原想將蓋德等駐守在各國的戰力叫回來，想想還是作罷。要是被對方趁虛而入，我方很可能一下子陷入劣勢。

看來還是只能用現有的戰力設法應對。

『謝謝你的忠告，我會叫大家小心的。那麼，說真的，你也要加油喔。』

『好。可別死嘍，利姆路。』

用不著他提醒。

我也想更自由自在地享受第二人生——史萊姆生。

最近戰事不斷，真想趕緊解決掉這些麻煩，悠哉度日。

今後我打算與夥伴們開開心心生活，其中當然也包含迪諾。

『你也是啊。』

我由衷地這麼回答迪諾。

＊

結束與迪諾的談話後，我立刻召集留在首都「利姆路」的幹部們。

地點是迷宮的「管制室」。

我注視著用監視魔法「神之眼（Argos）」顯現出的雷昂據點，然而當地正被暴風雪覆蓋，什麼都看不見。

埃爾德拉氣候溫暖，不可能下起這樣的暴風雪。

任誰看了都知道這是維爾薩澤所為。

既未接到雷昂他們的聯繫，也沒辦法目測敵人的狀況。當地的通訊可能已被切斷，這樣一來也只能相信迪諾說的話了。

敵方只出動主要戰力，那麼我方也必須以相應的戰力迎擊。若隨便派點人去支援，可能連我們也受到莫大損害。

派太多人去，會導致迷宮防守不足；派太少人去，又無法達成目的。分寸十分難拿捏。

「這樣啊，敵方火力全開呢。」

我向眾人說明完從迪諾那裡得到的情報，紅丸隨即露出銳利眼神。

看來他已打定主意要去，那麼我也不打算攔他。

「我本來只想帶蘭加和蒼影前去支援，但敵方的戰力可能比想像中更強，保留戰力反而會有危險。所以紅丸，你也一起來吧。」

「不用您說，我也會這麼做。此外，您還打算帶誰去呢？」

紅丸聽見我要帶他去便笑逐顏開。看來他認為只要自己能去，其他不管誰參戰都無所謂。

「我嗎？」

「才不是。」

我立即反駁維爾德拉。

真希望他動點腦袋。他雖然是個可靠的同伴，也是一大戰力，但竟然忘記自己是敵人的目標，真教人傷腦筋。

「你也該意識到自己正被敵人盯上了吧。而且只要我或你平安無事，另一方都能復活，怎麼能兩個人一起上戰場！」

「嘎──哈哈哈！我這個迷糊鬼。那麼我就留下來守護迷宮吧！」

「拜託你了。」

這次事態嚴重，真的要靠他了。

最煩人的問題兒童答應留下來後，我便望向賽奇翁。

「賽奇翁，還有阿畢特，麻煩你們繼續留守迷宮。這次有個強敵在待命，不能讓這裡無人防守。」

「這裡就交給我們吧，祝您武運昌隆。」

真可靠。

此外龍王們也留下來防守，戰力分析應該不成問題。

再來就是德蕾妮小姐、貝瑞塔和卡利斯。

「卡利斯，幫我看好維爾德拉，別讓他失控喔。」

「不用您說，我也會繼續監視維爾德拉大人，好讓您安心趕赴戰場。」

「咦？原來我一直被監視著嗎？」

「您不用在意。」

「不不，當然會在意啊。」

「看本漫畫冷靜一下吧。」

卡利斯遞了本漫畫給維爾德拉，安撫他的情緒，就另一種意義上來說挺可靠的。

「師父就交給我們來監督吧！」

「迷宮守備萬全，這次我們已嚴加訓練，不會再出差錯。期待有機會展現訓練成果。」

沒這個機會當然最好，但聽到他們已做好萬全準備還是很安心。我朝德蕾妮小姐點頭回道：「麻煩你們了。」

「利姆路大人授予的力量讓我變得比以前更強。與卡利斯先生的訓練也從不停歇，下次不會再輸給迪諾大人。請您放心。」

好，我相信他們。

雖不確定能否贏過迪諾，但可以確定貝瑞塔他們現在的實力有一定水準。

那麼——

「我還要帶九魔羅去。」

這次出動的成員確定是我、紅丸、蘭加、九魔羅和蒼影。

不過，有一點讓我很在意……

「抱歉，紅丸，沒問過你的意見就擅自決定。如果不願意可以拒絕沒關係。你大可留下來保護太太們。」

紅葉和阿爾比思正懷有身孕。

魔物的懷孕期千差萬別。聽說紅葉的母親楓小姐甚至懷了紅葉三百多年。

至於獸人族，儘管是同一種族仍有胎生和卵生之分。阿爾比思是卵胎生，在懷孕過程中得一直維持著變身狀態。

對她來說或許維持人的型態更加辛苦，但這點每個人都不太一樣。總之魔物生態至今仍有許多未解之謎，想太多也沒用。

希望未來能有對此感興趣的生態學者，在能力所及的範圍內為世人解惑。

這件事先放一邊。

現在重要的是，拋下兩位懷孕的太太、準備參戰的紅丸心情如何。

工作和我，哪個比較重要？

任誰都不想被問這種問題。

我畢竟是單身，所以從來沒被問過。

可是我既不懊惱，也不嫉妒喔？

像我這種連自己生日當天都因為工作而回不了家的社畜，要是有戀人可就麻煩了。

對我來說，心情上雖會以太太優先，理性上卻會選擇工作。畢竟沒有錢就無法生活，當然要以工作為重。
不過也有人說連家庭都顧不好，還談什麼工作，所以很難抉擇。
最好還是找一間能體諒員工的公司，但這終究只是理想。
而在我國方針上，則希望盡可能追求這種理想。我不願看到紅丸遭遇婚姻危機，此外也想尊重他本人的意思。
紅丸卻對我的顧慮一笑置之並答道：
「您多慮了。我想拚盡全力守護自己所愛的人們。而且正因為我有可能遭遇不測，所以才需要子嗣。我要是留下來就本末倒置了。」
原來如此，按理來說是這樣沒錯。
但這樣真的好嗎？
「可是……」
奇怪，反倒是我猶豫了起來。
紅丸像是想讓我放心般笑著說道：
「沒問題的。這裡是世上最安全的地方，我也已經請白老保護她們。萬一我出了事，他也會代替我悉心養育繼承人。所以沒什麼好擔心的！而且我既不認為自己會輸，也堅信利姆路大人能贏得勝利。」
他的語氣既乾脆又爽朗。
蒼影也點頭認同他的意見，環顧其他人的表情，大家似乎都這麼想。我不禁懷疑是不是自己錯了。
「呵呵呵，這都是因為利姆路大人太善良了。或許是因為您生在和平時代才會這麼想，但這在亂世並非主流的想法。小女紅葉和阿爾比思小姐也都做好心理準備，並且相信紅丸大人的能力。」

白老刻意不稱紅丸為少主，可見這話極為認真。紅葉和阿爾比思不知何時也來到現場，附和白老說的話：

「沒錯，我丈夫不可能輸！」

「對，我的想法和紅葉小姐一致。紅丸大人，如果你先一步離我們而去，無論去哪我們都會追上你，請做好心理準備。」

看來她們也已有所覺悟。

那麼我就沒必要自尋煩惱了。

「好，你們的心意我收到了。雖然無法保證一定會贏，但我答應讓所有人活著回來。」

「呵，交給我們吧，利姆路大人。只要打贏就好了嘛。」

差點忘了，紅丸本來就是個自負的人。他相信只要和蒼影二人聯手，無論面對怎樣的敵人，他們都能得勝。

九魔羅和蘭加也一樣。

「是呀，奴家也會加油，不可能敗下陣來。」

「頭目，我也在喔！不管敵人是誰，一口咬掉準沒錯！」

雖然有錯，但我明白他想說什麼。

「也對，現在不該猶豫，而且在開戰前煩惱這些也沒用。即使要保衛雷昂有點倒楣，就讓我們卯足全力，粉碎米迦勒的野心吧！」

我如此宣言。

若和米迦勒坐下來好好談，說不定能相互理解——我不會說這種漂亮話。

那傢伙很危險。

他不只沒人情味，而且為達目的不惜犧牲任何事物。

這種人很令人頭痛，到頭來和這種無法商量的傢伙也只能一決勝負了。

「我們走！」

我說完後所有人點了點頭。

等一切結束再來煩惱也不遲。

我下定決心，朝著戰場發動了「傳送」。

●

利姆路等人在做準備時，戰爭已拉開序幕。

沒有開戰宣言，一切都由威格的暴走開始。

「嘖，他連照著計畫走都不會？」

聽見菲德維這麼抱怨，卡嘉麗點頭回道：「我也有同感呢。」

本次計畫的目的並非殲滅黃金鄉埃爾德拉，而是將天使系擁有者引誘出來到菲德維面前，讓他成為夥伴。

聽說米迦勒的「支配」連菲德維都能用，卡嘉麗感到有些困惑。不過就戰術上來說，統帥確實還是別上戰場比較好。

所以她毫不懷疑地接受了這次的作戰計畫。

作戰內容極為單純。

只要在場這十三個人，菲德維、維爾薩澤、札拉利歐、皮可、卡拉夏、卡嘉麗、優樹、蒂亞、福特曼、威格、奧露莉亞、阿里歐斯，與古城舞衣盡可能大鬧一場就行了。

接著再解決掉那些連忙出來迎擊的人，從中找出天使系擁有者。

雖然還不能確定，但卡嘉麗推測那個人就是雷昂。就算搞錯也無所謂，只要將目標對象擄走，這次作戰就結束了。

原先的計畫是倘若敵方固守城池，堅持不出來，那麼就由卡嘉麗率領突擊小隊衝進去。

然而，透過舞衣的「瞬間移動」一到現場後，威格便無視指示失控暴走。他揍向都市防衛結界，將之破壞，而後衝進看似王城的地方。

卡嘉麗看了也很傻眼。

（那傢伙得到力量後反而變得比以前更蠢。這樣根本沒辦法安排他做事，或許該認真考慮要不要除掉他呢。）

在組織中，違反命令是大忌。

連幹部都這樣，更別提維持軍紀。為了以儆效尤，必須思考如何處置威格。

但無論如何，戰事都已展開。

卡嘉麗決定回去再想威格的事，先和菲德維討論眾人接下來的方針。

「只要有我和維爾薩澤在，就能成功引開敵人注意。不過札拉利歐，還有皮可和卡拉夏，你們也留下來吧。其他人就由卡嘉麗指揮，盡情大鬧，把目標找出來。」

蒂亞和福特曼自不用說，阿里歐斯、奧露莉亞、舞衣等藉由妖死族肉體復活的這群人，也在卡嘉麗的「咒言」影響之下。她的命令雖不具強制力，卻可以用「念力」和他們直接溝通。
而且制定作戰計畫是卡嘉麗的強項，菲德維也認同這點，才會將指揮權交付給她。
因此，卡嘉麗下令：
「針對威格的失控行徑，我日後會好好教訓他，現在先盡全力對付敵人。假如打不過，撤退也沒關係，各位就盡情大鬧吧！」
在場除了優樹外的人全都獲得強大力量。雖然不像威格那般缺乏自制力，但也都想測試看看自己變得多強。
所以一得到卡嘉麗許可，所有人便一齊出動。

而卡嘉麗獨自跟在眾人後方。
（我現在不但保有自由意志，還獲得了一定的權限。之後可能不會有比這更好的機會——）
或許該等時機成熟。這個想法閃過腦海，但自己的意識被米迦勒握在手裡的現狀更讓她害怕。
萬一徹底變成傀儡，就沒有任何希望了。
這很有可能是最後一次機會。她認為不能太過樂觀，決定馬上行動。
她從一開始就不打算效忠菲德維他們。
米迦勒和菲德維都瘋了。
她切身感覺到他們的瘋狂，因而確定跟隨他們絕不會有好下場。
「我發誓絕不背叛，並且願意受您支配。」
沒錯。

卡嘉麗發誓的是絕不背叛自己的夥伴。

即使受到米迦勒的支配也一樣。

她已下定決心，為了回報優樹的恩情，無論再怎麼骯髒的事她都肯做。

（米迦勒的支配在一定範圍內似乎絕對有效。不過離遠一點效果可能會變弱。或者只要別和他待在同一個空間，也許就不會受影響！）

他能夠感知天使系擁有者身在何方，然而卻有三項權能下落不明。

換言之，那裡很可能是安全地帶。

菈米莉絲的迷宮。

逃到那裡說不定能得救。

幸好卡嘉麗等人和魔王利姆路是同盟關係。

不，現在這局面或許會讓事情有所變化，但他是個濫好人，很可能願意讓卡嘉麗等人躲在那裡。

因此他們該採取的方針，就是把這裡弄得一團亂，再趁機逃走。

為了達到這個目的——

『聽得見嗎，拉普拉斯？』

『——會長！妳平安無事嗎！』

『平安是平安，但陷入了麻煩。所以——』

『妳儘管吩咐。窩現在該前往哪裡哩？』

『——黃金鄉埃爾德拉。』

卡嘉麗找來了最可靠的王牌。

於是，拉普拉斯也加入戰局。

＊

另一方面，雷昂的部下們倏地繃緊神經。
他們知道這天終會到來，也為此做過訓練。
而今天這個狀況真的發生了。
事發沒多久，雷昂就接到「都市防衛結界被破壞，敵人入侵」的消息。
驚慌失措的騎士帶來下一則消息，大叫道：
「入侵者雖只有八名，戰力卻無比強大！他們已經攻進城內，我方因而陷入混亂！」
騎士說完便回去迎戰，雷昂目送他離去後望向金。
「聯絡利姆路了嗎？」
「嘖，通訊被切斷了。敵人在我們上方。是維爾薩澤。也就是說敵人不只八名。」
雷昂點點頭，心想果然如此。
自己若是敵人，也會先切斷敵方的聯絡手段。這早在他們意料之中。
為了因應這種情況，利姆路便利用監視魔法「神之眼」隨時掌握各勢力的狀況。即使會有一些時間差，還是能讓他知道這裡出事了。
他一定會前來支援。
而且……就算利姆路趕不過來，以致發生了最糟的情況，還有一招他曾經半開玩笑說過的對策。

利姆路可能不是認真的，雷昂也一點都不想採用那個方法，但屆時也沒得選擇。

總之現在該做的，就是全力以赴避免該狀況發生。雷昂得出這個結論後，接著詢問金：

「怎麼辦？我們要在這裡等到利姆路他們來嗎？」

「不，恐怕很難。維爾薩澤不在的話還行，但若那傢伙認真鬧起來，一下子就會毀了這裡。」

「……那可就傷腦筋了。」

要執行空間轉移，必須知道現在地和目的地的正確座標。敵方既然切斷了通訊方式，大概也針對空間轉移做了某些手腳。

要是連「傳送魔法陣」都遭到破壞，援軍將會更晚抵達。

不過只要撐個十幾分鐘，利姆路應該就會來。唯有死守這處據點才能維持一線希望。

「對吧？所以也只能由我出馬去應付她了。」

金說著站起身來。

「我跟您去。」

「我今天也打算展現一下實力。」

米薩莉和萊茵跟在金身後。

一起生活了幾個月，雷昂也清楚她們倆的實力。

尤其是萊茵，最近戰鬥實力明顯提升，常常讓雷昂陷入苦戰。

他平常只覺得她很煩，但如今站在同一陣線，倒覺得挺可靠的。

妳平常就該拿出實力——米薩莉吐槽了一句，說出眾人的心聲。

這時，另一名麻煩人物開口了。

「咯呵呵呵。妳們兩個弱者跟去，想必也不會有太大幫助。我不是很想幫金，但利姆路大人的命令對我來說更重要。我就跟去助你們一臂之力吧。」

這男人，迪亞布羅以一副「老子要出手幫你們了，好好感激我吧」的口吻嗤笑道。

萊茵被他激怒，和他吵了起來。

金以不耐煩的語氣訓斥他們。

米薩莉無奈地搖了搖頭。

雷昂看著吵吵鬧鬧離去的一行人，心想：「他們感情真好。」

但現在不是悠哉思考這種事的時候。

外面就交給金他們，而雷昂也有自己的任務要完成。

走廊傳來部下們的慘叫，可見戰況十分慘烈。

雷昂有被支配的危險，不能輕舉妄動，這讓他焦躁不已。

「沒有敵人攻進都市內吧？」

他詢問總是隨侍在側的心腹，銀騎士阿爾羅斯。

接著，一直用「思念網」和騎士們溝通的阿爾羅斯簡短回道：

「是！所有敵人都往城內進攻。」

「這樣正好。」雷昂點點頭。

「那麼命令魔法騎士團封鎖王城！將入侵者隔離在城內，別讓他們和外面的人聯手！」

「遵命！」

雷昂明白不必擔心金他們，便如此下令。

將敵人封鎖在城內，王城外圍的百姓就不會遭受波及。雷昂打算在此等待利姆路支援，並解決城內的敵人。

「由各騎士團長迎戰敵人，以免損傷擴大。」

「遵命！」

僅憑常設的防衛隊解決不了敵人。因此雷昂想以隔離結界將王城封鎖後，再派出騎士團長們迎擊。這麼做等於將後備戰力全都投入戰場。

都市防衛結界的維持，繼續由專職防衛的黃騎士團和專職回復的白騎士團負責。另外再出動專職攻擊的紅騎士團迎戰敵人。

再來只剩專職游擊的藍騎士團。待會再視情況讓他們前往戰力薄弱的地方支援。

阿爾羅斯按照雷昂的命令指揮調度。

這時出現六名異形者，跪在雷昂面前。

「魔王雷昂大人，請允許吾等出擊。」

他們是金麾下的魔將們。

正確來說不是金，而是米薩莉和萊茵的部下們。

這六人原是高階魔將，隨著米薩莉等人的進化成為了「惡魔大公（惡魔貴族）」。

其中位居萊茵部下之首的米索拉吃了很多苦頭，因而具備公爵級的實力。雖然比同為公爵級的摩斯弱一些，戰鬥力仍高人一等。

位居米薩莉部下之首的甘恩也不差。

戰鬥力雖比米索拉弱，但也是侯爵級的強者。

其他四人實力也與魔法騎士團的各騎士團長不相上下，不讓他們出戰實在可惜。

「我允許你們，去吧。和芙蘭他們合力打倒敵人。」

於是惡魔們也被放了出去。

雷昂身旁只剩團長阿爾羅斯，以及負責指導武藝的黑騎士克羅多。

這兩個人本來也該出戰，但敵人這次的目標是雷昂，他們自然必須留下來保護他。

「真是坐立難安呢。」

「請您忍耐。雖然由我來保護雷昂大人這話聽起來很奇怪，但請相信大家，待在這裡別動。」

「呵呵呵，城內有八名敵人，對上我方的四名騎士團長和那些惡魔，還有實力堅強的騎士團，我們不可能會輸。」

克羅多勸戒完雷昂，阿爾羅斯也像在安撫自己似的說出樂觀的想法。

大家都明白事情沒那麼簡單，但無論如何都要防止雷昂落入敵人手中。

現在只能耐心等待，坐在王座上等捷報傳來。

一會兒後，城內各處紛紛出現劇烈搖晃。

打得最激烈的莫過於威格大鬧的戰場。

該處由米索拉指揮，與另外四名惡魔一同拖延時間。

在背後支持他們的是白騎士團團長——白騎士（White Knight）梅德爾。

梅德爾是個金髮碧眼的優雅美女，擅長回復魔法，只要有她在，眾人就能持續戰鬥下去。

惡魔們在她的幫助下力戰威格。

沒錯，力戰。

一人使出一擊後就退下，讓梅德爾治療完再回到前線，不斷重複。

面對那壓倒性的暴力，只能奮不顧身地戰鬥。

米索拉的表情因痛苦而扭曲。

但她沒有氣餒。

因為她一直以來都被主人萊茵的無理要求折磨得很慘。

而且反正……惡魔們若在此敗下陣來，回去就是等著被金除掉。那麼不如驕傲地打一仗，完成自己的使命。

然而……威格的存在值超過一千萬，惡魔們最高的也不過約五十萬，就連米索拉也只有七十萬。

他們又不具備究極技能，戰力之差一目了然。

「哇哈哈哈！太弱了、太弱了啊——！不！不！是本大爺太強了。抱歉啦，你們弱到本大爺連吞食的興趣都沒有。所以你們還得繼續痛苦下去，要恨就恨自己的弱小吧！」

威格不斷踐踏惡魔們的尊嚴，恣意謾罵，說些觸怒他們的話，但惡魔們也只能冷靜以對。

不，應該說這就是惡魔們的計畫。

他們擅長體察他人情緒，便利用威格的個性，刻意讓他沉浸在所向無敵的喜悅中，藉此維持現在的膠著狀態。

有別於威格那裡激烈而穩定的戰況，與阿里歐斯交手的人全都心驚膽戰。

「呀——哈哈哈！我愛殺多少人就殺多少人！哇塞、哇塞，這股力量真是棒極了！」

阿里歐斯為力量痴狂，彷彿喪失身為人類時的理性般不停大鬧。

究極賦予「刑罰之王聖德芬」按照阿里歐斯的願望，顯現成一把具備無窮子彈的手槍。

此外，他右手還拿著單手劍（Bastard Sword）。那是由奧露莉亞的「武創之王」創造出的武器。

這兩把武器遠比單純的神話級裝備更強。阿里歐斯有了它們，便得以不斷屠殺騎士。那模樣簡直像在模仿近藤中尉，顯示出連阿里歐斯自己都不願承認的「憧憬」。

雷昂方則由藍騎士團團長——藍騎士奧基西安和甘恩聯手迎戰阿里歐斯。

儘管武器差距懸殊，幸好技量仍能與對方抗衡。甘恩賭上大惡魔的尊嚴，用魔法妨礙阿里歐斯。奧基西安則以華麗劍技與阿里歐斯對峙。

幸好奧基西安擅長輔助魔法。甘恩和奧基西安施加的多重魔法，補強了兩人的體能和劍的耐久度。

即使如此仍幾乎毫無勝算。眼前的對手就算被擊中也不會受傷，因此生性冷靜的貴公子奧基西安並不奢望能贏。他小心別讓劍被破壞，滿腦子只想盡量讓這場戰鬥拖久一點。

不能讓敵人攻至敬愛的雷昂面前。

這場漫長的戰鬥現在才剛開始。

與奧露莉亞交手的，是紅騎士團團長——紅騎士芙蘭，以及黃騎士團團長——黃騎士奇索娜。

芙蘭是個有著褐色肌膚的健康美女，一身輕裝，重視攻擊力。奇索娜身材嬌小，性格開朗，以厚重的盔甲包裹全身。

這兩名女性較為幸運的地方在於奧露莉亞缺乏戰意。

奧露莉亞行事謹慎。

和威格與阿里歐斯不同，她小心探索自己的權能。

不過，芙蘭和奧露莉亞交手起來極為不利。因為她的所有魔法都會在奧露莉亞的盾牌前消散。

奧露莉亞正在實驗自己的「武創之王」能創造出怎樣的武器。她給了阿里歐斯單手劍、給了舞衣月牙弓（Crescent Bow），並為自己準備了星球棍（Morning Star）和大壁盾（Tower Shield）。

如此就能測試攻擊和防守兩種功能。

她這樣的個性讓兩名女性得以逃過一劫。

奧露莉亞以她們為實驗對象，一步步了解自身的究極賦予所創造的武器。

舞衣身在戰場，卻有股來錯地方的感覺。

她不知自己為何而戰。

但又不能違抗米迦勒的命令。

就連她信任的優樹都落入對方掌控，任憑她再努力也敵不過對方。

可是，她並不想殘殺那些與自己無冤無仇的騎士們，因而選擇旁觀到底。

若她認真參戰，戰況可能早就一面倒向天使方。

所幸這種情況沒有發生。

「這樣下去只會讓所有人陷入不幸。可是，我到底該怎麼做才好？告訴我吧，優樹……」

舞衣內心猶豫、煩惱不已，遲遲得不到解答。

離她真正出動還需要一段時間。

*

金等人出城迎擊，外頭刮著狂風暴雪。

這是維爾薩澤搞的鬼。

「由我來對付她。」

聽見金這麼說，沒有人有異議。

從久遠的過去到最近，金曾和維爾薩澤數度交手。老實說維爾薩澤真的無比強大。所以還是由金來應付她最為妥當。

而且維爾薩澤如今完全沒在抑制力量。證據就在於她的外表從少女變成了成熟女性。

她的眼睛也從平常的深海色瞳眸（Blue Diamond）變成金黃色。既妖異又不祥，卻又美麗地閃耀著。

這才是維爾薩澤本來的樣子，也是她人型時的戰鬥型態。金見到後便明白她是認真的。

此外，維爾薩澤還顯得十分瘋狂。

金飛至身處暴風雪中心、飄浮在半空中的維爾薩澤面前，維爾薩澤看見他便欣喜地大喊：

「我愛你、我愛你，我好愛你，金。所以——你也要和我更加地、更加地、更加地相殺（相愛）才行！」

她說著便笑容滿面地迎戰金。

「嘖，就說我懶得跟妳打了！」

金也拿出全力應戰。

面對維爾薩澤若手下留情，無疑是自殺。

於是，世上兩名最強戰力之間的戰鬥，就在城堡上空展開。

金實力堅強。

存在值也非常高，將近四千萬。

然而他的「等級」仍和維爾薩澤差很多。

她的實力是金的兩倍以上，而且超乎想像。造物主的妹妹可不是白當的，無疑是人間的絕對強者。

維爾薩澤連和妹妹維爾格琳交手時都不曾拿出全部實力。她總是維持少女型態，亦即封印住自身力量應戰。

就連揍飛維爾德拉時，也只像在開玩笑般給了他一拳。可見她的攻擊在能量利用上非常有效率。

唯有和金交手時，她才會全力以赴。

金之所以能和她打得不相上下，全因為有著卓越的戰鬥直覺。而且他一邊戰鬥還能一邊小心盡量別影響到地面，足以看出金．克林姆茲這個男人有多厲害。

戰鬥一如往常陷入膠著狀態。

漸漸地，金意識到一點——

這傢伙果然沒被操縱。

不，她確實受人支配，但這似乎和維爾薩澤的心願一致，所以她才刻意不反抗。

維爾薩澤看起來十分開心。

那是只有在戰鬥中才會見到的表情，令金無比懷念。

這不是個好消息，反倒讓人鬱悶。

她長久以來壓抑的願望，因菲德維等人的出現而得到解放。也就是說，在維爾薩澤本人得到一個滿意的結果前，這樣的敵對關係不會改變。

若只是被人操控，只要解除控制就行了。但現在的狀況又並非如此，因此連金也束手無策。
維爾薩澤不是個好說服的人。想讓她清醒過來，只能一直陪著她，直到她滿意為止。
「唉，還真累人！」
抱怨歸抱怨，金仍自信地笑了起來。
接著一臉愉悅地迎戰維爾薩澤。

*

城堡上空，比維爾薩澤他們更高的地方。
來到菲德維和札拉利歐面前的，是迪亞布羅。
「你這不知天高地厚的邪惡惡魔，才一個人就想和我們打？」
「咯呵呵呵呵，你要我下次見面小心點，今天終於要陪我玩啦？」
「……嘖，我才沒空陪你玩。札拉利歐，你跟他打。」
菲德維不願和迪亞布羅一決勝負。
他明白迪亞布羅是個難纏的惡魔，所以不太想與之交手。
隨後便沒再多說什麼，默默進到城堡中。
迪亞布羅原想阻止菲德維，卻被札拉利歐攔下。
任務被推到自己頭上，札拉利歐覺得很麻煩，而且老實說很想拒絕。不過這是直屬上司的命令，也只能勉強應付一下了。

「好吧。聽說你獲得了迪亞布羅這個名字，我倒要看看你變得有多強。」

札拉利歐說完，兩人隨即展開戰鬥。

儘管有些不情願，他仍對自己有信心。

雖然才剛獲得肉體，但身體狀況良好。即使久違地使出全力，身體也不會壞掉，這讓札拉利歐興奮不已。

「冥威八掌。」

札拉利歐搶先出擊。

這是將妖氣凝聚於掌中再射出的單純招式，但威力十分驚人。妖氣化作八顆空氣彈，紛紛射向迪亞布羅。

「無聊。你果然只有這點程度嗎？」

然而迪亞布羅卻一臉無趣地如此低語。

這並非挑釁對方或裝腔作勢一類的戰術，而是他的真心話。

面對實力比自己弱的對手還不打緊，若面對實力相當的對手，必須謹慎地先小試身手。

迪亞布羅輕鬆閃避空氣彈後，瞪著札拉利歐。

「竟然這樣浪費能量，你是空有力量的門外漢嗎？」

他相當認真地這麼問道。

札拉利歐為此感到不悅，但仍努力保持冷靜。

這就是為什麼我討厭這傢伙啊——札拉利歐隱藏怒火回道：

「閉嘴，這種程度對我來說不算浪費。畢竟我和你體內蘊含的力量天差地別。別擔心我了，擔心你自己吧。」

這是事實。

現在的札拉利歐和入侵菈米莉絲迷宮時已經不同了。獲得肉體讓他得以將位在「妖異宮」的本體實力完全發揮出來，換算成存在值超過兩千萬，他確信自己就算與「龍種」交手都不會輸。

稍微浪費點能量很快就能恢復，不必太在意。

沒想到迪亞布羅卻用鼻子哼笑了聲。

「所以才說門外漢沒用嘛。我們的戰鬥要麼是一擊消滅敵人，要麼就得做好長時間戰鬥的準備。所以必須以盡量不消耗能量的方式戰鬥。連這麼基本的道理都不懂，札拉利歐，你果然懈怠了。」

迪亞布羅高傲的態度令札拉利歐不爽。

若是輸了之後聽到這種話或許還能忍受，但戰鬥才剛開始。縱使擾亂對手心神也是一種戰術，不過這並非迪亞布羅的本意。

他是誠心誠意地在給札拉利歐忠告。

正因為理解這點，使札拉利歐更加不爽。

「閉嘴。我不需要你的忠告，給我安靜點。不用你提醒，我一直在前線和身為惡魔族天敵的蟲魔族作戰。像你這種在人間過慣安逸日子的傢伙，現在根本不是我的對手！」

「是嗎，那就好。還有你放心吧，我也經常和賽奇翁先生展開生死搏鬥。賽奇翁先生也是蟲型魔人，實力非常強大。而且令人羨慕的是他還擁有利姆路大人賜與的細胞，所以我能攻擊的部位很少，要贏過他很困難呢。」

能攻擊的部位很少是迪亞布羅給自己訂下的規則。他規定不能攻擊利姆路細胞構成的部位，等於是個額外的限制。

正因有這個規則，女惡魔三人組才一直無法贏過賽奇翁……不過這又是另一個話題了。

「聽不懂你在說什麼，在安逸的人間再怎麼訓練──」

札拉利歐說到這裡，忽然想起一件事。

他原本並沒有認真在聽，卻發現自己對賽奇翁這個名字有印象。

迪諾曾斷言有個人很棘手，連塞拉努斯都對那人的事表現出興趣。印象中那個人就叫賽奇翁。迪亞布羅和那種對象竟然不只切磋武藝，還經常展開生死搏鬥……

「原來如此，現在還真的不是鬧著玩的時候。」

就這樣，札拉利歐也認真起來。

迪亞布羅對上札拉利歐之戰，重頭戲才正要展開。

＊

皮可和卡拉夏擋在萊茵和米薩莉面前。

「好、好冷。」

萊茵的心已經快被擊垮。

若我不是惡魔，早就逃回暖爐前了──萊茵一面這麼想，一面思考該如何擺脫這個狀況。

「萊茵……妳剛剛不是才發下豪語說『今天打算展現一下實力』嗎？現在怎麼一臉無精打采？」

「那還用問，米薩莉。當然是因為太冷了。為什麼要在天氣這麼冷，而且還刮著暴風雪的情況下，和自己不討厭的人戰鬥呢？」

聽見米薩莉的問題，萊茵毫不掩飾地吐露自己的心聲。

說什麼傻話——正當米薩莉感到傻眼時，竟然有人附和了萊茵。

那就是敵方的皮可。

「就是說啊！為什麼我們要穿成這樣，在這種白茫茫的地方戰鬥啊！」

皮可穿得十分單薄。

這麼說來，卡拉夏也一樣。

「別抱怨了，我也一樣冷。」

她安撫著皮可，但心情顯然和皮可一樣。

萊茵和米薩莉的女僕服已經夠冷了，皮可她們全身更是只穿著一層單薄的衣物。卡拉夏還露出了肩膀，光看就很冷。

（咦，想認真戰鬥的該不會只有我吧？）

米薩莉意識到這個衝擊的事實，慌張起來。萊茵等人沒理會她，開始意氣相投地互相抱怨。

「說真的，真想叫維爾薩澤大人別這樣突然刮起大雪呢。」

「我也這麼覺得。應該說要下雪無所謂，但希望她能事先說一聲。這樣我就能穿著心愛的毛皮大衣來了。」

皮可說道：「還能炫耀一番呢。」

「等等皮可，妳什麼時候買的？」

「呵呵呵，趁著工作的空檔♪」

「啊啊！是上次那座城鎮嗎！那裡好像是挖寶的好地方呢。」

她們說的是布爾蒙王國。

布爾蒙王國地處東西交界，如今逐漸匯集世界各地的商品。其中當然也有魔國出產的，甚至有一些相當高級的服飾。

皮可和卡拉夏以監視之名在世界各地旅行。她們不愧是迪諾的同伴，做事相當隨興，在世界各地都設有作為據點的隱密居所，因而能夠走在時尚尖端。

兩個人聊得正起勁時，萊茵對她們投以冷淡的視線。

「要炫耀可以，但在此之前應該有更重要的事吧？」

米薩莉聞言嚇了一跳。

（哦？不愧是萊茵。剛剛那番話只是要讓她們放鬆警戒嗎？沒想到她也會像這樣攻其不備——）

她對同僚改觀，甚至有些敬佩。

既然這樣，米薩莉便決定靜靜等待開戰信號。然而她等到的卻是萊茵驚人的提議。

「別在這種地方聊天了！先找個地方避寒吧！」

萊茵自顧自地這麼說道。

「「「——唔！」」」

三人大吃一驚。

她們之間已沒有敵我概念，只剩下滿滿的困惑。

萊茵毫不在意。

她逕自降落地面，發動了某種魔法。

「戰略魔法『結冰地獄（Cocytus）』！」
「等等，萊茵！那是殲滅都市用的——呃，技巧也太高超……」
米薩莉看得目瞪口呆，但她的反應並不奇怪。
奇怪的是萊茵。
萊茵使用的結冰地獄是能讓大片土地陷入冰凍的魔法。其範圍依使用者的魔力而定，假設萊茵使出全力，能達到半徑三十公里。
使出這種危險至極的魔法到底要幹嘛——正當米薩莉這麼想時，一個邊長三公尺的冰立方體便出現在她面前。
雖然飄散著些許邪惡魔力，但沒有造成任何傷害。
萊茵氣勢十足，卻只留下這個胡鬧般的成果。
「如何？」
她一臉得意。
接著，皮可猜到她在想什麼，跟著露出壞笑。
「卡拉夏！」
「好，交給我吧。我也看出妳想做什麼了！」
卡拉夏也明白了萊茵的意圖。
她按照對方的想法，著手發動魔法。
「冰塊破碎（Ice Breaker）！」
這也是一種對個人使用的高階元素魔法。作法是讓大氣中的水分結冰後，再將之擊碎，殺傷力十分

強大。
不過這次卡拉夏巧妙利用該魔法，僅僅只在冰立方體上鑿出一個洞。
才一眨眼的工夫，「冰屋」就完成了。
「幹得好。」
「呵，妳也是啊。」
萊茵和卡拉夏互相認可，萌生友情。
「我們快進去吧！」
皮可第一個衝進冰屋。
萊茵和卡拉夏也毫不猶豫地跟在她後頭。
只剩米薩莉一個人留在外面，愣愣地低語道：
「呃……萊茵？這不是玩笑或計策，而是認真的嗎……」
然而她問的對象已在冰屋中。
米薩莉也開始覺得說這些沒意義，因而趕緊進到屋內。
…………………
……
……
「——就因為這樣，雖然方法是祕密，但總之我們也有幸在利姆路大人的協助下進化了。」
妳們怎麼變得比之前見到時還強——聽見卡拉夏這麼問，萊茵便給出上述答覆。
「——沒必要對敵人說得那麼詳細吧……好吧，算了。」

即便米薩莉傻眼，萊茵確實也從皮可等人那裡得到了情報。

亦即，迪諾和皮可等人擁有的權能，似乎真的在米迦勒的支配下。

皮可擁有究極技能「嚴格之王吉卜利爾」，卡拉夏則擁有究極技能「榮光之王漢尼爾」。她們本人雖未意識到，但她們都無法違抗米迦勒的命令。

此外，兩人還連帶說出了敵方戰力的全貌。

萊茵流出去的並不是什麼重要的情報。

擅自提起利姆路的名字確實太輕率，但利姆路又沒有說不行，所以這麼做沒問題——萊茵自作主張地這麼認為。

利姆路聽到之後應該會生氣——不，應該是懊惱自己怎麼沒警告她們不能說出去吧。

總之，萊茵用「利姆路幫我們進化」這則情報作為交換，問出了一些相當重要的資訊。

之後她們開始互相抱怨。

從各自的甘苦談到對上司的抱怨，滔滔不絕。

順帶一提，四人合力生火後持續注入魔力維持，讓室內保持舒適的溫度。萊茵還將私藏的甜薯（番薯）用竹籤串起來烤，飄出一陣美味的香氣。

接著，萊茵甚至拿出了甜酒。

「天冷的時候喝這個最好了。」

「這個就有點過分了吧……」

「哎唷，米薩莉小姐，別這麼嚴肅嘛，我覺得不錯啊。」

「說什麼呢，卡拉夏，是妳自己想喝吧？不過我也想喝，所以不會阻止就是了。」

「是啊，米薩莉。戰鬥完之後喝杯酒和好是常識吧？」

什麼時候戰鬥過了？

可惜現場除了米薩莉以外，沒有負責吐槽的人。

三對一的形勢對米薩莉實在不利，她也只能妥協。就這樣，冰屋中開起了女子聚會。

外頭的戰鬥愈演愈烈，與此同時她們也正經八百地交換著意見……

*

雷昂坐在王座上。

平靜的時刻已然結束。

一聲巨響傳來，正前方的門被破壞。

連接謁見廳的大門四分五裂，宛如粉塵般四散噴飛。

接著，入侵者大大方方地從粉塵中走了出來。

「呵──呵呵呵，各位好！我叫福特曼，是中庸小丑幫中的『憤怒小丑』。請多多指教！」

肥胖身軀配上憤怒的小丑面具，散發出一股異樣氛圍。

這個以開朗語氣說話的小丑，雷昂以前見過一次。

他曾是雷昂締結契約的交易對象，現在回想起來已成愚蠢的回憶。

上次見到他時，能感覺到他有一定的實力，現在更是不同凡響。

那是股不祥的力量。

更令人在意的是福特曼的目的。

若是來抓雷昂，一個人前來未免太過魯莽。

（敵方戰力果然比我們強。不過我還是不懂這傢伙在想什麼。若是來幫助其他同伴，就代表他擁有扭轉戰局的實力……）

雷昂邊想邊站起身來。

「你一個人來我們這兒，休想活著回去！」

阿爾羅斯大叫道。

克羅多為了能隨時保護雷昂，將手放在劍上動也不動。

雷昂思考著。

福特曼想必有其他目的。或者——

正當他這麼想時，一名女性穿過毀壞的大門，走進謁見廳。

「噢，你在這裡啊，魔王雷昂。呵呵呵呵，還記得我嗎？」

那名氣質優雅的美女說著笑了起來。

彷彿模範秘書般，身穿一襲深藍色套裝。

她的肌膚白皙細緻，秀氣臉蛋配上紮成麻花髮髻的金髮十分合適。

那雙帶有神祕光輝的藍眸，忽地凝視雷昂。

「我換了一副新外貌，或許該說初次見面才對。我是卡嘉麗，『中庸小丑幫』的會長。你是曾經殺害我的仇人，所以還是得由我來當你的對手。」

不用說，這人正是卡嘉麗。

她以一副誇張姿態向雷昂問好。

接著，兩名小丑跟在卡嘉麗身後走了進來。

戴著淚眼面具的少女是蒂亞。

她將大鐮刀靠在肩上，滑稽地自我介紹：

「人家叫蒂亞，是中庸小丑幫中的『淚眼小丑』，最討厭看到別人難過。卡嘉麗大人的敵人就由人家來除掉！」

蒂亞說完，輕巧地耍弄大鐮刀後，像在跳舞般讓出位置。

上前填補空位的是拉普拉斯，他戴著左右不對稱的小丑面具，那表情像在嘲諷人一般。

「窩素『中庸小丑幫』的副會長，『享樂小丑』拉普拉斯。好了，各位，在今天這樣一個良辰吉日——哎呀，這些都素廢話！窩按照命令『盡速趕來』，有夠累人滴。而且總感覺大事不妙。窩已經想走人哩……」

拉普拉斯自我介紹到一半就開始抱怨，很有他的風格。

小丑們紛紛報上名來後，最後一個人現身了。

那名少年身穿黑色帝國軍服，臉上掛著自信笑容。他正是受米迦勒支配的神樂坂優樹。

「嗨，看來我是最後一個。我好像叫優樹，而你應該是魔王雷昂吧？我總覺得好像見過你，但記憶有點模糊。抱歉，我也不太確定。」

米迦勒的支配分成幾個階段。

一是讓當事人保有自由意志，二是在其身上加諸一定限制。

若是對天使系的支配沒有遭背叛之虞，可以讓天使系擁有者們自由行動。然而優樹受到的是「王權

發動」的支配，因而受到不少限制。

就某方面來說，這也代表米迦勒認可優樹的能力。若米迦勒認為他沒什麼實力，便會准許他和卡嘉麗等人一樣自由行動了。

總之，現在的優樹看起來有些呆愣，自我介紹完後彷彿對雷昂等人失去興趣般，靠著門邊站立。

好──雷昂掌握了現場狀況。

對方總共有五人，每個人都和自己實力相當。不，甚至有人比自己還強。光是人數就已輸給對方，這狀況可說是糟糕透頂。

他這麼判斷後，猶豫著該不該使出殺手鐧。

自己應該能打倒一個人，但現在沒必要抱著必死的決心和對方硬碰硬。打不贏就該逃，而且也已準備好逃跑的手段。

不過雷昂仍感到猶豫，因為卡嘉麗眼中透露出的不是瘋狂，而是理性的光輝。

雷昂從利姆路那裡聽說卡嘉麗就是魔王卡札利姆。儘管雷昂已快忘記這個人，但仍清楚記得她那雙瘋狂的眼睛。

卡嘉麗當時是因嫉妒而癲狂，不知情的雷昂只覺得她的眼神很嚇人。然而那雙眼睛現在卻美得像青金石。

（大概是同一個人沒錯。那麼她或許有什麼打算。也就是說，還有商量的餘地？）

即使在此情形下，雷昂仍敏銳地察覺到對方的狀況。

這時小丑們紛紛向雷昂叫囂。

「魔王雷昂，你不只殺害了卡札利姆大人，還對相當於我們弟弟兼朋友的『狂喜小丑（Crazy Pierrot）』克雷曼見死不救！我絕不會讓你死得太痛快。因為我真的生氣了！」

福特曼說著便輕巧地彎曲肥胖的身軀，鞠了一躬。

拉普拉斯接著說道：

「素啊，克雷曼那傻瓜可不素自願去當魔王滴。因為他素唯一適合的人，窩們才會決定在會長出事時，送他出去代替會長。沒想到卻發生那種事，窩超後悔滴。」

他回憶起克雷曼，聲音中充滿不捨。

「人家真的很傷心。幸好卡嘉麗大人給了我們報仇的機會！我們會盡全力洩憤的，你可要好好撐到最後喔！」

最後蒂亞也語氣悲戚地說道。

於是，戰鬥就此展開。

*

雷昂方有三人。

卡嘉麗方則有五人。

不過優樹並未出動。

蒂亞衝向阿爾羅斯，福特曼則和克羅多交手。

此外還剩下兩個人，自然必須由雷昂來應付。

雷昂本來應該會輸的。
然而他卻沒輸。
他拔出聖焰細劍（Flame Pillar）舉在身前，卡嘉麗則舉起向米迦勒借來的破壞王笏（Ruin Scepter）砍了過去。
兩把神話級武器相撞，在大廳內激起了衝擊波。
與此同時，雷昂腦中響起一道聲音。
『聽得見嗎？我想和你商量一下。』
雷昂的猜測果然是對的。
他點點頭。
『謝謝。有人在監視我，所以我不得不這樣和你溝通。在這種狀況下，再小心也不為過。』
確實——他用眼神催促卡嘉麗說下去。
雙方假裝進行激烈的攻防，並且宛如走鋼索般在腦中對話。
順帶一提，拉普拉斯負責居中傳達兩人的「想法」。
加密後的訊息經由卡嘉麗與拉普拉斯主從間的連結傳送。亦即卡嘉麗先將訊息傳給拉普拉斯，拉普拉斯再轉傳給雷昂。雷昂的回覆也先傳給拉普拉斯，加密後再傳給卡嘉麗。
這麼大費周章全是為了防止被米迦勒看穿心思。卡嘉麗相信米迦勒無法讀出自己所有想法，在內心深處設下重重防線後，暗自思索。
之所以如此小心，是因為卡嘉麗打算從這一刻起背叛米迦勒。
卡嘉麗雖然曾陷入對雷昂的仇恨中，但遠離米迦勒讓她恢復了冷靜。
因此，她判斷與雷昂聯手才是最佳作法。

只要進到菈米莉絲的迷宮，就能躲過米迦勒的監視。之後那隻不可思議的史萊姆便會想方設法，幫助卡嘉麗等人恢復自由。

『你們之間有緊急時刻用的聯絡通道吧？用魔法無法直達迷宮，若有密道，請借我一用。』

雖然有「傳送魔法」這個手段，但這麼做太冒險。卡嘉麗倘若做出與計畫不符的行為，米迦勒可能會立刻強化對她的支配。

最理想的狀況就是直接躲進迷宮。

即使辦不到這點，卡嘉麗仍希望利姆路陣營能先做好接納他們的準備。

『原來如此，我了解你們的狀況了。』

『你說得那麼悠哉，米迦勒的目標就是你喔？你是「純潔之王梅塔特隆」的擁有者吧？』

『……我不否認。』

雷昂知道事到如今隱瞞也沒用，便誠實以告。

既然敵方選擇進攻這裡，就代表他們已經知道這裡有天使系擁有者。

那麼卡嘉麗等人的話語也更加可信。

雙方戰力差距這麼大，卡嘉麗沒必要用這種方式套雷昂的話。應該早點讓雷昂失去反抗能力，將他帶到米迦勒面前才對。

而且，即便蒂亞和福特曼在大鬧，阿爾羅斯和克羅多卻毫髮無傷。若對方認真想殺人，他們大概早就化作屍體了。

這種情況下沒必要演戲。

種種跡象看來，雷昂確信卡嘉麗說的是真的。

『我相信你們。城堡中確實有通往菈米莉絲迷宮的「傳送魔法陣」。』
『果然！』
卡嘉麗表情開朗起來，心想這樣一來計畫更有機會成功。於是，她表面上激烈地與雷昂刀刃相向，暗地裡更加積極地投入交涉。
雷昂儘管放下對卡嘉麗的懷疑，仍猶豫著能否輕易答應她的要求。
這時他腦中閃過心愛的少女，克蘿耶的笑臉。
不知為何，她不是對雷昂，而是對著利姆路笑……
雷昂心底油然生起一股黑暗的情緒。
這不是嫉妒，絕對不是！
他嚥下這股情緒，努力忍耐。
接著開始思考。
（利姆路應該願意接納這些人。這麼做雖然好像把麻煩推到他身上，倒也不會過意不去。）
他心想自己或許沒必要煩惱這麼多，不禁鬆了口氣。
雷昂深深點了點頭，開始積極確認後續事宜。
『那麼，只要把你們五個送過去就行了嗎？』
『對。此外有幾個人以前曾是優樹大人的部下，如今不可信任。反正他們就算留下來也不會被殺，我們也沒必要把他們抓來當人質，所以我打算把他們留在這裡。』
『帶他們走，不是更能減損敵方戰力嗎？』
雷昂這個人意外善良。

他之所以容易被誤解又給人一股冰冷印象，是因為太笨拙的緣故。

卡嘉麗也感受到了這點。

『你和我想的不太一樣呢。殺我的時候明明沒有手下留情……』

『沒辦法。眼見魔王攻來，連我也無法冷靜。為避免百姓受害，必須速戰速決才行。』

卡嘉麗明白他的顧慮。

兩個實力相當的魔王級人物打起來，對周圍的傷害非同小可。為避免這種情況，確實該像雷昂這樣速戰速決。

『說得也是。而且當時是我太蠢，沒資格埋怨你，忘了這回事吧。』

雷昂原以為她會抱怨更多，見她這樣反而困惑起來。

『——妳真的變了呢。』

他含糊結束這個話題，轉換心情回到正題上。

『剛才說的「傳送魔法陣」就在這個房間後方。因為房間本身已設有「多重結界」，戒備森嚴，所以只要打開王座後方的暗門就能見到魔法陣。』

『謝謝。那你有什麼打算？』

米迦勒的目標是雷昂。

卡嘉麗言下之意是在勸他一起逃。

然而雷昂卻用毫不猶豫的口吻回答：

『我要留下來。要逃的話一開始就會去利姆路那邊了。』

也對——卡嘉麗點了點頭。

『米迦勒的支配是無敵的喔？』

『可是，應該有一定條件。就算我真的被支配，金也會觀察背後原理，想出一套對策。』

這只是其中一個理由，不是全部。

雷昂其實只是想親自守護黃金鄉埃爾德拉的居民們。

這才是不惜拋棄「勇者」身分，也要守護人魔混血的男人，雷昂・克羅姆威爾的真意。

『你真的很笨拙呢。不惜拋棄自我，為他人拚命——』

『哼，沒這回事。很少人像我這樣惡貫滿盈。我為了拯救自己唯一心愛的人，讓許多人為此犧牲。這報應得由我自己承受。』

這段話顯示出雷昂的決心。

卡嘉麗明白這點，決定尊重雷昂的想法。他們自己能逃才是最重要的，用不著強迫雷昂。行動方針就此確立。

卡嘉麗透過拉普拉斯，將狀況轉達給蒂亞和福特曼。

雷昂也將此事告知阿爾羅斯和克羅多。兩人已察覺敵人未使出全力，聽了雷昂的說明後恍然大悟。

再來只剩優樹，只要強行將他帶走就好。

雷昂朝卡嘉麗使了個眼色，望向那扇暗門。

卡嘉麗看出他的用意，假裝被震飛，撞破了那扇門。拉普拉斯見狀立刻向蒂亞和福特曼打暗號。

阿爾羅斯等人也協助他們演戲，將福特曼和蒂亞誇張地震飛，送進密室。

「優樹大人！」

「哎呀，終於輪到我出場了嗎？」

優樹說著悠哉地走向密室——

（好！再來只要請雷昂發動魔法陣就行了！）

卡嘉麗確信能成功。

儘管過程很驚險，但這樣一來他們總算能逃離米迦勒。

本該如此。

然而——

這時命運卻拋棄了卡嘉麗等人。

留在「天星宮」的米迦勒在接獲迪諾的報告前，就察覺到歐貝拉叛變。

米迦勒勃然大怒。

他生平第一次有這種感覺。

自己的計畫被打亂，使他震怒不已。

其原因歸根究柢在於他太過天真。

明明擁有極為強大的支配權能，卻還是相信「夥伴」這種不定因素，放任他們為所欲為，才導致這種結果。

歐貝拉才剛獲得「救濟之王亞茲拉爾」，米迦勒就知道這件事。早知道當時應該確實支配對方。

沒這麼做全是米迦勒的失誤。

既然犯了錯，就必須彌補。

米迦勒雖然憤怒，但仍冷靜地這麼想。

他決定透過菲德維，對現在支配下的天使系擁有者加強「天使長支配」。

卡嘉麗因而失去了自我。

＊

只差一步。

那一步卻無比遙遠。

菲德維從那座毀壞的大門走進謁見廳。

「我只是好奇來看看，沒想到你們真的打算謀反。你們一個個都是不明白吾等大義的愚蠢之徒！」

見到破口大罵的菲德維，卡嘉麗便知道計畫失敗。那麼退而求其次，至少也該讓拉普拉斯等人逃脫。

只要命令他一聲就行了。

然而她如今連出聲都被禁止。

「沒用的，我已用『天使長支配』完全掌控了妳。米迦勒大人也很生氣，說你們太為所欲為了。此外——」

菲德維冷冽的視線貫穿停下動作的雷昂。

「我們的目標對象也在這裡呢，你也乖乖變成忠實的僕人吧。」

雷昂在聽見他的聲音前，就已盡全力發動「純潔之王梅塔特隆」，打算用迅雷不及掩耳的一擊解決對方。

只可惜已經太遲了。

（可惡，反抗不了——）

儘管和米迦勒素未謀面，他心底仍不斷湧出對那個人的忠誠之心。記憶與知識不受影響，自我意識卻被一股恍惚的情緒所掩蓋。

（克蘿耶，我對妳——！）

就連腦中那心愛少女的笑容，也被這股無法抗拒的興奮感覆蓋。

卡嘉麗和雷昂一樣被奪走了心智。

對米迦勒的忠誠變得比與重要夥伴們之間的情感更重要。

（我每一次、每一次都在緊要關頭失敗——）

卡嘉麗欲哭無淚地感嘆後，這股悔恨隨即消失。

「會長，不能在這裡放棄啊！窩、窩相信妳！」

卡嘉麗聽見一道攪亂心神的聲音。

然而那道聲音宛如隔著好幾層玻璃傳來的小孩哭喊聲，聽不太清楚。

「卡嘉麗啊，妳的『咒言』對這傢伙無效嗎？」

「是的。拉普拉斯是特別的，不必遵從我的命令。」

「是嗎？那就除掉吧。」

這道彷彿喪失所有情感的冰冷聲音，感染了卡嘉麗。

「是。至今辛苦你了，拉普拉斯。最後就由我親自處理掉你吧。」

「呃，會長？」

在場只有拉普拉斯對卡嘉麗的變化感到困惑。

蒂亞、福特曼和優樹，甚至連敵人雷昂都若無其事地看著這一幕。

卡嘉麗手中的破壞王笏亮起金色光芒——

「別愣在那裡！」

就在拉普拉斯幾乎萬念俱灰時，一個突然現身的人猛地推開他。

接著，那個人用劍將能夠破壞一切的金色光線彈開。

「妳素誰？」

「現在不是自我介紹的時候。可是可是，還是告訴你吧。我叫希爾維婭，是你們超強的援軍，放心把這裡交給我吧！」

那是個將銀中帶綠的長髮編成粗馬尾辮的美女。

身上那襲有著絲綢光澤的薄洋裝是魔國製特級品，可以穿來戰鬥。開衩處隱約可見白皙長腿。不過仔細一看，裡頭還穿著牛仔短褲。

真不搭調。

看得出她是為了應付激烈的戰鬥才這麼搭配，但既然這樣還不如穿長褲。

任性的穿衣風格讓人感受到她連在戰鬥中也不放棄對美的追求。從這點就能窺見她的個性。

這名女性自稱希爾維婭。

而她就是雷昂請來當作最終王牌的那個人——雷昂的師父。

拉普拉斯看著希爾維婭，心裡有股懷念的感覺。

拉普拉斯是卡嘉麗創造的妖死族。

或許因為生前是「勇者」的緣故，儘管未受到卡嘉麗支配，他仍喪失了幾乎所有的記憶。

因此，他不但不記得自己的本名是薩里昂．格利姆瓦多，也未意識到現在來助陣的希爾維婭是自己的妻子。

即使如此，他本能上知道希爾維婭是自己重要的人。

「雖然搞不清楚狀況，但窩畢竟素男人，可不會窩囊到把這場子全交給妳一個人應付！」

拉普拉斯將狀態調整回來。

事情來得太突然，他還沒能清楚掌握狀況，不過這是常有的事。

那麼只要像平常一樣，設法突破這個難關就行了。

「你們兩個若還活著，趕緊逃離這裡唄。你們被蒂亞和福特曼打得遍體鱗傷，再待下去會死哩！」

他緊盯著卡嘉麗和優樹，並向倒在大廳角落的阿爾羅斯和克羅多喊話。

兩人用回復藥苦撐，施有空間擴張魔法的腰袋已快要見底，再待下去恐怕連逃都沒辦法逃，但他們聽見拉普拉斯的建議仍一笑置之。

「哈哈哈，不必擔心。愈痛苦的時候愈不能逃避，我也是這樣教徒弟們的。要是我不做個好榜樣，還有誰要跟我學呢？」

「呵呵，身為騎士，當然不能拋下自己的主君逃走。」

他們倆都知道自己無法戰鬥，待在這兒只會礙事而已。之所以仍未逃走，是因為內心已做好為雷昂犧牲的準備。

兩人相信利姆路的援軍很快就會趕來，因此打算用自己的性命爭取時間。

「你們也真夠傻滴。」

「哈哈哈！沒想到我有天也會被小丑稱讚啊。」

「克羅多閣下，我想他應該不是在稱讚我們。不過我真羨慕你還有心情大笑！」

阿爾羅斯說著嘴角也微微浮現笑容。

懷有決心的人無比強大。

拉普拉斯也在內心對自己喊話：「窩也不能輸啊！」

「讓窩們重新來過。只要殺了你，會長就會恢復對吧？那窩可要全力以赴哩！」

他說完狠狠瞪著菲德維。比起不在場的米迦勒，他認為這一切更有可能是菲德維搞的鬼。

*

於是戰場又回到謁見廳。

拉普拉斯、希爾維婭，以及兩名傷痕累累的騎士。

對上菲德維、卡嘉麗、雷昂、優樹，以及福特曼與蒂亞。

人數上是四對六，戰力方面更是極為不利。

「希爾維婭小姐，可以問妳一件事嗎？」

「哦？什麼事？」

「說老實話，妳有多大把握能打贏他們？」

「嗯，這個嘛……就算知道這個，也不會幸福喔？」

「也對。好吧，不用回答了！」

說得也是——拉普拉斯笑著心想。

這段對話讓希爾維婭莫名有股懷念感。

不，不是對話，而是拉普拉斯這個男人本身讓她感到十分熟悉。

（難道我們認識？不，不可能。算了，現在不是在意這種事的時候。）

儘管胸部並不豐滿，希爾維婭仍顯得婀娜多姿，不過她同時也是一名不折不扣的老練戰士。她隨即轉換想法，開始打量自己的敵人。

菲德維動也不動，似乎想將雜事交給部下們處理。

那態度顯然不把希爾維婭等人放在眼裡。

但在這種情勢極為不利的狀況下，這或許反倒是好事。

（這股傲慢會害死你——我很想對他這麼說，但他似乎是「始源」之首。我聽神祖大人說過，搞不好比我還強？）

神祖的個性很隨便，他的話還是聽一半就好。希爾維婭被他騙過很多次，還因此吃過苦頭。

然而從「始源」們做的事來看，可以知道他們一點也不弱。就算對神祖的話半信半疑，那些人的實力推測起來仍在希爾維婭之上。

實際像這樣兩相對峙之下，更能感覺到他的存在感強得嚇人。

說起來，在場所有人都是怪物。

就連阿爾羅斯和克羅多也是不可多得的人才，如果生對時代，說不定還能自稱魔王。

菲德維連在這群人中都顯得出類拔萃。

若和他正面交鋒，肯定必敗無疑。那麼希爾維婭等人能做的，只有拖延時間了。

（艾爾說的利姆路應該就快來了吧？不知道他能不能應付這群怪物，可是聽說他連那個維爾格琳都打倒了呢。只能對他抱以期待了。）

希爾維婭也是神祖的高徒，對自己的實力相當有自信。實際上，她的存在值將近兩百萬，擁有相當於覺醒魔王的戰鬥能力。再加上她的武器是神話級的金剛杵(Vajra)，技量方面也勝過雷昂。刀刃的數量能夠自由變化，還能像長槍般伸長。

而且她還擁有天候系最高階的究極技能「雷霆之王因陀羅」，自然比蒂亞和福特曼還強。

即使如此，還是比不上菲德維。

甚至可說是望塵莫及。

她雖然自信滿滿地向拉普拉斯發下豪語，但要翻轉這個局面十分困難。不過只要菲德維不出動，他們就還有勝算。

希爾維婭考慮到雷昂可能會被操控，因而教過他將心核與權能(技能)分離的方法。雷昂現在應該拚了命想找回自我。

順帶一提，這麼做極有可能喪失權能。歐貝拉所用的正是這個方法，導致戰力大幅減損。

再說，這並不是件容易的事，所以希爾維婭才會將這當作最後手段教給雷昂。

（結果如何就看雷昂了。縱使他是個優秀的徒弟，但成功機率大概只有一半……）

儘管不甚樂觀，雷昂仍有一絲希望能回歸戰線。

將希望寄託在這上面無疑是贏面極低的賭博，然而別無他法。既然抱怨也沒用，希爾維婭只能下定決心盡全力應戰。

「你們兩個，專心支援我！而那個小丑！你的對手是——」

「是我吧？要是不偶爾出動一下，我的評價會變差呢。」

打斷希爾維婭話語的是敵方中的優樹，他不由分說地踢向拉普拉斯。

「咦，等等！你素認真的嗎？老大！」

儘管戰鬥突然展開，拉普拉斯仍不忘自我介紹。

「窩素小丑沒錯，但窩也有名字，叫作拉普拉斯。」

他一面和優樹交手，一面朝希爾維婭喊道。

「你果然是個威脅啊，拉普拉斯。既然你打得這麼輕鬆，那麼除了優樹大人外，我也來當你的對手吧。」

卡嘉麗說著也加入戰局。

「太卑鄙了吧！這樣子連窩都要哭嘍！」

拉普拉斯不得不拚盡全力。

他連和其中一方交手都很費力。

兩人同時攻來，讓他不再有餘力開玩笑。

這時，雷昂也出動了。

「呵，看來我的對手是妳呢，希爾維婭師父。不過我不想對妳動手，不如妳投奔我們陣營如何？」

雷昂十分紳士地提議道。

他雖然被人操控，但記憶還在。假設米迦勒或菲德維命令他殺了對方，他也只能照做。但若未接到這類命令，他仍有一定的主控權。

但是他被命令絕不能叛變，這個提議已是他最大的讓步。

「我說雷昂，是你叫我來的耶。」

「是的。所以請務必加入我們——」

「好像講不通呢，可是我不想被你怨恨。如果我幫了現在的你，等你恢復正常後一定會責怪我。」

希爾維婭回答完，笑了一下。

她知道雷昂是靠著什麼活到現在，如今又是為何而活。所以不忍違背他真正的心意。

然而，雷昂不明白她的意思。

「——？」

雷昂仍保留著與克蘿耶有關的記憶。

他依然重視克蘿耶，但這份心意並沒有比「命令」重要。

「你不是有喜歡的人嗎？那個人看見現在的你會怎麼想呢？」

這個問題讓雷昂的心動搖了。

可是——

他很快就恢復冷靜。

「這問題真無聊。實現完菲德維大人的願望，再來實現我的願望就行了。她一定也能等到那時。」

「呃，真的嗎……？」

希爾維婭不禁認真反問。

根據艾爾梅西亞等人的描述綜合判斷下來，克蘿耶的心顯然不在雷昂身上。

雷昂若不趁現在展開猛烈追求，克蘿耶根本不會理他，更不用說等他了。

不過，這是雷昂自己的問題。

希爾維婭知道不該多管閒事，便只給了句忠告：「算了，到時候被甩掉可不要哭喔。」

雷昂聞言抖了一下，但沒人注意到。緊接著，希爾維婭和雷昂的戰鬥也順勢展開。

＊

拉普拉斯是「中庸小丑幫」之中最強的魔人。

他的力量極為凶惡，甚至可以稱為未加冕的魔王。

儘管在卡嘉麗的幫助下重生成了妖死族，他依然保留著前「勇者」的經驗和技量。此外還擁有兩項獨有技。

一項是獨有技「詐欺師」。

這項權能能夠擾亂對手的認知，讓他自由自在地變換攻擊招式。

他也很擅長偽裝武器。

比如手裡明明拿著長槍，在敵人眼中卻會變成小刀。

或是讓敵人以為自己徒手，再從空無一物的地方射出小刀。

又或者也可以將炸彈偽裝成小刀。這權能拿來玩弄敵人再好不過。

而且有了這項權能，連裝死逃跑也非難事。

光是這項權能就夠凶狠了，另一項權能則更勝於此。

能預知未來的獨有技「預知者」——這就是拉普拉斯的殺手鐧。

這項權能可以讓拉普拉斯看見數秒後的未來。

他能藉此清楚得知自己的「詐欺師」在敵人身上是否管用。

因此他總是能小心謹慎地戰鬥。

高超的體能與戰鬥直覺。

搭配上完全預知未來的能力，以及千變萬化的攻擊方式，讓拉普拉斯所向無敵。他雖然自稱「中庸小丑幫」的副會長，但單就戰鬥能力而言，他比會長卡嘉麗還強。

正因拉普拉斯有這些能力，成為魔人後才能久立於不敗之地。

而且，逃跑對他而言也是戰術之一，所以他很少認定自己失敗。

而眼前這名少年——神樂坂優樹，是他少數承認自己打不過的對象。

直到不久前都還是如此……

「福特曼、蒂亞！去支援雷昂，順便解決那兩個沒死透的傢伙！」

聽見卡嘉麗這聲命令——

拉普拉斯便像要背水一戰般予以反擊。

對手有兩個人，而且還和自己實力相當，甚至比自己更強。

（其實比較棘手的素老大。卡嘉麗大人不管怎麼說，還素不擅長近戰。）

拉普拉斯和卡嘉麗認識很久了。

他熟知卡嘉麗擅長與不擅長之處，儘管她現在的存在感比卡札利姆時代還要強烈，他仍認為自己應付得來。

事實上，卡嘉麗體力增強，以致更難打倒；力量也增強，以致破壞力提高；速度也與過去天差地別，但綜合起來的技量是不變的。因此拉普拉斯只要提升反應速度預知下一步，就足以應付她。

但和優樹相比，就連拉普拉斯也占下風。

優樹的實力乍看和以前一樣強，但憑印象戰鬥是很危險的。因此拉普拉斯認為比起應付卡嘉麗，更應該先防備優樹。

「你可別恨窩，優樹老大！」

拉普拉斯大喊一聲，便朝優樹投擲小刀。然而用「預知者」可以知道那些小刀全部沒擊中。

他並未因此著急，繼續使出下一招。

朝著優樹閃避的方向，接二連三擲出小刀。

同時也不忘牽制卡嘉麗。

表面上看起來泰然自若，實際上他拚命利用兩項權能應戰。

但小刀還是沒擊中優樹。

（不會吧？在窩的預測中，不管怎樣小刀都會落空……）

只看得見數秒之後沒有意義。

其實「詐欺師」對優樹根本不管用。拉普拉斯以前就認定打不過他，這次要贏當然也很困難。

（不過呢，窩可不能這樣就放棄咧。）

如果這麼輕易就認輸，一開始就不該來這種危險的地方。

拉普拉斯也是對優樹描繪的夢想懷抱希望的人。

「老大，你不素說要征服世界嗎——！」

「啊哈哈，你真傻，拉普拉斯。你還相信那種蠢話啊？」

「那當然，窩這個人最會死纏爛打。窩已經決定到死才放棄，只要還活著就會一直相信老大！」

拉普拉斯有些自暴自棄地喊完，優樹嘲諷地笑了。

「真是滑稽啊，拉普拉斯！不要因為你是小丑，就說這種蠢話來逗人笑。」

優樹貶低了他一番後，和他展開肉搏。卡嘉麗原本想再度用破壞王笏放出黃金破壞光線，但由於兩人靠得太近，她只好停下動作。

而拉普拉斯正拚命化解優樹的攻擊，根本無暇顧及卡嘉麗。

（每一拳都那麼強，他真的素人類嗎？「異界訪客」的實力也太參差不齊了吧，好可怕。不過，話說回來……）

有件事令他很在意。

優樹的攻擊乍看激烈，實際上卻都不太精準。

並非因為拉普拉斯閃躲得好。

而是優樹自己刻意這麼做的。

這時，拉普拉斯注意到一點。

（咦？等等。這個信號，難道是——）

接住對方的拳頭或踢擊時，都會有微弱的震動傳來。拉普拉斯對這個溝通方式相當熟悉。

他們和克雷曼聯絡時，也曾用過這套外人無法解讀的暗號。知道這套暗號的，只有能夠信任的夥伴而已。

換言之——

（呃，我看看……「快點發現啊，笨蛋！發現之後就跟我扭打在一起」？）

咦，真的假的——儘管拉普拉斯內心存疑，但這不太可能是陷阱。
畢竟優樹不必耍這種小手段，拉普拉斯已經快輸了。
拉普拉斯便照他說的，撲上去和他扭打。
「窩的力氣比較大！」
「來試試看啊。」
兩人像相撲選手般抱在一起。
接著，拉普拉斯瞬間被拋飛出去。
（素真的！）
那不是陷阱，拉普拉斯接收到了優樹下一則訊息。
拉普拉斯假裝倒在地板上——不過真的很痛——並讀取優樹的訊息。
剛剛不是瞬間的攻防，而是短暫的扭打，因而得到了較為大量的資訊。拉普拉斯也藉此得知優樹的現狀。
（老大清醒過來哩！）
在這般絕望的情況下，這則消息令人振奮。
拉普拉斯在面具下露出欣喜表情，繼續閱讀訊息。
（呃，我看看？繼續假裝戰鬥，並悄悄把會長架住？老大說再來就交給他，應該素有什麼妙計吧？好，來吧！）
拉普拉斯毫不猶豫展開行動。
他假意和優樹攻防，順勢抱住卡嘉麗。

「——唔？」
「很好——『權能奪取』——！」
「做、什麼——」
卡嘉麗雙腿一軟，跪倒在地。
拉普拉斯將她攙扶起來。
「還、還好嗎，會長？」
「咦，拉普拉斯？呃……我怎麼——不會吧，我的權能——『支配之王麥基洗德』消失了？」
卡嘉麗顯得很慌亂，但隨即掌握狀況。
「回來吧，蒂亞、福特曼！」
不愧是卡嘉麗，回過神後，立刻把他們叫回來保護自己。儘管臉上難掩驚訝，她仍打從心底明白，從這時起戰況將為之一變。

＊

和雷昂交手的希爾維婭陷入苦戰。
兩人雖是師徒，但雷昂有著連她都認可的才能。
雷昂與光之精靈同化，並以「勇者」身分活躍時，劍術就已和希爾維婭並駕齊驅。
如今更擁有究極技能「純潔之王梅塔特隆」，憑藉著無與倫比的劍術躋身魔王之列。
雷昂卯足全力，使出「光速斬擊」。他的速度並非真的快如光速，而是劍的軌跡像閃電一樣耀眼，因而得名。

再加上究極技能「純潔之王梅塔特隆」讓他的劍術變得更具威脅性。

那是神聖屬性的究極之力。

該權能強得誇張，連最強的神聖魔法「靈子崩壞（Disintegration）」都能操縱自如。

雷昂利用「純潔之王梅塔特隆」，讓「靈子」遍布在自己身體和劍周圍，所有被他碰到的東西都會毀滅，堪稱「破壞的化身」。

超高速劍技與破壞一切的權能完美搭配，使雷昂立於不敗之地。

不過希爾維婭也不差。

她的權能「雷霆之王因陀羅」能夠支配自然界威力最強的「雷」。

儘管雷擊威力十足，但「雷霆之王因陀羅」的精髓並不在此。其精髓在於希爾維婭能讓自己的身體化作雷霆，展開神速攻擊。

因此希爾維婭在遠古時代被稱作「雷帝」，受人畏懼。

正因她有這樣的能力，才能應付雷昂的猛攻。她讓金剛杵依狀況自由變換外觀，得心應手地與雷昂交鋒。

即便保住了身為師父的顏面，希爾維婭心中仍有股危機感。

（我知道他很強，但沒想到進步這麼多……看到徒弟進步固然開心，不過也要看情況呢……）

她心裡這麼想。

之所以會有這股危機感，是因為感覺到雷昂並未使出全力。

…………

…………

……

正因希爾維婭是雷昂的師父，才能看出他的弱點。

雷昂的想法太過天真。

只要附近有同伴，他就無法使出全力。溫柔體貼雖是美德，但在戰場上卻是很大的破綻。

將守護他人的心願轉化為動力——是「勇者」的理想，不過這種事只存在於故事中。若在現實中也抱持這樣的想法，只能說還不成熟。

希爾維婭知道——

雷昂將撿來的孤兒和飽受折磨的魔人們聚集起來，建造了這座都市。艾爾梅西亞雖然也有給予資金援助，但暗中協助建國的其實是希爾維婭。

他表面上總是假裝惡人，以致容易招人誤解，但真正的他是個善良的人。

名為靜的少女失控害死朋友時，他也心痛地說是自己的錯，並且認為與其由自己這樣的魔王扶養，不如讓她在人類世界生活，因而將她託付給當時的「勇者」。

希爾維婭知道，他後來一直默默守護那名少女，因此比誰都先察覺到魔王利姆路的存在。

雖然愛蓮等人和那名少女——井澤靜江成為知己是出於偶然，但希爾維婭其實透過艾爾梅西亞的手下，實施了比魔王雷昂更嚴密的監視。

因此，看到雷昂一再被人誤會，希爾維婭很著急，也對徒弟的軟弱感到傻眼，但她並未多管閒事。

考慮到雷昂容易招來不幸的體質，就算希爾維婭出手相助，可能也只會讓事情變得更複雜而已。

那段日子裡，她懷著焦急的心情默默守護雷昂。

而這次，雷昂終於來拜託她了。

她為了回應雷昂的期待盡速趕來，然而現在的狀況非常不樂觀。

原因只有一個。

那就是雷昂的弱點已然消失。

因為太過天真而無法使出全力的雷昂，如今將米迦勒的命令看得比什麼都重要，因此可能會視情況動用權能的所有力量。

動用那令人畏懼的「純潔之王梅塔特隆」。

雷昂一直抑制著該權能，僅使用最低限度的力量。不過，「純潔之王梅塔特隆」本來是專門用來進行大規模殲滅的權能。

「雷霆之王因陀羅」也一樣，因此希爾維婭的危機感極強。

（萬一雷昂使出全力……）

萬一他不顧周圍可能受到的損害，發動權能的話會如何？

如果他是認真的，那樣一來，整個國家都會毀滅。

希爾維婭繃緊神經，心想絕不能讓這種事發生。

…………

…………

……

兩人激烈交鋒，持續著時進時退的攻防。

超高速戰鬥的餘波將謁見廳破壞殆盡。

最糟糕的是，連「傳送魔法陣」也遭到破壞。儘管該魔法陣由「魔鋼」製成，十分地堅固，但仍被雷昂的流彈打到缺損。

壞成那樣，已無法使用。別說逃脫了，就連將利姆路等人傳送過來都辦不到。

希爾維婭在心中暗叫不妙，不過和雷昂交手時本來就無暇保護其他東西，這也是沒辦法的事。

而阿爾羅斯和克羅多也無力支援希爾維婭。

「多、多麼驚人的戰鬥啊……什麼都看不見。連我的眼力，也判別不出哪一方占上風呢。」

「放心吧——這麼說好像有點奇怪，不過我也一樣，克羅多大人。原以為自己現在的實力應該追得上認真的雷昂大人，看來是我太自戀了。」

「嗯，的確是。」

兩人雖然不知希爾維婭的身分，但看得出她不是等閒之輩。見到她那超乎想像的實力後，更是目瞪口呆。

而蒂亞和福特曼的反應也一樣。

「天哪，雷昂那傢伙比想像中更強呢。」

「呵呵呵，看來很難介入他們的戰鬥！那麼我們能做的就只有？」

「沒錯沒錯，只有清理嘍囉了！」

兩人啪地擊掌。

接著看向阿爾羅斯和克羅多。

「呵，他們盯上我們了呢……」

「就算打不過，至少也要砍上一刀，展現身為騎士的驕傲！」

「這樣無疑是自殺。不過沒辦法，現在也只能這麼做了。」

阿爾羅斯等人做好了覺悟。

決定以魔法騎士團團長與指導者的身分，光榮戰死。

兩人的性命已如風中殘燭，這時一道聲音響起。

「回來吧，蒂亞、福特曼！」

卡嘉麗在千鈞一髮之際恢復理智，阿爾羅斯等人因而幸運逃過一劫。

＊

菲德維不知所措。

眼前發生了令他難以置信的事。

數萬年來，他的計畫從來沒有生變過。

最近卻開始頻頻出現破綻。

從柯洛努打敗仗開始。

竟然發生軍團全滅這種令人匪夷所思的事。菲德維想查明原因，無奈通往該世界的「冥界門」卻就此關上，導致詳細情況成謎。

下一件讓菲德維震撼的事，是維爾格琳的回歸。

維爾格琳被放逐到異界，本應在遙遠的世界等待毀滅才對。

然而不知為何，她卻回到了基軸世界，還將柯洛努完全消滅。

不可能有這種事。
但菲德維不得不承認這就是現實。
因此他這次訂定了萬無一失的計畫。
沒想到事情還是變成這樣。
不但理應受到完全支配的優樹恢復自由，就連獲得天使系權能的卡嘉麗也清醒過來。
「——你做了什麼？是怎麼逃過『王權發動』的？」
菲德維用猶如地獄深處傳來的聲音，質問優樹。
本來不該期待回應，不過對方可是優樹。
他臉上浮現奸笑，像要挑釁菲德維似的回答：
「理由很簡單，因為我是天才。我感覺到『王權發動』不太妙，便讓自己體內萌生出的奇妙意識頂替我受控制。」
「——奇妙意識？」
「沒錯。我猜應該是我獲得的究極技能『貪婪之王瑪門』的自我吧？這個貪婪的權能是從瑪莉安貝爾那裡奪來的，我總覺得有點噁心，所以沒有完全信任它。」
他明明得心應手地運用「貪婪之王瑪門」，實際上卻從未信任這項權能。這份謹慎就是優樹之所以為優樹的原因。
我可辛苦了——優樹接著說道。
「我透過觀察『貪婪之王瑪門』的自我如何被支配，解析出背後的原理。所花時間比想像中更久，幸好在出大事之前趕上，你們就原諒我吧。」

優樹說著還向拉普拉斯等人眨了眨眼。

這些全是他的計策。

他連被操縱時都仔細觀察現況。最後得到的結論是自己打不過菲德維。

不過將來可就另當別論。

優樹認為只要自己繼續增強實力，總有一天能和菲德維一較高下。雖然不像利姆路那麼誇張，但優樹的成長速度也很驚人。

因此，他刻意挑釁對方。

要是菲德維誤以為他游刃有餘而選擇撤退，便大獲全勝。

再不然，至少也要在利姆路的援軍趕到前拖點時間。優樹認為繼續和他閒扯下去，應該能達到這個目的。

菲德維儘管對優樹的態度感到火大，腦子卻十分冷靜。他判斷優樹回答的真偽，確定對方沒說謊。

（竟然能解析米迦勒大人的權能？區區人類不可能辦得到。危險，這傢伙太危險了……）

菲德維瞇起眼睛，將優樹認定為「敵人」。

因此，他決定拿出一直暗藏的手牌。

（本來想等到更危急的時刻再拿出來，沒辦法了。與其讓他去偵察背叛者的動向，不如先在這裡解決優樹。）

菲德維將優樹視為威脅。

當然不是因為被他的挑釁激怒。

而是在於優樹的權能——「貪婪之王瑪門」的「權能奪取」。

要是置之不理，不只雷昂，連其他人都有可能脫離米迦勒的支配。

米迦勒已對他們發動「天使長支配」，等於打破了雙方的信任關係。因此即使機率很小，菲德維仍認為權能被奪走是個不可承受的風險。

「不愧是優樹大人！」

「是啊。」

「窩就知道！老大就算跌倒了也會捲土重來滴！」

「我確實就是這麼厲害呢。」

「對啊、對啊！我們等於已經贏了嘛。」

「呵呵呵，雖然不清楚現在的狀況，但可以確定是我們占上風，對吧！」

「這麼說就太誇張了，不過的確多了點餘裕。」

優樹一行人自顧自地交談，菲德維不悅地瞪著他們。

「嘿，你！我想問一下，你也能奪走雷昂的權能嗎？」

希爾維婭和雷昂不顧情勢生變，持續交鋒了一會兒後，如今像要稍作休息般暫時拉開距離。希爾維婭趁著這個空檔詢問優樹。

儘管連打招呼的時間都沒有，優樹還是朝她露出討喜的微笑回答：

「真可惜，現在沒辦法。而且我也沒有餘力接收他的權能——」

「嘖，可惜。那麼那邊就交給你，可別期望我會幫忙喔？」

「了解。總之妳就設法壓制住雷昂吧。」

「沒問題！我會拿出身為師父的真本事應戰的。」

希爾維婭說完，再度與雷昂交鋒。

優樹心想她真可靠，並決定集中精神對付菲德維。

剛才說無法奪取雷昂的權能，是真的。

他才剛奪得卡嘉麗的「支配之王麥基洗德」，連解析都還沒完成，自然沒辦法奪取其他權能。

更重要的是，自行產生的權能和被賦予的權能不同，卡嘉麗的是被賦予的權能，不那麼穩定，因此容易奪走。

至於自行產生的權能，即使優樹在絕佳的狀態下，也很有可能奪取不了。而且無法應用在比自己強的對手身上。

雷昂現在正被人操縱，要奪走他的權能並非完全不可能……但不管怎麼說優樹現在都沒那個心力。說明得太清楚會對自己不利，因此他選擇含糊帶過。

（反正不管說什麼，敵人都會對我的話存疑。）

優樹心想。

他自己也不相信敵人的話語。

換言之，優樹雖然回答「沒辦法」，但菲德維應該會認為「雷昂的權能有可能被奪走」而採取下一步行動。

這就是優樹用來虛張聲勢的技巧。

這樣敵人就不敢輕舉妄動。只要繼續維持膠著狀態，戰術上就成功了。

然而，菲德維此時卻笑了起來。

「呵呵呵，真傷腦筋。果然該趁現在除掉你啊。」

聽見那令人毛骨悚然的聲音，優樹意識到計畫出了問題。

（挑釁過頭了嗎？不，就算他認真出擊，我們大概還是能撐得住。）

憑優樹一個人打不過他，不過他們這邊有五個人。

而且雷昂又有希爾維婭擋著。

因此優樹等人可以一起對付菲德維。

但是，此時出了一個天大的差錯。

菲德維的王牌以優樹意想不到的方式，露出了獠牙。

＊

「殺了那個小鬼（醒來吧，傑西爾）！」

菲德維命令道。

「——？」

優樹不明白他的意圖。

雷昂正忙著應付希爾維婭，無法回應他的命令。現在應該只有菲德維本人能出動才對。

（怎麼——）

優樹愣了一下，在他想出答案前，結果就先擺在眼前。

「你叫老夫嗎，菲德維？老夫雖然欠你人情，但老是必須聽命於你，還是讓老夫滿不爽的。」

胸口感受到一陣灼熱痛楚，而後這道聲音便傳進優樹耳中。

優樹吐出血來。他望向自己胸口，只見那裡插著一隻詭異的手臂。

「福特曼！你在做什麼！」

卡嘉麗大喊，福特曼聽到後轉過頭來。

他臉上浮現邪惡笑容，將手從優樹胸口抽出。

接著回答：

「閉嘴，卡札利姆。竟敢拋棄老夫賜與你的『名字』和『容貌』，老夫才想問你在做什麼？」

那流暢的言詞完全不像福特曼。

其邪惡的氣場也變得遠比之前更加強烈。

「可惡，搞砸了……」

優樹喃喃說完，跪倒在地。

身為「聖人」的優樹可以作為精神生命體，完全控制肉體。因此能夠讓血流按照自己的意思止住，但他受的傷並不輕，換作一般人肯定會立即死亡。

「哦？竟然還活著，真是個頑強的廢渣。不要再勞煩老夫動手了！」

福特曼說完便將瀕死的優樹踹飛出去。他的力氣變得出奇強大，才踢一腳就讓優樹無法行動，破壞力驚人。

「唔啊！」

「優樹大人——」

卡嘉麗和蒂亞衝上去照顧優樹，拉普拉斯則擋在福特曼面前。

「你素誰？」

「竟然問老夫是誰。哪裡來的低賤蟲子，竟然不曉得偉大的魔導大帝？」

沒錯，這個男人不是福特曼。

而是老早以前就應死亡的魔導大帝——名叫傑西爾。

「魔導大帝……難道是傑西爾？」

希爾維婭集中精力對付雷昂，但仍眼觀四面分析戰況，當然也豎耳聽見了這段對話，魔導大帝一詞引起她的注意。

「哦，妳是希爾維婭對吧？沒錯，老夫就是傑西爾！」

傑西爾的宣言使全場陷入緊張。

卡嘉麗臉色蒼白，希爾維婭皺起眉頭。

身為傑西爾女兒的卡嘉麗自不用說，希爾維婭和傑西爾同為神祖的高徒，以前就認識。兩人互相討厭，因而分道揚鑣，不過雙方都清楚對方實力堅強而提防著彼此。

兩人深知傑西爾有多邪惡，所以明白他的復活是最可怕的災禍。而這就是菲德維的王牌。

失去肉體、變成「靈魂」的傑西爾，在蜜莉姆大肆破壞後的土地上徘徊，菲德維將他找出來，收留原本可能消失的他，並讓他陷入沉睡。

在近藤中尉操控魔王克雷曼時，菲德維也將傑西爾的「靈魂」植入福特曼身上。他認為自我意識和知識都很薄弱的福特曼，最有可能被傑西爾奪舍。

該計畫成功，傑西爾開始緩緩侵蝕福特曼的肉體。起初只負責傳送情報給菲德維，這次被熾天使附身後，力量的天平一舉反轉，由傑西爾掌握主導權。

再來只要菲德維命令一聲就會甦醒。

菲德維原想在最有效的時機喚醒傑西爾，最後判斷那就是現在。

「來吧，傑西爾啊。充分運用我給你的力量，殺了他們所有人。」

沒用的道具只有廢棄一途，菲德維因而如此命令道。

傑西爾得到熾天使力量的同時，也借得了米迦勒從維爾格琳身上收回的「救贖之王拉貴爾」，他偷偷使其轉化為究極賦予「火焰之王阿格尼」並占為己有。

「嘿嘿嘿嘿！老夫一直在等這天，終於可以盡情發揮這股力量了！」

傑西爾邪惡地笑道。

福特曼的巨大身軀被火焰包覆，化為能將觸碰到的物體全部毀滅的炎帝。傑西爾自由操縱著火焰，解放那股凶惡之力。

福特曼的「憤怒面具」粉碎融化。

顯露出來的容貌彷彿呈現出傑西爾的本性般，醜陋地扭曲著。

「把福特曼、把我的福特曼還來！」

卡嘉麗吶喊道。

但那悲痛的聲音只讓傑西爾更加喜悅。

「嘿嘿嘿嘿！軟弱至極。真想好好矯正你的劣根性，可惜沒辦法！菲德維大人命令老夫殺了你。原諒老夫吧，蠢兒子。」

傑西爾毫無悔意地說完，便朝卡嘉麗投擲火球。

那火焰的威力雖然不及維爾格琳，但仍十分強大。任何物質若被那股熱度正面擊中，都會瞬間燃燒殆盡。

「可惡啊，不准無視窩！」

拉普拉斯射出魔力彈想讓火球偏離軌道，無奈兩者威力相差過大，魔力彈輕易被火球吞噬，沒能造成任何影響。接著火球逐漸膨脹，準備吞噬卡嘉麗、蒂亞和優樹。

然而火焰熄滅後，卻有一道人影佇立在那兒。

「沒用的。」

是優樹。

瀕死的他勉強起身，用「能力封殺」擋下了火球。

「……哦？老夫的火焰不管用啊。應該不是威力的問題。真麻煩，老夫就承認你是個麻煩吧。」

傑西爾眼中亮起研究者的好奇光芒。

嘴角也因喜悅而扭曲，像見到新玩具般興致盎然。

「老大，你沒事嗎？」

「怎麼可能？我現在就想找張床躺下，問題是敵人不讓我們逃啊。」

「也素……那你打算怎麼辦咧？」

「重要的是——」

重要的是活下來。

優樹明白這點，但想不出能存活下來的良策。

根據優樹的觀察，傑西爾的實力是拉普拉斯的十倍以上，和優樹相比至少也是五倍以上。

…………

…………

……

事實上，若從上帝視角看來，拉普拉斯的存在值為一百萬出頭。和魔王種相比雖然強得無人能及，但在覺醒魔王之中只能算最底層。拉普拉斯是因為具備有效運用能力的經驗（技能直覺），才能一直這麼強。

再來是即便還是「聖人」，但實力強到足以成為「神人」的優樹，其存在值約兩百萬。不過，他擁有強大的權能「貪婪之王瑪門」，以及讓技能無效化、堪稱犯規級的「能力封殺」，因此戰鬥能力無法以數值估量。

蒂亞的存在值為兩百四十萬，若光看數值比優樹強。自身沒什麼欲望的她具備獨有技「樂天家」。在特定條件下能將所有體能提升至三倍，然而適用對象僅限能力比自己差的對手。

她的技量並不像拉普拉斯那般出色，因此是四人之中最弱的。

他們之中存在值最高的是卡嘉麗。

其存在值將近三百萬，比同伴們更勝一籌。此外又有破壞王笏加持，加總起來高達四百萬。

可惜的是，卡嘉麗只能擔任輔助角色，近戰和遠距戰鬥她都不怎麼擅長。雖然還沒到浪費才能的程度，但在戰鬥方面無法寄予厚望。

另一方面，傑西爾的存在值則高達一千四百萬。

這是空有力量的福特曼和傑西爾的力量相加的結果。另外，傑西爾不只對魔法戰鬥很在行，也因為喜愛玩弄弱者而擅長近戰。

他光用純粹的暴力就能擺平他們所有人。

這無疑是最糟糕的狀況。

……………

…………

……

優樹雖是天才，卻想不出突破困境的方法，因而焦躁不已。

他在想自己剛才是否該繼續假裝受控制，但隨即否定這個想法。這也是個辦法，但假如要奪回卡嘉麗，當時是最佳時機。

事情會變成這樣，純粹是因為菲德維技高一籌。

即便雙方都做好萬全準備，想好各種對策，但實際開戰時一定是握有較多隱藏手段的那方占上風。

優樹老實承認這次是自己輸了，並開始反省。

話說回來，優樹一直和福特曼待在一起，卻沒注意到他的身體被邪惡意識占據。與其責備自己沒看出來，不如稱讚菲德維做事滴水不漏。

（每次都是這樣，這世界真的很不公平……）

反省歸反省，優樹仍對世界的殘酷感到無奈。

說不定蒂亞也被做了什麼手腳。優樹提防了一下，但立刻意識到沒有這個必要。

菲德維如果真的做了手腳，沒道理不在這一刻使出來。

他忽然想起那隻集不公平於一身的史萊姆。

（利姆路先生啊。他肯定不會放棄吧。明明我先來到這個世界，晚來的他卻在這兒過得自由自在。而且所達成的事甚至比我拚命追求的理想更美好，真的很討厭。）

想是這麼想，但他並未真的感到不悅。

反倒有股笑意打從心底油然而生。

「你在笑什麼？」

「沒什麼，只是想到一些有趣的事。我明白你是個難纏至極的對手，不過有人比你更恐怖。大概只有他能輕鬆躲過我所設下的陷阱，還一副悠哉悠哉的樣子。」

「哈哈，老大說的素利姆路吧？那個人真的不簡單。」

「你也這麼認為吧？我不喜歡依賴別人，不過很樂意利用他人之力。再過不久，那個人就會趕來支援，所以我們要做的事只有一件。」

優樹說著露出自信的笑容。

「這樣啊，說得也素。」

拉普拉斯也笑了。

「那就是拖延時間吧？打從一開始就只有這個選項，現在才下定決心好像晚了些。」

卡嘉麗受到鼓舞，站起身來。

「好，人家也要加油！」

蒂亞幹勁十足。

優樹、拉普拉斯、卡嘉麗與蒂亞。

四人齊心對抗奪走福特曼身體的傑西爾。

「窩們會幫你報仇滴，福特曼。」

拉普拉斯說完這句振奮人心的話語後，激烈的戰鬥就此展開。

＊

希爾維婭邊和雷昂交手，邊用眼角餘光觀察優樹等人。

四對一乍看在人數上占上風，實際上居於優勢的卻是傑西爾。

優樹處於半死不活的狀態。

他胸前那個洞雖然堵住了，但也為此消耗不少能量。

值得慶幸的是，優樹擁有名為「能力封殺」的特殊體質，因而得以抵禦傑西爾的火球，勉強讓這場生死搏鬥持續下去。

優樹負責防守，拉普拉斯和蒂亞發動游擊，而卡嘉麗則盡全力支援，如此才有辦法和強大的對手(傑西爾)抗衡。

（他叫優樹吧？那孩子一旦倒下，這個陣形會立刻瓦解呢……）

不只會失去防守的力量。這支隊伍的士氣，全靠優樹不斷以積極的態度下指示才得以維持。

拉普拉斯為了回應優樹的指示而勉強自己。

蒂亞很容易受人影響，因此氣氛決定了她是強是弱。

看來身為總司令的卡嘉麗也明白這點——

（也是啦，就算明白，沒有方法也沒用……）

也就是他們已經束手無策。

如今只能一點一點消耗體力，看看在戰敗之前還能撐多久。

拖延時間。

他們所得出的答案，或許就是最佳解答。

「嘖，真是強得不像話。我的『能力封殺』本來能讓對手的『防禦結界』失效，可是他的耐力太強了，完全不會受到傷害……」

「素啊，雙方能力差太多了。在窩的預測中，看不見任何對他造成傷害的可能性。」

不管做什麼都沒用——這個現實很有可能讓人陷入絕望。

然而，他們卻沒有感到絕望，原因只有一個——

他們相信利姆路等人很快就會抵達。

（艾爾也說過，利姆路好像真的很厲害。即使人不在場，也能給大家帶來希望。）

就連希爾維婭也不禁祈禱利姆路能及時趕來。

「跟我交手時還敢分心，就算是我師父，也太瞧不起人了吧？」

「可能吧。可是可是，兩個擁有相似權能的人交手時，心急就輸了喔！」

雷昂使出高速連續斬擊，希爾維婭輕鬆避開。兩人擁有相同系統的權能，又是同個流派，希爾維婭能完全看穿他的行動。

雷昂也一樣，不過他正受米迦勒支配，奉命打倒敵人。一方只需悠哉拖延時間，一方則急於打倒敵人，這讓雙方產生明顯差距，影響到戰況。

此外，還有一個原因。

那就是雷昂的深層意識。

雷昂在潛意識中正掙扎著想找回自由意志。儘管影響微乎其微，仍確實讓他的身體變得遲鈍了些。

因此希爾維婭對上雷昂的戰鬥，一直由希爾維婭穩占上風。

希爾維婭思考著。

（話說回來，為什麼菲德維不行動？他若在這時參戰，可能連我都會有點負荷不了。）

優樹等人更是有可能兵敗如山倒。

到底為什麼呢？

希爾維婭看向菲德維，想找出原因。

觀察之後展開推論。

（他看起來一點都不著急呢。換言之，他只將雷昂和傑西爾當作隨時可以拋棄的棋子。他想蒐集我們的資訊，以便下次遇到時可以確實解決我們。）

這可恨的答案令希爾維婭感到不悅。

這已經超越謹慎的範圍。

正常來說在此解決掉敵人才是最保險的。菲德維之所以沒這麼做，是因為他以自身的安全為優先。從這點可以看出，菲德維握有比雷昂和傑西爾更強的隱藏王牌。

她猜對了。

菲德維根據觀察結果判斷，這次沒帶來的戰力應該能把敵人殲滅。

他擔心敵方可能有隱藏手段，因而決定不要輕舉妄動。他的本性就是這樣小心到近乎膽小的地步。

不過菲德維不出手，反而可以讓他們達到拖延時間的目的。希爾維婭這樣一想，態度從容了些。這時，局勢卻發生變化。

「啊，老夫想起來了。以前龍皇女的寵物也曾具備這個名為『能力封殺』的特性。這一招能封住魔法和技能，非常麻煩，但還是有解決方法。很簡單，只要別用魔法或技能，用純粹的武力應戰，就不會被反彈了！」

傑西爾雖然生性邪惡，仍是一流的研究者。他不愧為神祖高徒，研究成果斐然，眼光十分精準。因此，他得出了正確答案。

蜜莉姆的寵物化身而成的混沌龍也繼承了「能力封殺」，而蜜莉姆以自身的力量將其打倒並封印。傑西爾並不知道有這麼一回事，但對自己得出的結論極有自信，立刻切換攻擊模式改為使用暴力。

他以自身肉體為武器，揍向優樹。

「嘿嘿嘿嘿！不堪一擊！」

傑西爾放聲大笑，拳頭不斷落在優樹身上。

局勢變成了單方面的攻擊。

優樹勉強以體術對抗，依舊難以克服力量差距。拉普拉斯和蒂亞也被玩弄於股掌中，沒多久三人便一同倒臥在地。

「傑西爾——！」

卡嘉麗在盛怒下發動束縛咒，卻被傑西爾全身上下散發的狂暴氣場抵擋。接著，傑西爾掄起拳頭揍向卡嘉麗腹部，使之深深凹陷。單純的力量差距殘酷地決定了勝負。

「嘿嘿嘿嘿！知道和老夫作對是多麼愚蠢的事了吧？菲德維大人，可以除掉他們吧？」

傑西爾向菲德維進行最終確認。

他一開始就打算殺了他們，但姑且還是要給上司一點面子。

「隨便你。」

菲德維簡潔地回答。

傑西爾聽見後邪惡地笑了起來。

「卡札利姆啊，你這不肖子。你是很好的實驗材料，真可惜。不過放心吧，老夫很快就能找到足以替代你的玩具！」

傑西爾宣告完，開始在直直伸出的雙手間蓄力。接著，那狂暴的氣場便迴旋凝聚，轉換成能夠扭曲時空的巨大能量。

大氣震動、燃燒。

這既非魔法也非技能，而是純粹的破壞之力。強到不但足以消滅優樹，就連傑西爾自己也可能受到傷害。

斜眼看著這一切的希爾維婭臉色一青，心想大事不妙。

僅將所有力量集中在一點上，就能產生超越核擊魔法的破壞力。若是被直接擊中肯定會直接消失，連肉體都不剩。

希爾維婭趕緊在自身周圍布下「防禦結界」。雷昂也做出相同判斷，停止攻擊希爾維婭，改為守護菲德維。

優樹想用「貪婪之王瑪門」防禦，但力氣已快要耗盡。唯有卡嘉麗用獨有技「企劃者」布下的「結界」是最後一絲希望。

即使卡嘉麗的「支配之王麥基洗德」被優樹奪走，但她本人仍曾達到究極。因此她的「企劃者」雖是獨有技，功能卻變得足以和究極匹敵。

然而，依然不夠。

光靠卡嘉麗一個人無法克服這壓倒性的力量差距。

（這樣沒用，抵擋不住……）

希爾維婭的直覺這麼告訴她。

傑西爾準備使出兩段式攻擊。他用「火焰之王阿格尼」包裹住那股純粹的破壞能量。似乎是要以火球破壞卡嘉麗的「結界」後，再發動主力攻擊。

這些都是因為傑西爾有著誇張的魔素量才有辦法做到。他的魔素量是希爾維婭的數倍，令人難以想像，簡直是高密度能量體。就算希爾維婭前去支援，也不可能擋下這波攻擊。

有沒有其他人能擋下這攻擊？

希爾維婭環顧了一下僵住的四個人。

卡嘉麗盡了全力依然沒有用，優樹如同前述已經耗盡力氣。

那剩下兩個人呢？

蒂亞沒有究極技能，雖已展開「防禦結界」但無疑是杯水車薪。

如此一來，只能把希望寄託在最後的拉普拉斯身上。

希爾維婭望了過去，被眼前景象嚇了一跳。

（咦？那張臉——難道、難道那個人是——）

拉普拉斯碎裂的面具底下……

有著一張令她懷念的容貌。

原以為早已忘記，但光看一眼，回憶便不斷湧出。

希爾維婭不禁大叫：

「快逃，薩里昂——！」

然而，這聲忠告來得太遲——

「再見了。老夫這就將你們的『靈魂』炸得粉碎，從世上徹底消除！」

傑西爾以這句話宣告他們的死期。

如他所言，這陣攻擊造成了極大的破壞。

閃光和爆炸接連而至。

雷昂的城堡被炸得四分五裂。

大火球以猛烈之勢肆虐開來，濺出熱浪和火焰後，逐漸消失——

終章

夢的終點

Regarding Reincarnated to Slime

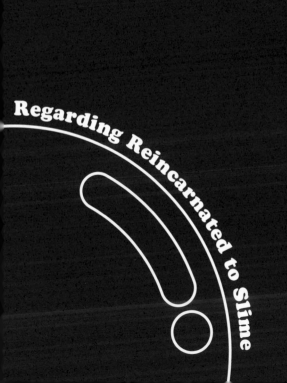

優樹在絕望中苦笑。

（唉，已經努力過了，還是只能走到這裡嗎？）

他來到這個世界十年多。

打從遇見魔王卡札利姆也就是卡嘉麗開始，他一直朝著自己的目標邁進。也找到相知相惜的夥伴，一起同甘共苦。

然而，成長得太快必定會失足。一再成功的利姆路反倒不正常。

當時沒察覺到克雷曼的異變，計畫就已注定會出錯，優樹對此感到內疚。

他還有一些遺憾，因此在最後加快思考速度，用「思念網」向夥伴們道別。

『各位對不起。都怪我把事情搞砸，害你們受這種罪。』

優樹向眾人道歉，但沒有人責怪他。

『這不是老大一個人的責任。我的失敗反而才是最大原因。』

卡嘉麗也深感自責。

畢竟要是她沒有堅持報復雷昂，一行人就不會陷入現在的局面。不過這樣一來可能也不會和優樹相遇，所以也不盡然是壞事。

蒂亞想安慰卡嘉麗，也斷斷續續說道：

『不要哭，公主殿下。人家想起一些事了。雖然想不起自己的名字，而且很多回憶和情緒也都混雜在一起，但人家記得自己是您的侍女。一切都是國王陛下的錯！我們都站在公主殿下這邊。所以請不要後悔。能陪您走到最後，人家已經很高興了！』

即使在此逝去，蒂亞也無怨無悔。

是卡嘉麗延續了她早已結束的生命，還給了她活下去的目的。對她而言能和卡嘉麗一同死去是很幸福的事。

『蒂亞，妳……』

『啊哈哈，真是段開心的日子！福特曼和克雷曼也最喜歡公主殿下了。此外也很感謝老大。魔王卡札利姆時代的公主殿下又帥又可靠，人家也很喜歡，但還是現在這樣最適合公主殿下！』

『素啊，窩一開始雖然笑說不適合，現在反而覺得這樣更自然哩。畢竟這才素會長本來的樣子，會有這種感覺也很正常。』

拉普拉斯感慨地表示同意，接著笑著說道：

『所以啊，老大，你不用自責。窩們已盡了全力，沒有遺憾。克雷曼還在那個世界等窩們，一起在那裡開心生活吧！』

能做的事都做了。

無論是好事，還是壞事。

秉持中庸之道，堂堂正正地活過了。

因此，拉普拉斯以自己和夥伴們為榮。

『哈哈哈，這是最後一次了，你們大可埋怨我啊。』

『我沒有怨言。』

『是啊是啊！』

『窩一直相信老大。既然連老大都沒轍，那窩也能死心哩。』

不過優樹還是不放棄。

『拉普拉斯，你真的要和我們在一起嗎？那個人好像在叫你，你一個人逃或許來得及。』

希爾維婭對拉普拉斯喊道「薩里昂」，就在那時——

（對了，窩真正的名字叫「薩里昂」。）

拉普拉斯找回了失去的記憶。

他瞄了希爾維婭一眼，見到愛妻平安無事後鬆了口氣。

可是也只有這樣。

自己是個已死之人。

以拉普拉斯的身分重生，過了兩千多年。

現在哪還有臉回到希爾維婭身邊？

而且對現在的拉普拉斯而言，更重要的是這群夥伴。

因此拉普拉斯以戲謔的口吻回答：

『沒關係。窩素拉普拉斯，「中庸小丑幫」的副會長兼「享樂小丑」拉普拉斯。事到如今說這些都沒意思，老大不用在意。』

『……是嗎？』

『素啊，而且窩可不想在最後被排除在外！』

這句話讓優樹心裡暖暖的。

他心想，這世界縱然不公不義，自己的人生卻意外地還不差。

所以他決定奮力抵抗到最後一刻。

『嘖，你們全都是笨蛋。不過我不討厭這樣。』

『老大沒資格說窩們！』

『真的。優樹大人雖然聰明，但偶爾也會做些傻事，這次就是。』

『啊哈哈！可是呢，到最後還能跟大家同心協力，好開心喔！』

儘管面臨傑西爾這個巨大威脅，優樹等人仍上下一心。

只要身邊有夥伴，就算去到地獄也能玩得開心。

所以沒什麼好怕的。

「再見了。我這就將你們的『靈魂』炸得粉碎，從世上徹底消除！」

即使聽見傑西爾宣告死期，優樹等人臉上的笑意仍未消失。

隨後──閃光讓一切歸於虛無。

遊戲時間結束了。

優樹等人的野心迎來了終結。

後記

各位好久不見。

現在正在播映電視動畫（註：此為日文版出版情形），所以或許有新讀者加入！

如果有的話我會很開心的。

本作終於來到第十八集。雖然按照計畫進入最終章，但總覺得要在剩下三集內完結有點……不，相當困難。

本來的構想是將最終章分成胎動篇、激戰篇和完結篇，但這集的內容可能沒什麼胎動的感覺。

這不是任何人的問題。

畢竟我已經事先告訴大家，故事內容會隨我心情而定嘛！

開玩笑的，現在說這些藉口也沒用。

不過大戰總算在這一集展開，請大家不要太計較。

若在這裡談論本集內容可能會洩漏劇情，所以還是別談太多比較好，總之卡嘉麗小姐的設定變成了大家現在看到的這樣。

現在的卡嘉麗小姐和當初形象差異頗大，這都要怪她的長耳族外觀太可愛了。

哎呀，我本來想把她設定為性別不明的角色，但角色設計圖出來後，一切就拍板定案。

這讓我再度體會插畫的力量有多大呢。

此外，本集內容和十三點五集的說明也有一些出入，還請大家體諒這是常有的事。

都怪我總是到必要時刻才把設定確定下來，什麼時候才會學乖呢？

下次一定會小心——不過都進入最終章才反省這件事，好像太晚了……

好的，第十八集到此結束，不知大家覺得如何呢？

我寫作就是想讓讀者看得開心，讀者能享受作品對我來說是最快樂的事。

喜歡的人請務必繼續支持《關於我轉生變成史萊姆這檔事》。我會將大家的支持當作動力，繼續拓展《轉生史萊姆》的世界。

那麼下次見～

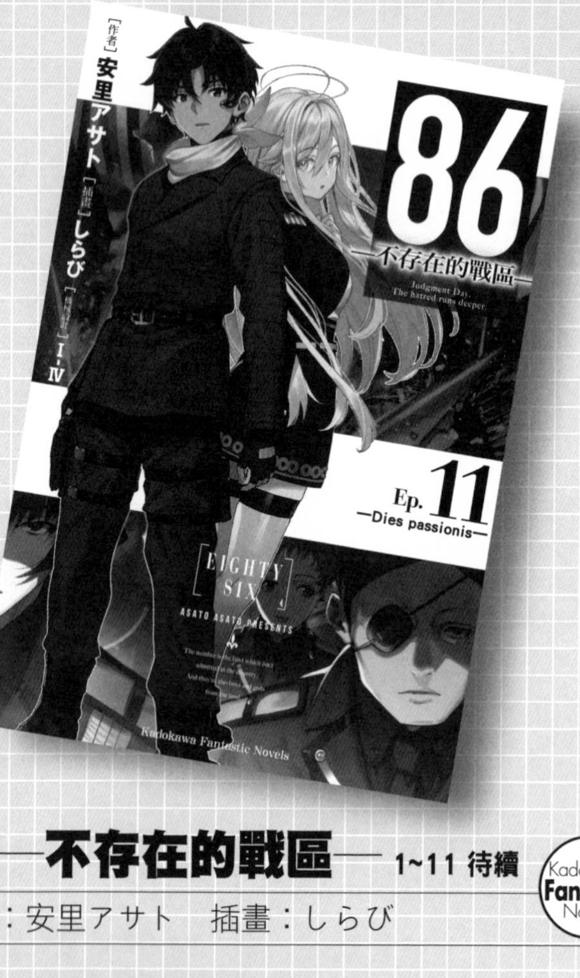

86—不存在的戰區— 1~11 待續

Kadokawa Fantastic Novels

作者：安里アサト　插畫：しらび

「鋼鐵軍靴將踏平染血的瑪格諾利亞，
令受難之火焚燒他們。」

在步向毀滅的共和國，只有令人絕望的撤退作戰等著辛與蕾娜等人。轉戰各國，找到歸宿的八六們試著在黑暗中步步前進，成群亡靈卻阻擋了他們的去路。空洞無神的銀色雙眸，以及那些人本性難移、依然故我的模樣。憎惡與嗟怨的淒厲慘叫在Ep.11迴盪。

各 **NT$220~260/HK$73~87**

賢者大叔的異世界生活日記 1~14 待續

Kadokawa Fantastic Novels

作者：寿 安清　插畫：ジョンディー

王國正著手開發魔導槍！
大叔卻在廢礦坑迷宮裡開心採礦♪

王國正著手開發魔導槍，神國則是爆發了魔龍VS巨大怪物的對決！儘管在動盪不安的氛圍下，傑羅斯依然我行我素，他邀約了茨維特、瑟雷絲緹娜加上好色村，眾人一起前往廢礦坑迷宮開採礦石……大叔照自己的步調享受著異世界生活♪

各 **NT$220~240/HK$73~80**

Fate/strange Fake 1~7 待續

Kadokawa Fantastic Novels

作者：成田良悟　原作：TYPE-MOON　插畫：森井しづき

眼看狀況亂上加亂，黑幕們做出殘酷的裁決——
四十八小時後，「淨化」史諾菲爾德……

鐘塔鬼才費拉特·厄斯克德司，遭狙擊手轟碎腦袋後居然急速再生，而且擁有超越英靈的魔力，成為本次聖杯戰爭最大的危險因子。同時，西部森林中，真狂戰士與其主人哈露莉試圖為女神伊絲塔建造神殿，而女神所呼喚的「颱風」也逐漸逼近……

各 **NT$200~280/HK$60~93**

因為不是真正的夥伴而被逐出勇者隊伍，流落到邊境展開慢活人生 1~9 待續

Kadokawa Fantastic Novels

作者：ざっぽん　插畫：やすも

「勇者」因扭曲的執著而日益失控
雷德與妹妹的慢活人生面臨遭到破壞的危機！

輸給上一代「勇者」露緹的梵，內心萌生出強烈無比的念頭，同時燃起異常沉重的執著，誓言要擊敗露緹……！

雷德為了守護與妹妹生活的安穩日子，也為了以「引導者」的身分，努力將新的「勇者」導回正途，因而四處奔走。

各 **NT$200~240/HK$70~80**

國家圖書館出版品預行編目(CIP)資料

關於我轉生變成史萊姆這檔事/伏瀨作 ; 馮鈺婷譯.
-- 初版. -- 臺北市 : 臺灣角川股份有限公司,
2022.12-
冊 ; 公分. -- (Kadokawa fantastic novels)
譯自 : 転生したらスライムだった件
ISBN 978-626-352-091-2(第18冊 : 平裝)

861.57 111017188

Kadokawa
Fantastic
Novels

關於我轉生變成史萊姆這檔事 18

（原著名：転生したらスライムだった件 18）

2022年12月21日　初版第1刷發行
2024年3月22日　初版第2刷發行

作　　者：伏瀬
插　　畫：みっつばー
譯　　者：馮鈺婷

發 行 人：台灣角川股份有限公司
總　　監：呂慧君
總 編 輯：蔡佩芬
主　　編：林秀儒
文字編輯：楊芃青
設計指導：陳晞叡
美術設計：宋芳茹
印　　務：李明修（主任）、張加恩（主任）、張凱棋

發 行 所：台灣角川股份有限公司
地　　址：104台北市中山區松江路223號3樓
電　　話：（02）2515-3000
傳　　真：（02）2515-0033
網　　址：www.kadokawa.com.tw
劃撥帳戶：台灣角川股份有限公司
劃撥帳號：19487412
法律顧問：有澤法律事務所
製　　版：尚騰印刷事業有限公司
ＩＳＢＮ：978-626-352-091-2

Kadokawa Fantastic Novels

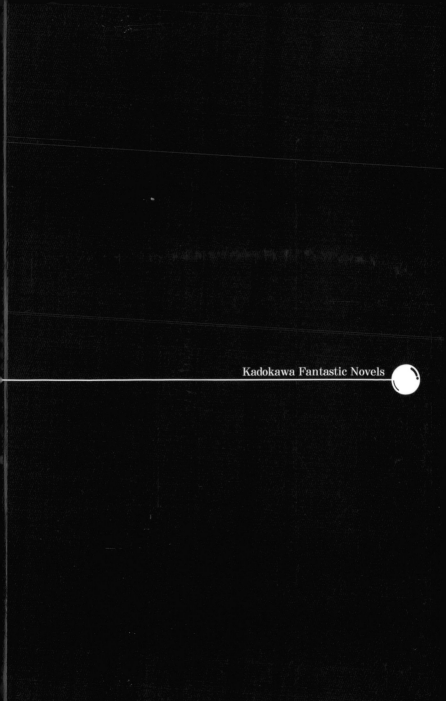